Wiesel   Die Richter

*Aus dem Französischen von
Christiane Landgrebe*

Elie Wiesel
Die Richter

Roman

editionLübbe

editionLübbe
ist ein Imprint der Verlagsgruppe Lübbe

Copyright © 1999 by Elirion Associates Inc.
Die französische Originalausgabe
erschien 2000 unter dem Titel LES JUGES
bei Editions du Seuil, Paris

Copyright © 2001 für die deutschsprachige Ausgabe:
Verlagsgruppe Lübbe GmbH & Co. KG, Bergisch Gladbach
Aus dem Französischen von Christiane Landgrebe
Textredaktion: Regina Maria Hartig

Umschlagmotiv: Marc Chagall, DER KLEINE SALON,
Copyright © 2000 by VG Bild-Kunst, Bonn
Satz: Kremerdruck GmbH, Lindlar
Gesetzt aus der DTL Documenta
Druck und Einband: Friedrich Pustet, Regensburg

Alle Rechte, auch die der fotomechanischen
und elektronischen Wiedergabe, vorbehalten
Printed in Germany
ISBN 3-7857-1524-2

Sie finden die Verlagsgruppe Lübbe
im Internet unter: http://www.luebbe.de

5 4 3 2 1

Die Richter

In jener Zeit wurden die Richter selbst gerichtet.
 AUS DEM MIDRASCH

Wenn der Richter gerecht wäre,
wäre der Verbrecher vielleicht nicht schuldig.
 DOSTOJEWSKI

Die Wölfe draußen, so da welche waren, mussten in Jubel ausbrechen: Sie herrschten über eine vom Untergang bedrohte Welt. Razziel erahnte sie, wie sie im Rudel liefen, in Vorfreude auf ein schlafendes Opfer, und das erinnerte ihn vage an die beängstigende Landschaft seiner Jugend. Kamen nur sie ihm vertraut vor? Waren sie seine einzigen Bezugspunkte? War da kein Gesicht, an dem sich sein Blick festhalten konnte, um sich zu vergewissern? Doch, da war das eines alten Weisen, weise und verrückt, verrückt vor Liebe und Mut, durstig nach Leben und Erkenntnis – das gezeichnete Gesicht von Paritus. Wenn Razziel an seine Vergangenheit dachte, tauchte in seinen Erinnerungen immer wieder Paritus auf.
Der heftige Sturm, von der blinden und blendenden Wut Tausender verletzter Ungeheuer getrieben, bis wann würde er noch heulen? Man konnte glauben, er werde unerbittlich alles ausreißen, alles forttragen in ein Land, in dem der Weiße Tod herrsche, und dieser werde das Holzhaus und das kleine Dorf, das irgendwo in den Bergen zwischen New York und Boston versteckt lag, unter sich ersticken. War das Ende der Welt gekommen? Das Ende einer Geschichte, deren Anfang Razziel nicht kannte? Würde er sterben, ohne seinen Beschützer, seinen Führer, den Boten seines Schicksals, wiederzusehen? Aber nein: Es

war nur ein Traum, ein Spiel, entstanden aus Albträumen, tief begraben in Razziels Erinnerung, von der er seit Ewigkeiten zurückgedrängt wurde. Ein seltsamer Redner riss ihn aus seinen Träumen. Theatralisch, mit rauer Stimme, jedes Wort betonend, hielt er eine Ansprache, als befände er sich auf der Bühne oder auf einem Gelehrtenkongress.

»Ich sende einen Gruß an die Götter, die Sie zu diesem bescheidenen Haus geführt haben. Seien Sie willkommen. Wärmen Sie sich auf und sorgen Sie dafür, dass diese Begegnung mit mir einen Sinn erhält, der unser aller würdig ist«, sagte der Mann und lächelte.

Waren die fünf Geretteten, vier Männer und eine Frau, zu erschöpft, um sich über den erhabenen, wenn nicht gar feierlichen Ton zu wundern? Sie zeigten keinerlei Regung. Ihr Gastgeber schien seine Rolle zu genießen. Vermutlich spielte er sie vor allen Reisenden, die in Sturmnächten unter seinem Dach Schutz suchten.

Sie schienen zufrieden, die zu Flüchtlingen gewordenen Touristen, sie waren beruhigt, sogar guter Laune. Der Albtraum war vorüber. Es gab keinen Grund zur Beunruhigung in diesem Raum mit den nackten Wänden in unbeflecktem Weiß, der wie eine große Mönchszelle wirkte. Im Gegenteil, sie hatten eher das Gefühl, Glück gehabt zu haben: Waren sie nicht soeben dem Schlimmsten entronnen? Nach den endlosen Minuten des Bangens, die der Notlandung vorangingen, hatte die Welt wieder Konturen erhalten, war wieder in den Fugen. Die Angst hatte sich gelegt. Die Elemente würden sich wieder beruhigen. Der feste Boden unter ihren Füßen gab ihnen ein

Gefühl der Sicherheit in diesem erleuchteten, warmen Zimmer, in dem ihr Gastgeber die Herzensgüte des Menschen unter Beweis stellte. Und seine Großzügigkeit. Er lächelte ihnen zu, das war ein gutes Zeichen. Welches Glück, auf ihn zu stoßen. Von jetzt an würde alles gut gehen. Die anderen Passagiere würden sie sicher beneiden, wenn sie, ins Flugzeug zurückgekehrt, ihre Erlebnisse austauschten. Im Moment erfüllte es sie mit einem gewissen Stolz, an einem Abenteuer teilgenommen zu haben, das schlimm hätte ausgehen können. »Also so was«, murmelte ein stämmiger, griesgrämiger Reisender. Er wühlte in seinen Taschen nach vermissten Papieren. Wahrscheinlich hatte er sie im Flugzeug liegen lassen. Razziel verstand seine Beunruhigung. In der Welt, in der sie lebten, hatte ein Mensch weniger Gewicht als ein paar von anonymen und gelangweilten Amtspersonen unterschriebene Fetzen Papier. Beinahe hätte er ihm einige freundschaftliche, beruhigende Worte zugeworfen: »Seien Sie unbesorgt ... Behörden haben Verständnis in solchen Fällen ...« – er verzichtete jedoch darauf. Er sagte ein stilles Gebet und dankte dem Herrn, dass er ihn behütet hatte. Der Dritte, ein großer, elegant gekleideter Mann mit Filzhut und Schnurrbart, einen roten Schal um den Hals wie ein Filmstar, lächelte einer in einen Pelzmantel gehüllten Frau zu: Kaum war die Gefahr vorbei, schon begann er zu flirten. Die Frau bedauerte, dass sie ihre Handschuhe vergessen hatte, und hauchte auf ihre Finger. Dann warf Razziel einen Blick auf den Jüngsten in der Gruppe. Dem schien gleichgültig zu sein, was ihnen widerfahren war. Ihn beschäftigte etwas, was mit seinen Begleitern nichts zu tun hatte. Er mochte es eilig haben, hier wegzukommen, ließ es sich aber nicht anmerken. Er wandte den Blick ihrem Retter zu. Etwas Gezwungenes und Falsches war in seiner Stimme. Sein Lächeln täuschte, anstatt zu erhellen. Und dann sein starrer Blick. Und die Steifheit seiner Bewegungen. Der Akteur schien einen geheimen Plan auszuklügeln, aber seine Gäste merkten es noch nicht. Wie konnten sie ahnen, dass er auf sie gewartet hatte, auf sie oder eine ähnliche Gruppe, um mit dem Kostbarsten, dem Persönlichsten zu spielen, was sie besaßen: ihrer Vorstellungsgabe?

»Gestatten Sie uns, Ihnen für Ihre Gastfreundschaft zu danken«, sagte die Frau in der Gruppe, eine lebhafte Rothaarige, und streckte ihm die Hand entgegen, die er nicht zu bemerken schien. »Wirklich ...«

»Ich habe Ihnen zu danken«, antwortete ihr Wohltäter und half ihr mit übertriebener Höflichkeit, den eleganten Pelzmantel abzulegen. »Wenn Sie wüssten, wie trostlos und monoton das Leben hier sein kann, besonders im Winter. Die Leute bei uns sind deprimiert und kümmern sich nur um das Wetter. Selbst die Welt altert hier nur, weiter nichts. Manchmal hat man das Gefühl, von der Geschichte und den Menschen vergessen worden zu sein. Auch von den Göttern. Wer weiß, vielleicht haben die Sie ja zu mir geführt. Durch Sie werden die Dinge in Bewegung kommen. Was wäre das Leben ohne Überraschungen? Sie machen mir das Geschenk, das der Schöpfer dem Menschen gemacht hat: die Gabe zu überraschen.«

Dann stellte er sich vor: »Ich bin der bescheidene Besitzer dieses Hauses. Mein Name wird Ihnen nicht viel sagen; er ist nicht weiter wichtig. Ich könnte Ihnen Dutzende von Namen nennen. Ich verrate Ihnen meinen Beruf. Ich bin Richter. Ja, heute Nacht, werde ich Ihr Richter sein.«
Welch ein Sinn für Theatralik, sagte sich Razziel, der noch nicht wusste, dass der Albtraum erst begann. Raffiniert, der Kerl. Gerissen! Er setzt sich in Szene, damit wir die Gefahr vergessen, der wir gerade entronnen sind. Er will unsere Wartezeit ausfüllen. Erst später wurde ihm klar, dass die eigentliche Gefahr vom Darsteller persönlich ausging. Doch im Moment schien er außerordentlich liebenswürdig, gastfreundlich, bemüht, das Vertrauen und die Dankbarkeit seiner Gäste zu gewinnen, die diese ihm gern gewährten.
»Wollen Sie die Güte haben, mir gut zuzuhören. Dieses Haus ist kein Paradies; Einzelzimmer kann ich Ihnen nicht bieten. Die werden schon von verschiedenen Personen bewohnt: Es sind meine Angestellten. Sie werden meinen wichtigsten Assistenten bald kennen lernen. Sein offizieller Name ist ... ach, lassen wir das. Da er nicht besonders groß ist, möchte er lieber, dass man ihn den ›Kleinen‹ nennt. Und da er nicht sehr schön ist, können Sie ihn ruhig auch den ›Krummen‹ nennen – oder den ›Buckligen‹, denn er ist ...«
»Schon gut, wir haben verstanden«, unterbrach ihn die rothaarige Frau lachend. »Er wird Sie noch wegen Ehrverletzung verklagen.«
Der Richter warf ihr einen vorwurfsvollen Blick zu und

fuhr rasch fort: »Einen Richter zu unterbrechen kann ein schweres Vergehen...«
»...oder eine angenehme Sünde sein«, unterbrach ihn der elegante Mann.
»Ja, die Sünden, damit hab ich's«, fügte die junge Frau hinzu.
Der Richter ging auf ihre Bemerkung nicht ein.
»Dieses Zimmer wird von zwei elektrischen Heizkörpern beheizt, die mein Assistent von außen regulieren kann. Wenn Ihnen zu warm ist oder nicht warm genug, sagen Sie uns Bescheid. Waschbecken und Toiletten befinden sich hinter mir. Sehen Sie die schmale Tür? Wenn jemand muss...«
Kein Freiwilliger. Razziel wäre gern gegangen, aber es war nicht dringend.
»Wenn wir mit den Vorbereitungen fertig sind, wartet eine interessante Arbeit auf uns«, begann der Richter erneut und rieb sich die Hände, als wolle er sie wärmen. »Sie werden sehen. Ich habe alles vorbereitet: Stifte, Hefte. Und sogar heißen Tee – oder hätte jemand von Ihnen lieber Kaffee? Den habe ich auch. Ich habe alles, was Sie brauchen. Solange Sie bei mir sind, werden Sie sich nicht zu beklagen haben. (Schweigen) Danach, na ja, was danach kommt, ist eine andere Geschichte.«
Es war angenehm in dem schlicht möblierten Raum: Stühle um einen runden Tisch, ein Sofa. Wörterbücher in einer Ecke auf dem Boden. Der elegante Mann zog als Erster seinen Mantel aus und legte den roten Schal ab, worauf ihn der Richter mit leiser Ironie beglückwünschte: »Bravo,

mein Herr ... Man sieht, dass sie sich nirgendwo fremd fühlen.«

Der Richter legte nun auch seinen schweren pelzgefütterten Hirten- oder Bergbewohner-Mantel ab.

Razziel hatte damit gerechnet, dass der Mann sportlich gekleidet sei (weißer Pullover über blutrotem Hemd mit schwarzen Streifen, der sein gebräuntes Gesicht besonders betonen würde). Doch er trug einen dunkelgrauen Anzug. Sehr modern. Weißes Hemd, marineblaue Krawatte, als komme er gerade von einem feinen Abendessen aus der Stadt zurück. Er flößte einen undefinierbaren Respekt ein. Alles, was er sagte und tat, war berechnet. Wenn Razziel, den der starre, ausdruckslose Blick ganz verwirrt machte, seinen Beruf oder seine Berufung hätte bestimmen müssen, er hätte ihn für einen Leichenbestatter in einem Haus erster Klasse gehalten, für einen protestantischen Pfarrer oder einen Professor des kanonischen Rechts.

»... Setzen Sie sich doch, bitte nehmen Sie diesen Stuhl. Er ist bequem. Alle sind sie bequem. Und Sie, meine Dame, diesen da, gegenüber. Und Sie, meine Herren, nehmen Sie die, die noch frei sind. Sie müssen ja völlig erschöpft sein. Ich selbst werde stehen.«

Er fuhr erst fort, als alle Stühle besetzt waren.

»Alles in Ordnung?«

Ja, alles war in Ordnung.

»Wenn Sie sich auf einen anderen Platz setzen wollen, habe ich nichts dagegen.«

Nein, das wollte niemand. »Gut, also fangen wir an. Sie wissen, wer ich bin, jedenfalls habe ich Ihnen meinen

Beruf verraten. Jetzt sind Sie an der Reihe. Immerhin verbringen wir ja diese lange Nacht miteinander, und vielleicht noch weitere. Es ist wohl ganz natürlich, dass sich jeder von uns vorstellt, meinen Sie nicht?«

Ja, das glaubten sie auch. Der Richter hatte seltsamerweise Recht. Die fünf Geretteten kannten einander nicht. Der größte Zufall hatte sie zusammengebracht, erst in dasselbe Flugzeug, dann an diesen Ort, warum sollten sie nicht den Grund ihrer Reise nennen? Fünf Leben, fünf Geschichten kamen durch dieses eigenartige Zusammentreffen miteinander in Berührung. Schließlich hätte der eine oder andere »Gast« des Richters nicht dabei sein können, jeder hätte seinen Terminplan ändern oder zu spät zum Flugzeug kommen können.

»Begnügen wir uns am Anfang mit den wesentlichen biographischen Angaben«, fuhr der Richter fort und begann um den Tisch herumzugehen. »Name, Vorname, Beruf, Geburtsort ... Familienstand, Ziel der Reise ... Stellen Sie sich vor, Sie füllen im Hotel ein Anmeldeformular aus. Einen Antrag für einen Pass oder ein Visum ... Na? Wer will als Erster antworten?«

Die fünf Reisenden sahen ihn erstaunt an: Meinte er das ernst? Er erriet ihre Gedanken und fügte hinzu:

»Sagen wir, das ist ein Spiel, ein Gesellschaftsspiel, das ... das später, so der Himmel will, sehr interessant werden könnte.«

Bei seinen Gesprächspartnern waren erste Anzeichen von Verärgerung zu erkennen. Wo waren sie nur hingeraten? Wer war bloß dieser Lehrling in Sachen Menschenführung, dass er die Situation missbrauchte und sie zwang, über ihr Privatleben zu sprechen? Wer befugte ihn dazu, ihnen Anweisungen zu erteilen? Die rothaarige junge Frau fasste sich als Erste wieder. »Das ist nicht fair, mein Herr. Ich bin gern bereit zu spielen, aber nur wenn sich alle an die Spielregeln halten. Auch Sie. Rechnen sie nicht mit einer Ausnahme. Nur weil Ihnen diese Örtlichkeiten gehören, haben Sie keine Rechte über uns. Sie möchten uns besser kennen lernen – bitte. Aber auch wir würden Sie gern etwas besser kennen lernen.«

»Habe ich Ihnen nicht gesagt, wer ich bin?«

»Sie sind Richter. Gut. Aber bei welchem Gericht? Und was für Fälle bearbeiten Sie? An welcher Universität haben Sie studiert? Sind Sie verheiratet? Vater? Wie viele Kinder?«

Nun zeigte der Richter sich seinerseits überrascht. Er hüstelte und sprach in einem gravitätischen Ton, der Razziel und vielleicht auch den anderen missfiel:

»Ihr Argument lässt sich nicht abweisen, meine Dame. Sagen wir, ich heiße Charles Clareman, Peter Pavlikow oder Denis Darwin. Ich bin sechsundvierzig oder vierundsechzig. Zwei- oder zehnmal geschieden. Seitdem lebe ich allein. Was sonst? Ich bin in einer pittoresken Vorstadt von San Francisco geboren. Pfarrerssohn. Mein Vater war ein Heiliger, meine Mutter eine Hure. Auf meine Stelle wurde ich von einer höheren Behörde berufen, ich arbeite bei einem etwas außergewöhnlichen Gericht. Ich entbinde Sie von der Verpflichtung, mich ›Euer Ehren‹ zu nennen. ›Herr Richter‹ genügt.«

Hatte er damit gerechnet, dass seine Gäste auf seine letzten Worte mit belustigten Ausrufen reagieren würden? Eigentlich tat es allein die Frau, von der ein solcher zu hören war. Razziel zuckte nur leicht zusammen. Sein Nachbar mit dem roten Schal lachte auf und schlug sich auf die Schenkel. »Ach, wie reizend, das ist ja prächtig. Euer Ehren …« Er erhob sich halb von seinem Platz. »Das meinen Sie ja wohl nicht ernst.«
Der Richter bewegte die Hände, als wolle er sagen: Wer weiß? Vielleicht ja, vielleicht nein … Ein unbeschreibliches Unbehagen überkam Razziel. Er dachte an seinen alten Meister: Auch er hatte mehrere Namen und Alter. Wenn dies ein Spiel war, dann fand es an den Grenzen des Realen statt.

»Ich bitte Sie, diese Fragebogen auszufüllen«, sagte der Richter in leiserem Ton und mit bedächtiger Stimme. »Nach den Formalitäten sorge ich für warme Getränke.«
»Warum nicht gleich?«, fragte die junge Frau.
»Es braucht Zeit, sie zuzubereiten. Also dann, ich rate Ihnen, sich an die Arbeit zu machen.«
»Das ist wohl ein Witz!«, empörte sich der Mann mit dem roten Schal. »Möchten Sie vielleicht auch noch unsere Pässe überprüfen?«
Der Richter wirkte leicht verärgert. »Das ist eine gute Idee. Wir werden uns danach drum kümmern.«
»Wonach?«
»Nach den Formalitäten.«
Der Jüngste der Gruppe beobachtete die Szene, ohne ein-

zugreifen. Die Frau mit den roten Haaren zuckte resigniert die Achseln. Was hatte es für einen Sinn, mit diesem Irren zu diskutieren?
Der Richter zog ein Blatt Papier aus seiner Tasche und sagte: »Wenn Sie möchten, werde ich Ihnen das Dokument vorlesen, das der Bucklige seinerzeit verfasst hat. Es könnte Ihnen als Beispiel dienen.

Gelobt sei der Richter. Gelobt sei er von denen, die ihn kennen, und denen, die ihn kennen lernen werden. Gelobt sei er von den Himmeln und den Engeln, die dort wohnen. Gelobt sei er von den Göttern, denn sie sind gut.
Ich bin jung oder vielleicht alt, ich weiß es nicht mehr. Ich weiß nicht einmal, ob ich ich bin, ob der Mann, der zu Ihnen spricht, wirklich ich bin. Der Richter weiß es. Er weiß alles.
Von jeher ist der Richter das Universum für mich und die Sonne, die es erhellt. Ich könnte auf alle Bäume der Erde klettern, alle Tautropfen trinken, alles, was atmet, töten, nur um ihn lächeln zu sehen. Verdanke ich ihm nicht mein Leben? Was war ich für ihn? Eine menschliche Marionette, die ihm Abwechslung bot? Ein Clown, der ihm in einem Anflug von guter oder schlechter Laune von den Göttern gesandt wurde? Ein Schüler, dessen Leib seiner Seele glich? Ich war gerade zehn, als ich zu ihm kam. Ich hatte bei dem Unfall alles verloren. Der Richter ist das einzige Wesen,

das mich mit meiner Kindheit verbindet. Hatten
meine Eltern noch Brüder, Schwestern, Vettern?
Sie haben sie nie erwähnt. Deshalb wurde der
Richter mein Vater, mein Onkel, mein Freund
und mein Feind. Manchmal sagte ich mir, dass
ich es war, für den er all diese ›Spiele‹ erfand. Für
meine Bildung mehr als für die seine. Um mir
zu zeigen, was es bedeutet ein Mensch zu sein.
Ich war ein menschliches Wesen, aber leider kein
Mensch.«

Der Richter faltete das Papier zusammen und steckte es wieder in die Tasche. »Sie müssen zugeben, das ist schulbuchmäßig! Wir wollen sehen, wer von Ihnen es ihm gleichtun kann.«
Die Frau verzog den Mund.
»Das ist ja wie in der Schule ... oder im Katechismusunterricht ... Oh, mein armer Literaturlehrer ... Ich habe ihn zur Verzweiflung gebracht ... Meine Hausaufgaben waren immer schlecht, wenn ich sie nicht bei einem Freund abschrieb ... Kann ich bei Ihnen mit mehr Nachsicht rechnen?«
Der Richter legte die Hand an die Stirn, wie um sich besser zu konzentrieren, und sah sie streng an. Beinahe hätte er sie getadelt, dann änderte er seine Meinung und schwieg. Bravo, dachte der nach wie vor unbeteiligte junge Mann. Gut gemacht. Höchste Zeit, dass jemand diesen unverschämten Wichtigtuer, der sich für wer weiß was hält ... Für wen hält der sich eigentlich? Ganz egal. Was zählt, ist,

dass er einen ebenbürtigen Gegner gefunden hat. Die vier Männer beobachteten die junge Frau mit wachsendem Interesse. Trotz der Müdigkeit blieb sie völlig beherrscht. Aufrechte Haltung, sinnlicher Mund, leicht männliche Gesichtszüge, in den dunklen Augen sanfte und stürmische Erinnerungen. Eine Frau, die sich zu wehren wusste, eine Kämpferin. Gefährlich, wenn sie zornig wurde. Der Mann mit dem roten Schal fand sie interessant. Sogar hübsch. Von solider, nach innen gekehrter Schönheit.
Sie zögerte einen Moment, sagte schnell: »Tja, immer noch besser, als draußen zu frieren«, und begann zu schreiben, erhobenen Hauptes, widerspenstig. »Alle nennen mich Claudia. Alter ungewiss. Entschuldigung: dreißig. Verheiratet, nein, geschieden. Kein Kind. Beruf: Pressesprecherin einer Theatertruppe. Ziel der Reise? Das geht Sie nichts an.«

Ihr Nachbar, George Kirsten, der Mann, dem die Papiere abhanden gekommen schienen, schrieb mit Eifer, indem er sich mit der Zunge über die Lippen fuhr. Zweiundvierzig. Geboren in Düsseldorf in Deutschland. Vater von zwei Kindern, die bei ihrer Mutter Marie-Anne in Manhattan leben. Beruf: Archivar. Ziel der Reise? George zögerte einen Moment: Sollte er die Wahrheit sagen? Er suchte einen Vorwand: Vorbereitung eines internationalen Kongresses über die Bedeutung mündlicher Überlieferung und deren Zweideutigkeit, zusammen mit Kollegen aus Europa.

Bruce Schwarz zog seinen goldenen Stift heraus und warf mit herablassender Miene schnell ein paar Worte auf das Papier. Dann richtete er sich triumphierend wieder auf: »Ich schreibe, weil es mir gefällt. Und um Ihnen zu raten, zum Teufel zu gehen. Mein Leben gehört mir, mir allein. Für meine Vergangenheit gilt dasselbe. Ich bin gestern geboren, aber alt genug, um alles über das Leben zu wissen. Ewiger Verlobter, aber Junggeselle: Ich habe mir zum Ziel gesetzt, das Leben in vollen Zügen zu genießen. Man sagt von mir, ich sei ein Playboy. Das ist ein Beruf wie jeder andere und hat den Vorteil, dass man weder eine Anstellung noch einen festen Wohnsitz braucht. Ziel meiner Reise: ein paar Freundinnen wiedersehen. Ich hoffe, Sie haben nichts dagegen!«

Razziel Friedman schrieb einfach: Stamme aus Osteuropa. Alter unbestimmt. Eltern unbekannt. Witwer. Beruf: Direktor einer Talmud-Schule. Reiseziel: einen Mann treffen, der behauptet, mich besser zu kennen als ich selbst. Im Übrigen ist er vielleicht der einzige Mensch auf der Welt, der dies behaupten kann.

Der jüngste Reisende hatte die Hände in den Taschen und schien sich zu langweilen. Was um ihn herum vor sich ging, war ihm fremd, und er hatte Papier und Stift, die vor ihm lagen, nicht angerührt.
»Und Sie, Herr Träumer?«, sprach der Richter ihn an. »Sie sind zerstreut. Haben Sie uns nichts zu sagen?«
»Ich habe keine Lust.«

Der Ton des Richters wurde plötzlich schroff.

»Manchmal tut man Dinge, auch wenn man keine Lust dazu hat.«

»Ich nicht.«

»Und wenn ich Ihnen sagte, dass es Ihnen an Solidarität mangelt und Sie deswegen hier nichts zu suchen haben?«

»Sagen Sie es.«

»Und wenn ich Sie hinauswerfe?«

»Soll das eine Drohung sein?«

Der Richter sah ihn lange Zeit prüfend an, schien in Wut zu geraten, fasste sich jedoch wieder.

»Alles zu seiner Zeit.«

Um die Spannung abzubauen, hielt Claudia es nun für angemessen einzugreifen.

»Tun Sie es für uns, mein Freund. Nicht für ihn. Ich bitte Sie darum ... in aller Freundlichkeit.«

Der junge Mann deutete ein Lächeln an. »Sie sollten sich nicht zum Sprachrohr von jemandem machen, der uns seinen Willen aufzwingen will.«

Nun mischte sich George Kirsten ins Gespräch. Er trug einen an den Ärmeln verschlissenen Winteranzug, hatte schwere Augenlider und einen schleppenden Tonfall. Alles an ihm war schwerfällig. »Aber darum geht es doch gar nicht«, sagte er, um die Gemüter zu beruhigen. »Immerhin ist der Richter nicht unser Gefängniswärter, sondern unser Wohltäter. Verdient er nicht unser Vertrauen oder wenigstens unseren Dank?«

»Also wirklich«, sagte Claudia, »eine kleine Geste ...«

»... die zu nichts verpflichtet«, sagte Bruce Schwarz. »Ich

bin ebenso dickköpfig wie Sie, aber machen Sie es doch wie ich. Seien Sie kein Spielverderber. Schreiben Sie ein paar Worte auf diesen elenden Zettel, damit wir endlich den Tee trinken können, der uns so freundlich angeboten wurde.«

»Nein.«

»Das ist absurd«, sagte George.

»Was wollen Sie denn beweisen?«, fragte Claudia.

»Dass ich ein freier Mann bin.«

Der junge Mann blieb beharrlich bei seiner Weigerung. Er würde nichts schreiben. Weil seine Reisegefährten aber darauf bestanden, war er bereit, eine mündliche Erklärung abzugeben: »Ich heiße Joab. Geboren in Jerusalem. Ich bin Reserveoffizier.«

»Dann sind Sie ja Israeli«, rief Claudia. »Das erklärt alles, mein lieber Joab.«

Allein der Name Israel schien sie zu freuen.

»Was für ein schöner Name«, fuhr sie fort. »Welch ein großes Volk! Israel ist doch für seinen unbeugsamen Stolz bekannt!«

Sie wandte sich an den Richter und sagte: »Sind Sie damit einverstanden?«

Der Richter antwortete, ja, es sei ihm recht. Er hörte auf, im Zimmer auf und ab zu gehen, sammelte die Blätter ein, überflog sie und stieß hervor:

»Das ist natürlich nur ein Anfang, sagen wir eine Ouvertüre. Der erste Akt folgt später. Zunächst aber bringe ich Ihnen die warmen Getränke.«

Ich habe mich geirrt, dachte Razziel. Er ist weder Leichenbestatter noch Rechtsprofessor. Er ist bloß ein einfacher Grundschullehrer. Ein Grundschullehrer ohne Schüler.

Der Richter sah auf die Armbanduhr, murmelte: »Es ist noch früh«, steckte die vier Blätter in eine Mappe und ging hinaus.

Nach einigem Schweigen ging die Unterhaltung weiter. Man stellte sich genauer vor, dazu ein paar Bemerkungen und Höflichkeitsfloskeln.

»Er geht einem auf die Nerven«, sagte Claudia und stand auf, um ihre Glieder zu bewegen. »Ich hoffe, er kommt bald zurück, um uns zum Flugzeug zurückzubringen. Tee bekommen wir auch woanders.«

Alle waren derselben Meinung.

Durch das Fenster konnte man die mondlose, von wütenden Winden gepeinigte Nacht sehen.

Am Abend zuvor hatte der Wetterdienst Schnee angekündigt, aber nicht einen solchen Schneesturm. Am Kennedy Airport waren die meisten Flüge pünktlich, zumindest beinahe. Universal Air (Flug 420 New York-Lod) war zehn Minuten verspätet gestartet, weil die Besatzung nicht vollständig gewesen war. Es fehlte eine Stewardess, die auf der Triboro Bridge in einen Stau geraten war. Pnina, ihre Vertreterin, hörte gar nicht mehr auf, sich im Namen ihrer Kollegin bei den Passagieren zu entschuldigen. Gut gelaunt setzte der Flugkapitän noch einen drauf: »Sehen Sie, meine Damen und Herren, wenn die Frau, auf die man wartet, nicht kommt, macht man immer einen guten Tausch.« Mehrere militante Feministinnen unter den Passagieren protestierten lauthals.

»Ich mache mir keine Sorgen. Gott schützt uns«, flüsterte Pnina, die Jüdin war, ihrer amerikanischen Kollegin zu und lachte. »Unter den Passagieren sind viele Juden. Sieh sie dir an. Sie beten. Ich frage mich, worum sie beten. Um Ehemänner für unverheiratete Töchter? Ich hoffe, sie lassen mir was übrig. Ich brauche auch einen.«
»Lass sie beten, sie stören doch keinen.«
»Glaubst du, sie trauen uns nicht?«
»Was weiß ich. Bei der Inbrunst, mit der sie beten, und dem Geschick unseres Piloten kann uns nichts passieren.«
Sie hatte Recht, die Stewardess. Es waren viele Juden an Bord. An diesem Abend erinnerte das Flugzeug an eine Synagoge. In den Reihen verteilt gab es zahlreiche Passagiere, die Psalmen rezitierten, denn am nächsten Tag wurde die Chanukka, das Fest der Lichter, gefeiert. Mit Gottes Hilfe würden sie in weniger als vierundzwanzig Stunden in Jerusalem sein und dort die erste Kerze anzünden.
Das riesige Flugzeug riss sich gegen acht Uhr mit einem heftigen Ruck vom Boden los. Unten blinkten zahllose Lichter, als wollten sie ihm verschlüsselte Botschaften senden. Eine Atmosphäre der Erwartung und der Erregung. Eine Mutter küsste ihr Baby. Ein alter Mann streichelte den Kopf eines kleinen Jungen und sagte etwas, was der Kleine nicht verstand. Rechts von ihm ein Mann von unbestimmtem Alter, der ein Gähnen unterdrückte. Der Flugkapitän machte die übliche Ansage: »Wir haben soeben den Kennedy Airport verlassen. Dauer des Fluges: zehn Stunden und zweiunddreißig Minuten. Wir

werden auf einer Höhe von dreißigtausend Fuß fliegen und einige Gebiete mit Turbulenzen durchqueren. Aber sie werden trotzdem gut schlafen. Wenn Sie aufwachen, werden Sie die sonnenbeschienenen Gefilde des Landes sehen, das man das Heilige und das Gelobte nennt.«
Hände applaudierten. Die Maschine erreichte ihre Flughöhe, und die Stewardessen begannen vorne im Flugzeug mit der Verteilung der Getränke. Razziel hatte den Sitz 10 C, zehnte Reihe, am Gang. In drei Minuten würde er seinen Kaffee bekommen. Nein, doch nicht. Der Flugkapitän erklärte: »Wir kommen nun in das erste Gebiet mit Turbulenzen. Wegen der hohen Windgeschwindigkeit ist es ratsam, den Sicherheitsgurt anzulegen. Kehren Sie auf Ihre Plätze zurück, meine Damen und Herren.«
Plötzlich begann sich alles zu bewegen. Der Getränkewagen rollte in alle Richtungen. Die, die das Glück hatten, schon etwas serviert bekommen zu haben, bedauerten es nun. Sie waren durch und durch nass. Sie lachten darüber: Morgen würden sie es wieder vergessen haben.
Und Razziel, woran dachte er? An den Mann, der den Schlüssel zu seiner geheimen Vergangenheit besaß.
Wann hatten sie sich zum ersten Mal getroffen? Es war dort gewesen. Im Gefängnis. In der Zelle. Razziel erzählte ihm von den Qualen, die er in dem grauenvollen Labor ausgestanden hatte, in dem die Ärzte mit seinem Gedächtnis gespielt hatten, als sei es ein Film, dessen unbrauchbare Bänder in den Mülleimer fielen. Paritus, mein Retter, was wäre ohne dich aus mir geworden?

Paritus wartete in Israel auf ihn, Razziel unternahm diese Reise, um ihn wiederzusehen. Bravo, Paritus, du hast dein Versprechen gehalten. Danke, Alter. Du wirst mir helfen, die Teile meines zerbrochenen Lebens zusammenzukitten. Die fünf Geretteten saßen im Flugzeug nicht zusammen. Claudia schlummerte, Bruce versuchte, mit einer viel beschäftigten Stewardess zu flirten, George las ein Wissenschaftsmagazin, Joab hörte vage auf das Geschwätz seiner Nachbarn, und Razziel träumte vor sich hin. Die Launen des Wetters? Weniger dramatisch als die der menschlichen Seele. Und weniger beunruhigend. So etwas kommt häufig vor. Mit einem Lächeln prüfte Pnina nach, ob die Anweisungen des Flugkapitäns befolgt wurden. Claudia schlief weiter, und Razziel hing seinen Erinnerungen nach, die ihn in seine Vergangenheit als Gefangener zurückführten. Doch plötzlich sackte das Flugzeug in ein Luftloch. Und dann in ein anderes, tieferes. Claudia schreckte aus dem Schlaf hoch. Bruce, dem der Atem stockte, sagte sich, dass er das Bewusstsein verlieren werde. Joab klammerte sich mit beiden Händen so fest an seinen Sitz, dass es wehtat. Wie so oft in letzter Zeit dachte er an den Tod: Kann man sterben, ohne zu leiden? Wenn er daran dachte, wie oft er ihm im Kampf entkommen war – welch eine Ironie des Schicksals, ihm jetzt zu begegnen. Jemand rief: »Die Triebwerke! Die Triebwerke! Dieses Geräusch! Hören Sie die Triebwerke!« In der Kabine erhoben sich Schreie, einige Passagiere waren am Kopf verletzt. Die Stewardessen bemühten sich, wieder Ruhe herzustellen. Ein Chassid mit wild wucherndem Bart, die rechte Handfläche auf den Augenlidern, murmelte das »Schema Jisrael«. Eine Frau schrie: »Hilfe!« Ein Kind weinte. Pnina kniete bei ihm und trocknete seine Wangen. Razziel hörte seinen Nachbarn leise sagen. »Ich glaube nicht an Gott, aber ich hoffe, er ist barmherzig.« Eine Stimme: »Ich bin Arzt.« Der Flugkapitän: »Bitte bleiben Sie auf Ihren Plätzen.« Gleich danach wurde der Doktor doch um Hilfe gebeten. Er stürzte nach hinten, wo ein alter Mann von Krämpfen geschüttelt wurde und stöhnte. Herzanfall? Schlaganfall? Erneut heftige Bewegungen des Flugzeugs. Der Lautsprecher schwieg. Hier und da wurde nach den Stewardessen gerufen. »Was ist los? Wer ist verletzt? Was geschieht mit uns?« – »Nichts, nichts Schlimmes, bleiben Sie angeschnallt ...« Mit einem Lächeln auf den Lippen erklärte Pnina: »Nur ein paar schlimme Augenblicke, die wir überstehen müssen. Gleich haben wir die Turbulenzen hinter uns.« Dann redete der Flugkapitän: »Der Maschine ist nichts passiert. Sie ist intakt. Da aber der Sturm sehr bedrohlich ist, halte ich es für besser, wenn wir irgendwo landen. Zum Kennedy Airport können wir nicht zurück. Wir stehen mit mehreren Kontrolltürmen in Verbindung. Die meisten großen Flughäfen in der Gegend sind geschlossen. Boston ist noch offen, aber mit nur einer Landebahn ... Mist, jetzt haben sie auch den geschlossen.« Die Passagiere hielten den Atem an. Jetzt sprachen mehrere Chassidim laut Gebete auf Hebräisch, eine Christin tat das Gleiche auf Englisch. Der Alte mit dem schwachen Herzen hatte sich beruhigt. Sein verängstigter Enkel hielt seine Hand.

George Kirsten sah sich prüfend um: Wenn er sterben würde, wäre er endlich frei und seine Frau auch. Aber Pamela? Sie würde ihre Stelle im Nationalarchiv behalten. Und bestimmt einen Weg finden, ihre Abende auszufüllen. Aber die Kinder? Was sollte aus ihnen werden? Claudia dachte an den Mann ihres Lebens, ihres endlich wiedergefundenen Lebens: Wer würde ihm sagen, was allein sie ihm offenbaren konnte? In diesem Moment war David ihr so nah, dass sie sich Mühe geben musste, nicht in Tränen auszubrechen.

Joab sagte sich, wenn dem Piloten etwas geschehen sollte, könnte er ihn ersetzen. Dann wäre seine Vergangenheit bei den Luftstreitkräften wenigstens zu etwas nütze. Razziel fragte sich, ob Paritus bei diesem Wetter vielleicht in einem ähnlichen Flugzeug saß, hin und her gerüttelt von unbändigem Wind; dann wäre ihr Treffen auf immer versäumt. Plötzlich sah er Paritus vor sich: seine langsamen, beruhigenden Gesten. Sein reiches und zugleich so erlesenes Wissen. Seine Versprechen. Die Stimme des Flugkapitäns: »Eine gute Nachricht! Ein kleiner Flugplatz, ganz in der Nähe. In Connecticut. In ein paar Augenblicken werden wir landen. Also, seien Sie zuversichtlich; es sieht gut aus ...« Endlose Augenblicke der Spannung, des Nachdenkens, der ängstlichen Hoffnung. Auch Gewissensbisse: »Ich hätte nicht mitfliegen sollen ... Ich hätte auf besseres Wetter warten sollen ...« Ach, könnte der Mensch doch rückgängig machen, was er selbst angerichtet hat ...

Zu spät für Gewissensbisse. Jedenfalls ist die Prüfung bald überstanden. Und sie geht glücklich aus. Dem Piloten gelingt die beste Landung seiner Laufbahn. Trotz schlechter Sicht und beschädigtem Radarsystem setzt die Maschine auf, gleitet eine Weile über die verschneite Piste und beendet ihre Fahrt genau vor einem Stacheldrahtzaun. Nachdem der Schreck vorbei ist, bedenken die Passagiere den Piloten mit donnerndem Applaus und Bravo-Rufen. Er dankt ihnen: »Hab ich es Ihnen nicht gesagt? Diese modernen Flugzeuge sind widerstandsfähig und halten die schlimmsten Unwetter aus ... Hier ist alles für Ihren vorübergehenden Empfang vorbereitet. Sobald es das Wetter erlaubt, treffen wir uns wieder und setzen unsere Reise gemeinsam fort.«

Ein Optimist, der Pilot. Vielleicht kennt er das Sprichwort nicht, das besagt: »Der Mensch denkt, Gott lenkt.« Auf Jiddisch heißt es: »Der Mensch handelt, Gott lacht.«

Der Flughafen ist verwaist. Ein Licht: die elektrische Taschenlampe des einzigen Wachmanns. Er ist von Kopf bis Fuß eingemummt und hilft den Passagieren, aus dem Flugzeug zu steigen. Er murmelt: »Sie haben Glück gehabt ... Glück ... Das ist ein Wunder ... Ein wahres Wunder ...« Mit Hilfe der Besatzung führt er sie in eine Art Hangar, leer und eiskalt: der Warteraum. »Ich mache ein paar Anrufe bei den Leuten im Dorf.« Ein halbe Stunde später hört man die Geräusche winterfester Autos. Ungefähr zehn Leute haben sich auf die Anrufe hin gemeldet. Jeder soll so viele Passagiere mitnehmen, wie möglich. »Es ist eine Sache von ein paar Stunden«, sagt der Pilot. »Morgen früh heben wir ab.« Der Wachmann und die Besatzung kümmern sich um die Verteilung der Geretteten.

Familien und Freunde werden nicht getrennt. Bei den anderen geht es nach dem Lotterieprinzip. So hat der Zufall Razziels Gruppe zusammengestellt. Ihr Auto ist das siebte.

Der Bucklige erschien mit dem Tee: ein seltsamer Kerl. Klein, gedrungen, schnelle Bewegungen, ein entstelltes, borstiges Gesicht, ungleich gewölbte Schultern: Alles an ihm störte. Er gehörte zu einer anderen Welt, einer anderen Spezies. Claudia bot an, die anderen zu bedienen, aber der Bucklige lehnte ab.
»Sie sind schließlich unsere Gäste«, sagte er mit einer erstaunlich melodiösen Stimme. Dann mit einem kurzen sarkastischen Lachen: »Wie würde die Geschichtsschreibung urteilen, wenn wir unsere Pflichten versäumten?«
Razziel ließ sich seine Überraschung nicht anmerken: Was hatte die Geschichtsschreibung damit zu tun? War sie nicht anderweitig beschäftigt, mit wichtigeren Leuten? Er schrieb die Bemerkung einer seltsamen Ironie des Buckligen zu, der vielleicht seinen Chef nachahmen wollte.
»Wer möchte Zucker?«
»Gibt es vielleicht Zitronen in diesem feinen Restaurant?«, fragte Claudia in einem Ton, der sich vertrauensvoll und fröhlich anhören sollte.
»Wir bedauern, aber der Supermarkt hatte heute geschlossen«, antwortete der Bucklige und deutete eine Geste der Zerknirschung an. »Was will man machen, bei dem

Schnee ... Wir bedauern es außerordentlich, bitte glauben Sie uns.«

Er verließ rückwärts den Raum, indem er das leere Tablett auf einer Hand schaukelte, und ließ die Gäste ruhig und genussvoll den heißen Tee schlürfen. Ahnten sie, dass ihr Schicksal bald eine schlimme Wendung nehmen würde, wenn es nicht schon geschehen war? Im gedämpften Licht nahmen sie ihre Gespräche wieder auf.

»Von so viel Hässlichkeit an einem Körper wird mir ganz übel«, sagte Bruce Schwarz mit einer Spur von Verachtung.

»Vom Richter genauso?«, fragte Razziel.

Dank seiner Gabe der Intuition, die er von seinen Eltern und deren Eltern geerbt hatte, hatte er dem Richter vom ersten Moment an misstraut. War es dessen übertriebene, heimtückische Höflichkeit? Das durchdringende, eisige Licht in seinem reglosen Blick? Der Mann rief bei ihm Erinnerungen wach, die er seit langem begraben hatte.

»Ja«, antwortete Bruce, »vom Richter genauso.«

»Ich empfinde es anders als Sie«, sagte Razziel.

»Und warum?«

»Der Bucklige lügt nicht; seine Erscheinung spiegelt sein Wesen wider. Beim Richter ist das anders. Ich weiß nicht, warum, aber ich zweifle an allem, was er sagt. Ich glaube sogar, dass er sich über die Welt lustig macht. Er ist kein Richter, vom Recht versteht er nichts, er gehört keinem Gericht an, das diesen Namen verdient.«

»Wie soll man dann erklären, dass er uns so warmherzig und menschlich empfangen hat?«, fragte Claudia. »Das war ehrlich gemeint. Warum hätte er sonst sein Haus verlassen, um uns zu beherbergen, uns Schutz zu gewähren und zu verpflegen?«

»Ich kann es mir nicht erklären«, gab Razziel zu. »Meine Erfahrung sagt mir, dass manche Dinge, manche Ereignisse nur eine Zeit lang unerklärlich zu sein scheinen. Bis zu dem Augenblick, in dem der Schleier reißt.«

Claudia sah ihn freundlich an.

»Ich bin weniger pessimistisch als Sie. Ihr Misstrauen überrascht mich. Was haben Sie nur gegen den Richter? Er ist so zuvorkommend. So liebenswürdig. So froh, dass er uns in Sicherheit weiß. Warum sollte er lügen?«

»Vielleicht hat er seine Gründe«, sagte Razziel.

Bruce schloss sich Claudias Meinung an. George und Joab wirkten unbeteiligt, so als ginge sie die Diskussion nichts an.

»Trotzdem wäre ich gern schon wieder weg«, räumte George schließlich ein und kratzte sich seinen entblößten Schädel.

»Und ich erst«, sagte Claudia.

Aus verschiedenen Gründen hatten es alle eilig, nach Israel zu kommen.

»Ich glaube, so schnell wird daraus nichts werden«, bemerkte Razziel. »Wer weiß, wann der Sturm vorüber ist. Und ob das Flugzeug starten kann.«

»So weit sind wir noch nicht«, pflichtete Bruce ihm bei.

»So viele verlorene Stunden«, empörte sich Claudia. »Wo in Tel Aviv so viel auf mich wartet. Eine ziemlich dringende, lebenswichtige Angelegenheit.«

Bruce ärgerte sich. Er pfiff durch seine vollen Lippen.
»Sie sind nicht die Einzige.«
»Wenn das Ihre Art ist, Frauen zu verführen, liegen Sie falsch.«
»Sie verführen? Der Mann Ihres Lebens tut mir leid. Mit Ihnen dürfte die Liebe kein besonders lustiger Zeitvertreib sein.«
»Wie können Sie es wagen?«
»Ruhe bitte«, fuhr George, der Archivar, dazwischen. »Das ist nicht der Moment, um zu zanken. Wenn es so weitergeht, können wir uns am Ende nicht mehr ausstehen! Sie wissen ebenso gut wie ich, was uns die Historiker lehren: Einen Streit zu beginnen ist einfach. Nicht jedoch, ihn auf intelligente Weise zu beenden.«
»Kümmern Sie sich um Ihre eigenen Angelegenheiten«, sagte Bruce, lauter geworden. »Ich sage, wozu ich Lust habe.«
Endlich hatte Joab das Bedürfnis, seine Gleichgültigkeit abzulegen.
»Ich bitte Sie, schonen Sie Ihre Nerven! Sie werden Sie noch brauchen! Wir alle sind sehr angespannt, das ist ganz verständlich, aber wir sind nun einmal dazu verdammt, diese paar Stunden gemeinsam zu verbringen. Dazu ist etwas Höflichkeit notwendig. Und Zurückhaltung.«
Claudia wechselte plötzlich die Farbe: Die Stimme des israelischen Offiziers erinnerte sie an David. Vielleicht kannten sie einander. In Israel kennen sich alle, so heißt es immer. War es nicht eine große Familie, mehr als ein Land?

»Sie sind Berufssoldat, aber Sie sprechen wie ein geborener Diplomat«, sagte sie amüsiert.
»Wenn Kinder sich streiten, muss ein Erwachsener eingreifen«, erklärte Joab und lächelte ebenfalls.
»Das ist wirklich der Gipfel!«, rief Bruce.
Glücklicherweise ging die Tür auf. Razziel, den etwas fröstelte, lief ein Schauer über den Rücken. Der Richter setzte sich ans Ende des Tisches.
»Ich erkläre die Sitzung für eröffnet«, sagte er mit feierlicher Stimme.
Claudia brach in Lachen aus. Sie lachte oft. Lachen war ihre Art, sich auszudrücken.
»Ich frage mich, was Sie so amüsiert«, brummte Bruce und legte sich den roten Schal wieder um den Hals.
Sie wollte ihm gerade antworten, das gehe ihn nichts an, aber der Richter kam ihr zuvor:
»Im Augenblick sind Sie alle frei. Frei zu lachen oder zu träumen. Zu leben oder zu vergessen, dass Sie noch am Leben sind. Danach werden wir sehen.«
»Wonach?«, fragte Bruce.
»Ein bisschen Geduld könnte Ihnen nicht schaden, Herr Schwarz. Alles zu seiner Zeit.«
»Darf man rauchen?«, erkundigte sich Claudia.
»Können Sie sich nicht beherrschen?«, fragte George. »In einem geschlossenen Raum zu rauchen wird gesundheitsbewussten Menschen von den Ärzten nicht gerade empfohlen.«
»Andere Meinungen?«, fragte der Richter.
Bruce war dafür, Razziel dagegen. Razziel dachte an Kali

und ihren verfluchten Krebs, Kali, die nie mit dem Rauchen aufgehört hatte.

Der Richter überlegte eine Weile und verhängte dann einen unwiderruflichen Spruch. »Sie dürfen rauchen.«

Hochmütig steckte Claudia sich eine Zigarette an, tat einige Züge und machte sie dann in der Untertasse, die vor ihr stand, aus.

»Danke«, sagte George.

Der Richter sah ihn strafend an, weil er ohne Erlaubnis das Wort ergriffen hatte. »Und wenn wir jetzt über ernstere Dinge reden würden?«

»Einverstanden«, gab Bruce zurück. »Was sagt der Wetterbericht? Wie lange, glauben Sie, werden wir noch Ihre Gastfreundschaft genießen? Weiß die Besatzung, wo wir sind? Nur für den Fall, dass...« Er führte den Satz nicht zu Ende, aber eine Geste genügte, um seinen Gedanken Ausdruck zu verleihen.

»Ist das alles?«, fragte der Richter.

»Im Moment ja.«

Der Richter nahm Haltung an, bevor er fortfuhr: »Sie reden hier, als hätten Ihre Freunde Sie offiziell zum Sprecher ernannt. Wenn dem so ist, müssen Sie es mir sagen.«

»Sie sind verrückt, aber ehrlich!«

»Achten Sie darauf, wie Sie mit dem Gericht reden. Beleidigung des Gerichtshofs ist ein schweres Vergehen! Ich habe Sie etwas gefragt. Antworten Sie bitte.«

»Also gut. Die Antwort ist nein. Aber mir wäre lieb, wenn Sie mir auf meine Fragen, meine eigenen, wohlgemerkt, Antwort geben würden.«

Der Richter warf ihm einen unerbittlichen Blick zu. »Die Nachrichten sind nicht sehr ermutigend. Die Wettervorhersagen sind eher pessimistisch. Es tut mir leid. Heute Nacht wird der Himmel nicht aufklaren und auch morgen nicht.«
»Was werden wir tun?«, jaulte Bruce und sprang auf.
»Warten«, sagte der Richter und rieb sich die Stirn, wie um einen Zweifel zu verwischen. Sein Ton wurde härter: »Setzen Sie sich!«
»Ich will aber nicht sitzen.«
»Ich befehle Ihnen, sich zu setzen«, wiederholte der Richter.
In seiner rauen Stimme lag der Anflug einer Drohung. Vier Augenpaare folgten der Auseinandersetzung, aus der der Richter als Sieger hervorging. Seine Ruhe war stärker als Bruce' Zorn. Und dieser gehorchte schließlich.
»Ich möchte telefonieren«, sagte Claudia.
»Und ich auch«, echote Bruce.
»Ich muss unbedingt jemanden davon benachrichtigen, was uns zugestoßen ist«, erklärte Claudia.
Auch ich müsste dem, der auf mich wartet, Bescheid sagen, dachte Razziel. Ich bin von ihm abhängig. Aber wie soll ich ihn erreichen? Er wird mich zu finden wissen. Wie früher. Er wusste, wohin ich ging und zu welchem Zweck. Er wusste Dinge von mir, die ich immer noch nicht weiß.
»Die, die auf Sie warten, wissen sicher Bescheid«, sagte der Richter. »Der Sturm wird in allen Zeitungen Schlagzeilen machen.«
»Ich muss ihn trotzdem anrufen«, beharrte Claudia.

»Das ist leider unmöglich. Die Leitungen sind unterbrochen. Das Telefon ist stumm. Nicht nur meines. Keins funktioniert. Wir sind praktisch isoliert. Von der Außenwelt abgeschnitten.«

Bruce Schwarz schlug mit der Faust auf den Tisch und brachte Tassen und Untertassen ins Wanken: »Verfluchte Schlamperei! Was ist das für ein elendes Kaff, in dem wir hier landen mussten? Was habe ich dem liebem Gott getan, dass ich diesem Irren begegnen muss?«

Claudia gab sich mit den Erklärungen des Richters zufrieden und versuchte, ihn zu beruhigen. »Warum regen Sie sich so auf? Anstatt dieses Dorf und unseren wohlwollenden Gastgeber zu beleidigen, sollten Sie ihm lieber dafür danken, dass er Ihnen, dass er uns das Leben gerettet hat.«

Der Playboy und die junge Rothaarige hatten keinen Draht zueinander, das war offensichtlich. Ihre Temperamente mussten aufeinander prallen. Sie waren beide Hitzköpfe. Macht nichts, dachte Razziel. Sie werden bald genug davon haben.

Der Richter beobachtete sie mit ebenso wenig Anteilnahme wie zuvor, ein peinlich genauer und neutraler Prüfer, den rechten Zeigefinger in seiner Weste, jedes Wort, jeden Tonfall abwägend, als wollte er sie erforschen, sie mit anderen vergleichen, die früher oder gestern in seiner Gewalt gewesen waren. Seine herrische Stimme rief sie zur Ordnung: »Ich habe Ihre Lebensläufe gelesen. Da uns genügend Zeit zur Verfügung steht, schlage ich vor, sie zu vertiefen.«

Nein, überlegte Razziel. Er ist weder Leichenbestatter

noch Pfarrer. Im Augenblick hält er sich für einen Polizeikommissar oder einen Untersuchungsrichter. Er hat zu viel Kafka oder Borges gelesen.

»Es gibt Fragen, die wir zu klären haben. Was hat Sie hier unter meinem Dach zusammengeführt? Der Zufall? Nur der Zufall? Das wäre zu einfach. Ich glaube nicht daran. Hinter dem Zufall muss es etwas anderes geben. Einen Plan? Eine Verschwörung? Welche? Gott? Auch das ist zu einfach. Wer verbirgt sich hinter ihm?«

»Finden Sie nicht, Sie gehen ein wenig zu weit?«, rief Bruce Schwarz, der Playboy mit dem losen Mundwerk.

»Merken Sie nicht, dass er Theater spielt?«, sagte Claudia tadelnd. »Soll er sich doch ruhig amüsieren.«

Ja, sagte sich Razziel. Er glaubt, er sei im Theater. Aber was spielt er? Die erzwungenen biographischen Notizen, die lächerlichen Befragungen, wozu sind sie gut? Und woher kommt dieses Unbehagen, das seit unserer Ankunft in diesem Haus immer größer wird?

»Ich bitte Sie beide, mich nicht zu unterbrechen«, sagte der Richter, ohne den Kopf zu heben.

Und so kam der Mechanismus einer Geschichte in Gang, die bei jedem ihrer Helden zunächst Ungläubigkeit auslöste und später Panik wie bei der Ankündigung eines Unglücks.

Allein in dem Zimmer, von dem aus er die fünf Reisenden beobachten konnte, dachte der Bucklige über seine Lage nach und redete über sich selbst, den Diener, den Sklaven des Richters, als handele es sich um einen Fremden:

Manche sind der Aufsicht Gottes unterstellt, andere werden von einem Menschen bewacht, der sich für den Abgesandten des Todes und die Verkörperung seines Hohngelächters hält. Warum aber braucht dieser Mensch einen Sklaven zu seiner Begleitung?
Wer wird leben? Wer wird verlieren? Wer wird den Richter richten?
Im Augenblick ist noch alles möglich.
Aber ab wann wird der Mensch zur Geisel dessen, den er für seinen Retter hält? Wird das Schicksal noch auf die junge Frau aufmerksam werden? Und warum hat sich der Sklave in sie verliebt? »Wenn sie mich liebt«, sagt er sich, »werde ich den Platz des Herrn einnehmen und die Menschen heilen von dem Bösen, das sie erschüttert.« Hat er diese Worte laut oder nur in Gedanken ausgesprochen? Er weiß es nicht mehr. Aus verschiedenen Gründen jedenfalls wagt er nicht einzugreifen. Jedenfalls nicht sofort. Vielleicht zögert er, den abscheulichen Charakter des Mannes zu entblößen, der ihn an seinen Willen gekettet hält. Denn nach so vielen Jahren, die er in seinem Schatten lebt, hat er einige Wahrheiten über seinen Meister herausgefunden, die ihn noch heute in Zweifel und Ungewissheit versetzen.
Welche Mächte sind das, die der Richter mit sich versöhnen oder herausfordern will? An einem Tag ist er Schutzengel, am nächsten Tag Versucher, und es gefällt ihm, Angst zu verbreiten. Angst ist der Sinn, den er seinem Leben gibt. Nur dem seinen?

Der armselige Sklave, der die Hoffnung auf Freiheit aufgegeben hat, welchen Sinn hat sein Leben? Wann hat er erkannt, dass er lieben kann? Gerade eben, als er heimlich diese noch junge Frau beobachtete, deren Unterlippe zu zittern begann.

Es ist das erste Mal, dass er beim Anblick einer Frau solches Herzklopfen hatte. Nein, auch bei seiner Mutter war es so. Sobald er sie sah, stürzte er auf sie zu, schwitzend, mit bis zum Zerspringen klopfendem Herzen, gewillt, sein Leben für eine Liebkosung zu geben. Aber das war früher. Vor dem Unfall. Seitdem haben Frauen (sogar die Frau des Apothekers) ihn immer gleichgültig, kalt gelassen: Verglichen mit seiner Mutter schienen sie blass, distanziert. Aber heute Abend nicht. Er betrachtet die Besucherin mit offen stehendem Mund, mit zugeschnürter Kehle, dem Ersticken nah. Warum sagen die Leute »wie vom Blitz getroffen«? Er hatte noch nie Angst vor dem Blitz. Er würde eher Wörter wie »Funken« oder »Erleuchtung« verwenden.

Er hatte den Eindruck, dass sich die junge Frau mit einem Murmeln an ihn wandte. War es ein Gebet? Ein Hilferuf, den sie an ihn richtete? Oder sprach sie nur mit sich selbst, versuchte zu verstehen, was mit ihr geschah?

An dir ist es zu urteilen.

Du bist am Zuge, sagt sich der Bucklige.

Mitternacht ist vorüber. Wird der Schnee die ganze Welt verschlingen? Und am Ende auch noch die Zeit?
Er ist wie das Geld, wie die Liebe, der Schnee: Er hilft den einen, sich zu vergnügen, auch sich zu reinigen, und den anderen, sich zu beschmutzen.
Die Kinder spielen damit. Und die Sportler. Schneebälle, Schneemänner, Siege im Schnee, Goldmedaillen und Weltruhm. Und dennoch.

Während er die Schriftstücke auf dem Tisch las, sprach der Richter mit sich selbst: Mit wem soll ich anfangen? Warum nicht mit Herrn Schwarz? Wo er schon so geschwätzig ist, soll er sich doch bequemen, uns über seine überschäumende Wut aufzuklären.
Dann begann er, Bruce zu befragen, als wäre er ein Untersuchungshäftling oder bereits ein Angeklagter: Warum zeigte er sich so unhöflich, widerwärtig und feindselig? Hatte er vor, dem Gericht und seinem Präsidenten die Autorität abzusprechen? Und sein Beruf, warum machte er so ein Geheimnis darum? Er bezeichnete sich als Playboy. Was war darunter genau zu verstehen? Ein Vatersöhnchen? Ein Boy, ein Junggeselle, der im Leben auf nichts als Vergnügen und Genuss aus war? Vielleicht ein Gigolo? War das überhaupt ein Beruf für einen anständigen Mann?

War das ein Vorbild, das man loben und anderen vermitteln sollte?

Der Richter stellte diese Fragen in neutralem, monotonem, professionellem Ton. Selbst als er Bruce vorwarf, er weigere sich, die Ordnung (!) des Gesetzes (!!) anzuerkennen, tat er dies wie ein Techniker, mit nüchterner Stimme, ohne jedes Anzeichen persönlicher Abneigung. Er erfüllte seinen richterlichen Auftrag, seine Bürgerpflicht, im Bewusstsein seiner Verantwortung. Beharrte der Beschuldigte darauf, die Untersuchung zu sabotieren, so schadete er nur sich selbst. »Sabotieren« war vielleicht ein hartes Wort, aber besagter Bruce Schwarz tat nichts, um dem Richter seine Aufgabe zu erleichtern, und das machte ihn umso verdächtiger. Es war sehr einfach. Auf alle Fragen antwortete er mit einer Beschimpfung oder einer ausweichenden Geste. Manchmal musste sich der Richter mit seiner immer gleichen rauen und trockenen Stimme wiederholen, wie um die Bedeutung des Gesagten hervorzuheben, was dem Befragten auf die Nerven ging, aber das war auch alles.

Erst als der Richter auf seine Beziehungen zu Frauen zu sprechen kam, brach Bruce in ein kehliges Lachen aus: »Na, da haben wir's ja, du kleiner Lüstling! Pornogeschichten, das ist es, worauf du aus bist, was? Du brauchst ein bisschen Erregung, stimmt's, du Ferkel?«

Der Richter antwortete nicht auf diese persönlichen Angriffe und wartete, bis der andere sich beruhigt hatte, bevor er sein Verhör fortsetzte, das zu nichts führte.

Vielleicht um zu zeigen, dass sie sich von ihrem Reisege-

fährten distanzieren wollte, nahm Claudia eine eher entgegenkommende, beinahe liebenswürdige Haltung ein. »Gesellschaftsspiele können eine sinnvolle Zerstreuung sein. Wie kann ich dazu beitragen?«
»Sie haben sich als Pressesprecherin bezeichnet. Sie arbeiten für ein Theater. Für welches?«
»Für eine kleine Truppe, die einen guten Ruf hat, natürlich Off-Broadway.«
»Der Name?«
»›Der Spiegel der Bühne‹. Ein hübscher, kleiner Theatersaal. Vierhundert Plätze. Es ist gemütlich, die Atmosphäre persönlich. Experimentelles Theater. Sehr jung. Wie das Publikum, das auch sehr jung ist.«
»Was wird im Moment gespielt?«
»Das erste Stück eines blinden Autors. Die Eltern des Helden, der ebenfalls blind ist, beschreiben ihm eine Welt, die es nicht gibt, damit er nicht glaubt, auf zu viele Reichtümer verzichten zu müssen. Seine Verlobte jedoch macht bei diesem Spiel nicht mit. Sie liebt ihn und glaubt, das müsse ihm genügen. Er hat die Wahl.«
Es entstand eine kurze Debatte. Bruce Schwarz, zum Theaterkritiker avanciert, hielt die Handlung für zu abstrakt. In ironischem Ton erteilte Claudia ihm eine Lektion in Schauspielkunst. Ihrer Meinung nach hing alles von den Darstellern ab. Manche seien in der Lage, die Seite eines Adressbuchs aufzusagen und die Zuschauer zum Lachen oder zum Weinen zu bringen.
»Letztes Jahr«, erinnerte sie sich, »hatte die junge Truppe sich ein originelles Schauspiel ausgedacht. Einen Mono-

log. Unter lauter Gesunden hält sich der Held für einen Toten und belästigt seine ganze Umgebung. Irgendwann starrt er die Zuschauer mit den Augen eines Irren an und ruft: ›In einem Roman von Axel Munthe, dem großen schwedischen Schriftsteller, der Könige und Vögel liebte, erklärt ein Mann, er sei tot, doch er wisse es nicht. Ich hingegen bin tot und weiß es. Sie wissen es nicht. Deshalb verstehen Sie mich nicht. Sie haben Angst; Sie haben Angst, die Toten zu verstehen ...‹ Wenn ich nur beschreiben könnte, welche Bestürzung das Publikum überkam ...« Sie sprach mit solcher Heftigkeit, dass niemand sie zu unterbrechen wagte.

Razziel beglückwünschte sie. Bruce gab mürrisch einen unverständlichen Laut von sich. Joab war mit seinen Gedanken woanders. George lächelte.

»Ihre Meinung, George?«, fragte der Richter.

»Ich gehe nur selten ins Theater.«

»Nie?«

»Selten.«

»Offenbar lässt das Theater Sie gleichgültig.«

»Keineswegs. Es ist einfach: Ich lebe in einer Welt, in der es nichts gibt als geschriebene oder gedruckte Worte. Sie haben ihr eigenes Geheimnis, das ich zu durchdringen suche, ohne sie zu verletzen. Manchmal sehe ich, wie diese Wörter tanzen oder Feuer fangen. Dann spüre ich, dass ich am Leben bin.«

Der Richter wiederholte die letzten Worte in kaltem Ton: »Sie spüren also, dass Sie am Leben sind. Aha.« Plötzlich verstimmt, wandte er sich an Joab, der immer noch geistesabwesend war. »Und Sie, Herr Soldat? Woran denken Sie?«

Joab antwortete nicht gleich.

»Ich habe Sie gefragt, woran Sie denken.«

»An das erste Stück, von dem die Rede war. Ich habe in meinem Land, in dem so viel Blut fließt, viele blinde Menschen gesehen. Soldaten mit Augenverletzungen. Panzerführer, die nur durch ein Wunder ihrem brennenden Panzer entkommen sind, mit halb verbranntem Körper, herausgerissenen Augen.«

»Was halten Sie von Claudias Stück?«

»Na, übertreiben Sie nicht!«, rief die junge Frau aus. »Es ist nicht von mir.«

»Ich kenne es nicht«, sagte Joab. »Ich weiß nur, dass ich es mir nicht ansehen werde.«

»Warum nicht?«

»Ich habe keine Lust, Schauspieler zu sehen, die sehen können, aber so tun, als wären sie blind.«

»Und Sie, Razziel?«

»In der Schule, die ich leite, gehört Theater nicht zum Unterrichtsstoff. Im Gegensatz zu Griechenland gibt es in der Welt des Talmud kein Theater.«

»Aber das Thema des blinden Menschen?«

»Ich finde Blinde faszinierend. Sie sehen eine Welt, die nicht die meine ist. Aber beide Welten interessieren mich gleichermaßen.«

»Herr Kirsten? Was hält der Archivar von dieser Debatte?«

George lächelte. Sollte er antworten, dass er Claudia attrak-

tiv fand? Sie erinnerte ihn an Pamela, nur jünger, dabei sah sie ihr nicht ähnlich. Alles an ihr gefiel ihm. Die Art, wie sie sich gab, wie sie sich ausdrückte, so ganz natürlich. Ihre sarkastische Haltung gegenüber dem Playboy. Ihre tiefen Atemzüge, ihre geöffneten Lippen. Es war die Art Frauen, die er begehrte. Wie Pamela. »Ich kann mir vorstellen, dass alle Themen für das Theater geeignet sind«, erklärte er schließlich.
»Feige«, sagte Bruce.
»Scharfsinnig«, verbesserte Claudia ihn.
Sie warf George einen amüsierten Blick zu: Sie waren Komplizen. Sie hüteten ein Geheimnis, das gerade geboren war, aber noch keinen Namen hatte. Auch keine Zukunft. War es, weil sie seine Verletzlichkeit erraten und beschlossen hatte, ihn zu schützen? Oder weil sie allen zulächelte, die der Zauber des Schauspiels faszinierte?
»Herr Kirsten!«, sagte der Richter.
Der Angesprochene reagierte nicht. Ob er schlief?
»Herr Kirsten! Ich rede mit Ihnen. Man richtet das Wort an Sie, und Sie hören nicht zu. Interessiert Sie nicht, was wir hier tun?«
»Ich bitte um Entschuldigung. Ich bin müde von der Reise. Ich kann mich nicht konzentrieren.«
Der Richter tat, als blicke er in seine Papiere. »Ihre biographischen Notizen sind recht spärlich.«
»Was wollen Sie, mein Leben hat wenig Außergewöhnliches.«
»Sie sind Archivar.«
»Ja.«

»Was bewahren Sie in Ihren Archiven auf?«
George zwinkerte mehrmals. Er verstand die Frage nicht. Sie wurde ihm zum ersten Mal gestellt. Was kann ein Archivar in den Dokumenten, die er aufbewahrt, suchen? Klare Antworten auf unklare Fragen? Die Wahrheit über den Menschen, den es zur Lüge hinzieht? Das Geheimnis des genetischen Codes? Den Ursprung der Zeit? Die Befragung ging ihm auf die Nerven.
»Früher«, sagte er schließlich, »träumte ich davon, Wissenschaftler zu werden. Aber das ist eine ganz spezielle Disziplin, manchmal findet man, was man nicht gesucht hat, aber das, was man finden wollte, findet man nicht. Glücklicherweise hatte ich keine wissenschaftliche Begabung. So habe ich mich der Archivkunde zugewandt. Da weiß man, was man suchen muss und wie man es finden kann.«
»Das alles ist interessant, aber Sie haben nicht auf meine Frage geantwortet: Was möchten Sie in Ihren Archiven aufbewahren?«
George dachte angestrengt nach.
»Die Erinnerung«, sagte er.
»Welche?«
»Die an die Toten und an die, die noch lebendig sind.«
»Anders gesagt«, unterbrach ihn Razziel, »Ihr Ehrgeiz liegt darin, das Gedächtnis des Gedächtnisses zu sein.«
In Georges nachdenklichem Blick mischten sich Überraschung und Dankbarkeit.
»Wunderbar!«, rief Claudia aus. »Für mich ist das Gedächtnis mit dem Theater verbunden. Was ist eine Darstellung

anderes als ein Bruchstück der Erinnerung, das geboren wird, um für einen Augenblick der Ewigkeit zu bestehen, ein starker menschlicher Appell an die Schönheit einer Existenz, die unausweichlich der Hässlichkeit, der Todesverfallenheit preisgegeben ist?«

»Dummes Gerede«, warf der Playboy ein, um sie zu ärgern.

Der Gedankenaustausch, an dem sich jetzt alle beteiligten, hätte eine Diskussion von Intellektuellen auf der Terrasse eines Cafés an einem Sommertag oder am Kaminfeuer an einem Herbstabend sein können.

»Das ist genug, ich meine Sie alle!«, erklärte der Richter. »Wir sind nicht hier, um Ihren rhetorischen Gefechten zu lauschen!«

»Aber warum sind wir dann hier?«, fragte Claudia mit gespielter Naivität.

»Das werden Sie zum richtigen Zeitpunkt erfahren.«

Alle glaubten noch immer an eine Laune ihres Gastgebers, die keine Konsequenzen haben würde. Er unterhielt sich, indem er sie unterhielt. Damit die Zeit schneller verging. Damit das Warten erträglicher wurde. Vielleicht war dies seine Art, seinen Gästen ein wenig Zerstreuung zu bieten.

Der Richter wandte sich dem Archivar zu. »Sie sind schweigsam, zu schweigsam. Was verbergen Sie hinter Ihrem Schweigen?«

»Vielleicht ein anderes Schweigen.«

»Das verstehe ich nicht.«

»Das ist schwer zu erklären. Ich ziehe das Geschriebene

vor. Wenn ich sprechen muss, stelle ich mir vor, dass ich lese. Schweigend.«

»Verlange ich zu viel, wenn ich Sie bitte, sich Mühe zu geben?«

Da der Archivar nichts sagte, kam Razziel ihm zu Hilfe. »Mit Ihrer Erlaubnis, ich glaube, ich verstehe es ... Wie soll ich es erklären? Die Leute täuschen sich, wenn sie glauben, dass es nur die Wahl zwischen Reden und Schweigen gibt. Hinter einem Schweigen können sich andere verbergen. In einem begnadeten Augenblick mag es uns gelingen, eine dieser Schichten des Schweigens aufzudecken. Aber sogleich stellen sich neue ein und verwirren uns.«

»Und die Gegenwart«, begann der Richter, »zählt die für Sie nicht, Herr Archivar?«

»Nein. Sie vereinnahmt mich, aber ich bemühe mich, ihr zu widerstehen.«

»Anders gesagt, allein die Vergangenheit zieht Sie an. Aber ihre Zeitgenossen, existieren die für Sie nicht?«

»Gestern habe ich einem Maler geholfen, sein Bild fertig zu stellen.«

»Und vorgestern?«

»Vorgestern habe ich einem alten Mann, der Angst vor dem Sterben hatte, Geschichten erzählt.«

»Und am Tag davor?

»Da habe ich eine verliebte Frau singen hören.«

Der Richter ist gefährlich, dachte George, wie kann man ihn auf eine falsche Fährte führen? Er wusste nicht, wie, aber er begriff, dass er unbedingt vor ihm verbergen musste, was ihn quälte: das geheime Dokument, von dem die Zukunft und vielleicht das Leben eines Mannes abhingen.

»Bisher haben wir von Worten und vor allem vom Schweigen gesprochen«, sagte der Richter und fixierte ihn mit seinen kalten Augen. »Ich würde eines Tages gern die Möglichkeit haben, Ihre Archive zu benutzen. Gibt es auch eines, in dem das Schweigen aufbewahrt wird? Sagen wir, das Schweigen der Erinnerung?«

Der Archivar nahm eine gerade Haltung an, erschrak für einen Augenblick – Gelingt es mir, ihm etwas vorzumachen? –, deutete ein Lächeln an, in dem zugleich Stolz und Schmerz zu lesen waren, und blieb stumm.

Wieder beschloss Razziel, für ihn zu sprechen. »Wenn Sie gestatten, Herr Richter, ich würde Ihnen zur Antwort geben, dass sich das Schweigen sehr wohl in den Archiven findet. Die Erinnerung an das Schweigen – wir suchen sie, wir schätzen sie. Aber das Schweigen der Erinnerung, das niemals.«

Erst jetzt zeigte George sein Wissen. Fünf Minuten lang erläuterte er die Bedeutung von Archiven: Nahrung für die Kultur der Menschen und ihre Zivilisation. Ohne sie wäre Gerechtigkeit zum Beispiel ein leeres Wort.

Überrascht von seiner Eloquenz, konnte Claudia nicht umhin, warmherzig zu bemerken: »Also wirklich, für einen, der über das Schweigen redet, sind Sie ganz schön redegewandt!«

Ohne es sich erklären zu können, verspürte Razziel einen Hauch von Eifersucht auf George. Claudia war allzu liebens-

würdig, bewunderte den finsteren Archivar mit dem kahlen Kopf, der banale Grundsätze liebte, allzu sehr. Schamröte stieg ihm ins Gesicht.
Inzwischen schaute der Richter Joab neugierig an:
»Junger Krieger, haben Sie sich für die Rolle des Stummen entschieden? Sagen Sie etwas...«
»Das Wesentliche wissen Sie schon. Wie man bei uns sagt, der Rest ist nur Kommentar.«
»Nun, das Gericht ist begeistert von Kommentaren. Oft werden Beschuldigte ausführlicher und besser durch sie beschrieben, als sie sich vorstellen können.«
»Ich betrachtete mich nicht als Beschuldigten«, sagte Joab in festem Ton. »Als unfreiwilligen Besucher, mag sein. Als Gast vielleicht. Aber nichts anderes.«
Der Richter verbarg seine Verärgerung nicht. »Halten Sie sich für so einzigartig? Unterscheidet sich Ihr Schicksal von dem Ihrer Gefährten? Welches Recht sollten Sie auf eine besonders rücksichtsvolle Behandlung haben?«
»Jeder Mensch ist frei.«
»Frei wozu?«
»Zu reden oder zu schweigen.«
»Wenn Sie so großen Wert darauf legen zu schweigen, dann haben Sie etwas vor uns zu verbergen. Was ist es?«
Joab machte eine Handbewegung, als wolle er seine Verachtung für dieses Verhör zum Ausdruck bringen.
Claudia versuchte, seine Befürchtungen zu mildern. »Jetzt stellen Sie sich doch nicht so an, Joab«, sagte sie in freundschaftlichem Ton. »Machen Sie es wie wir. Erzählen Sie irgendetwas.«

Ein melancholisches Licht leuchtete in den braunen Augen des israelischen Offiziers auf. »Was wollen Sie denn? Dass ich mein Leben vor unbekannten Menschen ausbreite? Es gehört, soweit ich weiß, immer noch mir. Und sein Geheimnis ebenso. Ich suche mir aus, wem ich mich anvertraue.«

Claudia wandte sich ihm zu. »Stellen Sie sich vor, Sie würden mit mir reden, mit mir allein.«

Der Playboy rief aus: »Das heißt, wir sind nichts anderes als Phantome!«

Joab achtete nicht auf die Unterbrechung. Ohne den Blick von der jungen Frau zu wenden, sagte er: »Ich hatte Eltern, Freunde, abscheuliche Gegner, Verbündete, die mir ergeben waren, und andere, die es nicht waren, Freunde, von denen ich mir gewünscht hätte, dass sie am Leben geblieben wären … Ich habe zwei Kriege erlebt, es ist mir gelungen, nicht zusammengeschossen zu werden, aber ich habe sicher Menschen wie Sie oder mich mit meinen Bomben und meinen Maschinengewehren getötet; ich habe dem Tod mehr als einmal ins Auge geschaut und seiner entstellten Maske den Rücken gekehrt. Und manchmal war ich für den Feind der Tod. Genügt Ihnen das?«

Razziel verspürte erneut einen Stich im Herzen. Das schelmische Lachen von Claudia erinnerte ihn an Kali zu Beginn ihrer Beziehung, als sie, noch ein Mädchen, unbedingt Distanz zwischen ihnen schaffen wollte, anstatt sie zu beseitigen. Damals tröstete er sich, indem er sich einredete, Kali sei nur eine männermordende Verführerin. Und Claudia, was war sie?

Der Richter notierte etwas in das vor ihm liegende Heft und ergriff wieder das Wort, ohne den Kopf zu heben.
»Jetzt sind nur noch Sie übrig, Raz-zi-el. Razziel Friedman.«
»Ja?«
»Ist das Ihr Name?«
»Nein, man hat mich so genannt.«
»Und Ihr wirklicher Name, Ihr Name?«
»Ich kenne ihn nicht.«
»Sie wissen Ihren Namen nicht?«, fragte der Richter ungläubig. »Hatten Sie keine Eltern? Haben sie Ihnen keinen Namen gegeben?«
Razziel biss sich auf die Lippen.
»Ich erinnere mich nicht an meine Eltern. Ich weiß gar nichts über meine Vergangenheit«, sagte er.
»Was haben Sie für einen Beruf?«
»Ich habe es aufgeschrieben. Ich leite eine Schule, eine Jeschiwa, in Brooklyn.«
»Was ist das, eine Jeschiwa?«
»Sehr vieles.«
»Genauer bitte.«
Razziel zögerte einen Augenblick. Sollte er ins Detail gehen? Die Lehre des Sohar erwähnen, die bestimmten Erwählten zuteil wurde? Das wäre blasphemisch. »Eine Jeschiwa ist eine Schule, in der der Talmud gelehrt wird«, sagte er schließlich.
»Der Talmud? Was ist das genau?«
»Eine Sammlung von Gesetzen, Deutungen, Legenden und Unterweisungen. Ihre Verfasser lebten in Jerusalem

vor und nach der Zerstörung des Tempels durch die Römer.«

»Sie sind also auch ein Vergangenheitsfanatiker wie der Herr Archivar? Welchen Zusammenhang soll es zwischen der Vergangenheit und unserer Zeit, Ihrem Leben und dieser Nacht geben?«

»Einen solchen Zusammenhang gibt es. Ich studiere, lehre, helfe meinen Schülern, in den alten Texten Gründe für das Leben in einer sich unaufhörlich verändernden Gesellschaft zu finden. Ich gehöre einer Tradition an, in der alles, was mit dem Tun des Menschen und seiner Bestimmung zu tun hat, im Talmud zu finden ist.«

»Das ist mir alles zu abstrakt. Für mich als Christ ist der Talmud eine Ansammlung schwer begreiflicher und unliebsamer Ideen. Täusche ich mich?«

Razziel schluckte und machte eine resignierte Handbewegung. Das war wohl kaum der richtige Moment, sich in gelehrten Kommentaren zu ergehen. Sollte er hervorheben, dass der Talmud die Meinungen von Minderheiten achtet? Sollte er davon berichten, wie Schammai und Hillel Toleranz und Achtung lehrten, dass sie, obwohl sie erbitterte Gegner waren, Freunde und Verbündete blieben?

Claudia kam ihm zur Hilfe. »Lassen Sie ihn doch in Ruhe«, sagte sie zum Richter. »Merken Sie nicht, dass er erschöpft ist? Wie wir alle.«

Der Richter musterte sie streng. »Ich tue nur meine Pflicht.«

»Vielleicht ist er nicht in der richtigen Stimmung, um mitzuspielen«, erwiderte Claudia trocken.

Der Richter starrte sie mit seinen ungewöhnlich kalten, gefühllosen Augen an. »Und wenn es kein Spiel wäre?«
Alle sprangen auf, fragten sich, ob sie richtig gehört hatten. Meinte der Kerl das wirklich ernst? Wenn dies kein Spiel war, was war es dann? Was sollte es sonst sein? Nicht alle Spiele sind unschuldig. Manche kommen der Grausamkeit gefährlich nahe. Sie können Leid verursachen. Andere ziehen Gewissensbisse nach sich.
Und den Tod.

Claudia warf den Kopf zurück. »Sie wollen uns unbedingt Angst einjagen«, sagte sie mit einem gezwungenen Lachen. »Doch ich nehme an, dass auch dies zum Spiel gehört. Im Leben, lieber Herr Richter, geht alles auf das Spiel zurück. Wissen Sie das nicht? Seit dem alten Sophokles und dem guten Bill Shakespeare wird es uns unaufhörlich immer wieder gesagt: Was ist das Leben anderes als Theater? Manche Stücke sind lang, andere kurz, komisch oder tragisch.«
»Und das Spiel heute Abend?«, fragte der Richter.
»Es ist an Ihnen, uns das zu zeigen. Sie sind doch der Regisseur. Sind wir nicht in Ihrer Hand?«
»In der Tat. Das sind Sie.«
»Dann sagen Sie uns, was wir spielen.«
Der Richter schüttelte den Kopf. »Geduld, liebe Dame. Im Augenblick kann ich Ihnen nur offenbaren, was bei den Verhören auf dem Spiel steht.« Er runzelte die Stirn und fuhr fort: »Es geht um das Leben.«
»Also um den Tod«, warf Bruce wütend ein.
»Auch um den Tod«, antwortete der Richter.

Ein von Verblüffung schweres Schweigen überfiel die Geretteten. Es gibt einfache Worte, die im Gehirn explodieren: das Spiel, das Leben, der Tod. Jemand spricht sie aus, und plötzlich gerät die Zeit aus den Fugen. Unmöglich, den Weg fortzusetzen, als habe man sie nicht gehört. Jetzt haben sie die Macht übernommen. Eine Macht, die keine Gewalt vernichten kann.

Draußen sah es aus, als wälze eine riesige Hand den Schnee um, damit Himmel und Erde eins würden. Bruce grinste höhnisch, George kratzte sich am Kopf, Razziel biss sich auf die Lippen, Claudia rieb sich die Hände, und indem jeder von ihnen die anderen genau betrachtete, versuchten sie, sich davon zu überzeugen, dass sie nur geträumt hatten. Aber nein. In dieser weißen Winternacht wurden sie durch ein im Grunde banales Ereignis mit ihrem Schicksal konfrontiert. Noch lag die Drohung im Dunkeln, doch sie nahm Konturen an. Automatisch sah Razziel auf die Uhr. George ebenfalls. Und Joab. Zweiunddreißig Minuten nach Mitternacht. Und der Sturm wütete weiter. Der Schnee wirbelte. Claudia kreuzte die Arme auf der Brust, ihr Gesichtsausdruck wurde missmutig. George, der Archivar, wiegte den Kopf, mal bejahend, mal verneinend. Er fand die Ähnlichkeit der jungen Frau mit Pamela immer frappierender; von beiden ging eine Sinnlichkeit aus, die er als aufregend betrachtete. Bruce steckte sich eine Zigarette an, legte den roten Schal ab und dann wieder an. Razziel dachte an seinen großen und seltsamen Freund in der Ferne.

»Meine Kehle ist ganz trocken«, sagte Claudia. »Gestatten Sie mir, heißen Tee zu holen? In der Kanne ist keiner mehr.«

»Ich kümmere mich selbst darum«, antwortete der Richter. »Ich werden jemanden schicken.«

»Aber ich könnte ...«

»... Sie können alles tun«, beschied der Richter, »außer dieses Zimmer verlassen. Sie bleiben alle hier. Bis zum Schluss.«

Er ging hinaus und hinterließ eine bedrückende Atmosphäre.

»Bis zum Schluss« – was bedeutete das aus dem Mund dieses Mannes, der so gern in Rätseln sprach? Das Ende des Sturms vielleicht? Oder nur das Ende der Nacht?

In einer mutigen Bewegung stürzte der Playboy ihm nach und wollte die Tür aufmachen. Vergebens. Sie ließ sich nur von außen öffnen.

Ein ohrenbetäubendes Stimmengewirr erfüllte das Zimmer.

BRUCE: Er ist wahnsinnig. Wir haben es mit einem kompletten Irren zu tun.

CLAUDIA: Sagen Sie das, um uns zu beruhigen? Wenn ja, war es daneben.

GEORGE: Vielleicht ein entlaufener gefährlicher Krimineller. Ein Mörder.

BRUCE: Dann wären wir seine Geiseln. Das ist absurd.

GEORGE: Das Wichtigste ist, ihn nicht zu reizen. An diesem Punkt sind Wissenschaft und Geschichte einer Meinung. Verrückte und Schurken darf man nie zornig machen.

BRUCE: Verbeugen wir uns vor ihm. Verneigen wir uns vor ihm. Grüßen wir ihn mit tiefer Verbeugung. Schmei-

cheln wir ihm, indem wir uns demütigen. Meinen Sie das?
CLAUDIA: Das hat George nicht gemeint. Er sagte nur ...
BRUCE: Ist mir ganz egal, was er gemeint haben könnte. Mich interessiert nur, einen Weg zu finden, wie wir von hier abhauen können, und zwar so schnell wie möglich, bevor dieser Wahnsinnige uns wirklich etwas antut.
CLAUDIA: Hört auf zu brüllen! Hier haben die Wände vielleicht Ohren!
RAZZIEL: Immer mit der Ruhe, meine Freunde. Versuchen wir ruhig zu bleiben.
BRUCE (zu Claudia): Er soll aufhören! (Zu George): Sagen Sie ihm, er soll aufhören! Seine Appelle, Ruhe zu bewahren, sind nervenaufreibend! Wenn er weitermacht, vergesse ich mich!
Razziel wandte sich Joab zu, der weiterhin schwieg und weit entfernt schien, als ginge ihn die Gefahr nichts an.
»Sie sind Offizier der israelischen Armee. Sie müssen doch Erfahrung haben. Und Vorstellungsvermögen. Was sollen wir tun?«
Plötzlich schwiegen alle und sahen Joab an, der einen Moment wartete, bis er antwortete: »Lassen Sie mich nachdenken.«
»Nehmen Sie sich Zeit«, meinte Bruce ironisch.
Joab ging gar nicht erst auf seine Bemerkung ein. Die Hände in den Taschen, ging er mit gerunzelter Stirn im Zimmer umher und untersuchte Wände und Fenster, die auf einen Hof hinausgingen. Danach kehrte er plötzlich an seinen Platz zurück, nahm ein Blatt und begann, schnell

einige Sätze zu schreiben. Dann lächelte er und forderte Claudia auf, seine Antwort zu lesen: »Es ist ein Liebesbrief. Ich habe mir gedacht, dies ist der richtige Moment, einen zu schreiben ...«
Claudia versuchte, ihn nicht zu verraten, während sie seine Botschaft las. »Achtung! Wir werden bestimmt beobachtet und abgehört. Ich habe einen Plan. Den werde ich Ihnen noch übermitteln. Geben Sie den Text diskret weiter. Verhalten Sie sich im Moment ganz natürlich.«
Razziel fragte sich, um was für einen Plan es sich handeln konnte. Wenn sie es mit einem Geisteskranken zu tun hatten, würde er sie ebenfalls verrückt machen, bevor ...
Sein Gedanke blieb unvollendet.

Um die Zeit des Wartens auszufüllen, riefen sich die Verunglückten ihren Abflug vom Kennedy Airport in Erinnerung. Mit Ausnahme von Razziel hatten alle den schicksalhaften Flug rein zufällig genommen. Claudia hatte das vorhergehende Flugzeug verpasst. Ein riesiger Stau hatte ihren Wagen gleich nach Überquerung der Triboro Bridge eine ganze Stunde lang lahm gelegt. Joab hatte am Vorabend fliegen sollen und George am nächsten Tag, aber in der letzten Minute war etwas dazwischengekommen und hatte ihre Pläne verändert. Bruce hasste die Fluggesellschaft der Konkurrenz, deren Flüge am Morgen gingen, Razziel hatte den Tag über allein sein wollen, um sich der Lektüre des Talmud und mittelalterlicher Texte zu widmen und sich im Labyrinth seiner Erinnerungen zurechtzufinden, bevor er seinen verloren gegangenen großen Freund wiedersah. Warum hatte der sich mit ihm in der so nahen und zugleich so fernen Stadt Jerusalem verabredet? Und warum zur Zeit des Chanukka-Fests, in der er sich eigentlich um dringende Verwaltungsprobleme an seiner Jeschiwa kümmern musste? Razziel wusste es nicht. Aber er war überzeugt, dass sein außergewöhnlicher Freund wusste, was er tat. Paritus tat nie etwas ohne Grund. Jede ihrer Begegnungen rechtfertigte sich durch Ort und Termin ihres Stattfindens. In Paris trafen sie sich, um an einer Sitzung des rabbinischen Gerichts teilzunehmen, das über einen Fall von Aguna zu befinden hatte, einer von ihrem Ehemann verlassenen Frau, welcher der Mann die Scheidung verweigerte. In London hatten sie an einer Beschneidungszeremonie teilgenommen. In Montevideo wollten sie den berühmten Raw Schuschani zu einem obskuren Text aus der Zeit der Geonim um Rat fragen. Jedes Mal war Razziel zu seiner Überraschung mit Paritus zusammengetroffen.

Hatte sein Meister diese Ereignisse nur mit dem Ziel herbeigeführt, ihn wiederzusehen? Razziel wurde alt, sein Freund nicht. Ihre Gespräche verliefen immer auf die gleiche Weise: Paritus erörterte aktuelle Probleme, während Razziel die schwarzen und verschwommenen Schatten der Vergangenheit in Erinnerung rief. Und doch blieb ihr Einvernehmen vollkommen.

»Rede mit mir über meinen Vater«, sagte Razziel.

Und sein Freund und Meister antwortete: »Natürlich, natürlich erzähle ich dir von deinem Vater, den du nicht kennst.« Dann sprach er über den Brief, in dem Chasdaj Crescas, der jüdisch-spanische Philosoph aus dem 13. Jahrhundert, den Juden von Avignon über das Martyrium der jüdischen Gemeinde von Barcelona berichtete: ein Pogrom *avant la lettre*. Zweihundertfünfzig Tote an einem einzigen Tag. Darunter sein Sohn, der gerade geheiratet hatte. Lenkte der alte Meister Razziels Aufmerksamkeit auf die Tragödie der sephardischen Juden im Mittelalter, damit er nicht mehr an seinen Vater dachte?

Ein Wort von Paritus kam ihm in Erinnerung: »Wie der Künstler seine Inspiration und der Prophet seine Vision schöpfen wir unseren Schmerz aus dem geheimnisvollsten Punkt unseres Daseins.« Aber Razziel hatte sich gesagt: Allerdings muss man sich sicher sein, dass der Schmerz, wie auch die Kunst, wirklich in uns ist.

Noch ein Spruch des alten Mystikers: »Eines Tages traf ich in Jerusalem einen alten Kabbalisten, der sich weigerte, sich der Welt zu offenbaren. Als ich über seinen Schatten ging, stieß er einen Schrei aus: ›Du tust mir weh.‹ Es war der Schatten eines Schreis, kein Schrei. Da verstand ich, warum er sich von den Menschen fern halten wollte.«

Razziel stellte sich sein Treffen mit Paritus in Jerusalem vor und vergaß für einen Augenblick die Gefahr, die auf sie lauerte, auf ihn und seine Reisegefährten.

Der Bucklige kam mit leeren Händen zurück, noch etwas grimmiger als zuvor. »Wir haben Wasser aufgesetzt. Das dauert eine Weile, ich kann nichts dafür. Aber machen Sie sich nichts daraus, ich entbiete Ihnen noch immer meine Gastfreundschaft.«

»Ein Hotel wäre mir lieber«, murrte der Playboy, der immer gehässiger wurde.

»Es gibt keins in der Umgebung.«

Der Bucklige wandte sich Claudia zu. Er versuchte ihr zu gefallen, und ihm fiel nichts Besseres ein, als Shakespeare zu parodieren: »Ein riesiges Königreich für ein bescheidenes Hotelzimmer...«

Die junge rothaarige Frau zuckte die Achseln. Sie stand nahe bei Joab und dachte an den Mann, den sie liebte, den einzigen, den sie je mit so verzehrender Leidenschaft geliebt hatte.

»Was soll das heißen?«, protestierte Bruce. »Gibt es kein einziges Hotel in diesem Kaff?«

»Es gibt eins, aber es ist weit von hier. Selbst das nächste Haus ist nicht besonders nahe. Bei dem Wetter bringt Sie da kein Auto hin. Und ich rate Ihnen, nicht zu Fuß zu gehen.«

»Was sollen wir machen?«, erkundigte sich Claudia. »Ihr Richter geht zu weit. Was wäre, wenn ich jetzt einen Nervenzusammenbruch hätte? Würde das was nutzen? So wie es jetzt aussieht...«

Die Tür ging auf, und der Richter antwortete ihr: »Nein, das würde nichts nutzen.« Als er wieder seinen Platz am Tisch eingenommen hatte, legte er die Hände zusammen, um feierlicher zu wirken. »Fahren wir fort. Da wir hier für einige Zeit eingesperrt sind, ist es ohnehin das Beste, was wir tun können.«

»Und wenn ich erkläre, dass ich nicht mehr mitmache?«, fragte Joab in kaltem, leicht drohendem Ton.

»Das wird in unserem Bericht vermerkt werden. Aber auch das ist ein Teil des Spiels.«

»Ich habe das Recht zu gehen, oder?«

»Wohin wollen Sie gehen?«

»Irgendwohin.«

»Zu Fuß?«

»Ich bin sportlich. Ich trainiere jeden Morgen. Ich jogge und mache Karate, sogar Kung-Fu.«

»Schauen Sie sich an, was draußen los ist.«

»Ich habe keine Angst.«

Joab stand auf und zog seinen Mantel an. Er ging zur Tür und versuchte, sie zu öffnen, wie Bruce vor ihm, aber es gelang ihm nicht.

Auf einen Befehl des Richters betätigte der Bucklige einen elektronischen Kasten, den er bei sich trug, die Tür sprang auf, und er verließ mit Joab den Raum unter den ängstlichen und neidischen Blicken der Gefährten. Claudia wollte ihm folgen, aber nur wenige Augenblicke später kam der israelische Offizier allein zurück, legte den Mantel ab und ließ sich auf seinen Sitz fallen. »Ich warte mit Ihnen allen«, sagte er in einem Ton falscher Resignation.

Ein Akt der Solidarität, den Claudia mit einem überaus warmen Lächeln belohnte.

»Sie haben gut daran getan zurückzukommen«, sagte der Richter. »Ich hätte es nicht zugelassen, dass Sie Ihr Leben aufs Spiel setzen, Sie sind hier bei mir. Vergessen Sie nicht,

dass ich mich für Ihr Schicksal verantwortlich fühle. Wenn einem von Ihnen etwas zustoßen soll, dann wird dies hier in diesen Mauern, vor meinen Augen geschehen.«
Razziel hätte ihm gern eine einfache Frage gestellt: Wer waren sie für ihn? Besucher, die es zu retten galt? Fremde, deren Wohlwollen er gewinnen wollte? Schuldige, die zu verurteilen waren? Er schwieg lieber. Wie damals, in einem anderen Gefängnis. Aber dort gab es einen Rückhalt, einen Freund.

Während er sich mit tausend Dingen beschäftigte, dachte der Bucklige über seine Lage nach. Er hatte schon andere Situationen erlebt, mehr oder weniger ähnlich wie diese. Warum aber verspürte er heute Nacht ein unergründliches Missbehagen?

> Eine seltsame Figur, dieser Richter, mein Meister; an manchen Tagen gebietet er Furcht, an anderen Tagen Verehrung. Seit ich in seinen Diensten stehe, seit er mich gerettet hat, also seit zwanzig Jahrhunderten, nach meiner Zählung, oder zehn Tagen, nach seiner, begegne ich ihm manchmal mit Dankbarkeit und manchmal mit Hass, nie aber mit Gleichgültigkeit.
> Die Nacht, in der seine letzte Menschenlieferung hier ankam, ich kann mich noch an sie erinnern. Schon in dieser Nacht hat er sich an Manipulationskraft selbst übertroffen. So wie jetzt hat er schon früher mit den Gefühlen seiner »Gäste« gespielt,

wie mit einem teuflischen Musikinstrument, das nur er zu bedienen wusste.

Nach und nach, Schritt für Schritt zähmte er sie, indem er bei ihnen Furcht und Hoffnung, Solidarität und Resignation weckte. Wie heute Nacht hielt er sich für den höchsten Richter und setzte sich mit seiner Art, Strafen und Belohnungen zu verteilen, an Gottes Stelle.

Ich hätte eingreifen können. Vielleicht hätte ich es tun sollen. Ich wagte es nicht, aus Angst vor seiner Gewalttätigkeit. Heute fürchte ich sie noch mehr. Er ist zum Schlimmsten fähig. »Die wahre Transzendenz liegt im Bösen«: Das ist sein Lieblingsaphorismus. Er bringt klar zum Ausdruck, was als seine psychische Verfassung beziehungsweise seine Vorstellung von Sozialethik zu bezeichnen wäre. Zwei seltsame Worte, was ihn angeht. Aber er ist ganz begeistert von großen Worten. Er berauscht sich daran. Und was ich wünschen, lieben und besitzen könnte, darüber macht er sich nur lustig. Ob ich Lust habe, zu heulen oder zu tanzen, vor Glück oder vor Scham zu vergehen, es ist ihm egal. Manchmal sage ich mir, oder besser gesagt, wiederhole ich mir, was er mir sagt: Ich lebe nur für ihn, ich lebe nur durch ihn.

Über seine Vergangenheit weiß ich nur wenig, aber er weiß alles über meine. Er weiß, wie der dumme und banale Unfall passiert ist. Der Tod meiner

Angehörigen. Ich war auf keiner Beerdigung. Der
Richter hat mir alles erzählt.
In mancher Hinsicht bin ich nur ein Anhängsel
seiner Existenz. Ich diene ihm als Sekretär, Leib-
wächter, Laufbursche. Als Prügelknabe auch? Ja,
auch das, und als Hofnarr. Natürlich könnte ich
ihn anzeigen, aber bei wem? Was sollte ich sagen,
wo ich das Recht zu reden verloren habe? Soll ich
fliehen? Wohin? Mit welchem Geld? Wer wäre
bereit, mich aufzunehmen? Wer will einen armen
Krüppel mit entstelltem Gesicht, der nur auf eine
einzige Art und Weise und nur mit einem Menschen kommunizieren kann? Und außerdem, hat
er mir nicht das Leben gerettet?
Oh, Vorsicht. Ich muss aufhören und den Gästen
von heute Nacht den Tee bringen. Sie sehen mich
nicht, aber ich sehe sie. Ich höre sie. Den Wundern
der modernen Technik sei Dank.
Unsere Gefangenen zittern vor Kälte. Sie sind
müde. Eigentlich sollten wir ihnen einen guten
Whisky oder Cognac anbieten. Wenn ich Schmerzen habe, trinke ich welchen. Oder wenn ich
Angst habe. Eines Abends hat mich der Richter
gezwungen zu trinken. Ich wusste nicht mehr,
was mein Mund sagte, als er aufgehört hatte zu
schlucken. Beim fünften oder sechsten Glas hörte
ich mich schreien: »Auf dein Wohl, Gott, der
du den Menschen im Rausch erschaffen hast.«
Ja, das würden unsere Gäste brauchen: Alkohol

und ein Bett. Ich mag die Kälte. Ich mag die silbrigen und durchsichtigen Flocken, die umherwirbeln und schöne, flüchtige Melodien summen. Ich betrachte sie als Freunde, sehe sie zu gern sanft herabfallen, so hübsch, so ruhig. Es ist, als stiegen sie ineinander verschlungen auf die Erde herab, um sie zu streicheln und mit ihr zu vergehen. Ich schlucke sie gern, spüre sie gern im Mund. Das wahre Paradies besteht für mich aus Eis. Und, wer weiß, vielleicht auch aus Liebe.
Das Feuer macht mir Angst. Es nimmt mir den Mut. Es wirft mich zurück: zu den Schmerzen, die mir mit etwas Glück das Bewusstsein nahmen. Dass es die Hölle schmückt und darin wohnt, ist kein Zufall. Aber warum verlangt Gott, dass die Opfer der Menschen durch das Feuer zu ihm gelangen? Mit Gott bin ich bestimmt nicht auf derselben Wellenlänge. Mit dem Richter wohl. Ich weiß genau, was er tut, selbst wenn ich nicht weiß, warum er es tut. Ganz am Anfang habe ich ihn manchmal gefragt. Er antwortete stets mit einem Schulterzucken. »Versuche nicht, es herauszufinden. Weißt du, warum du atmest? Warum du nachts die Augen schließt? Das Leben gehört dem Menschen, aber den Sinn des Lebens kennt er nicht.« Ich suche trotzdem, er merkt es nicht, aber ich suche. Manchmal frage ich mich, ob der Mensch nicht der Feind Gottes ist. Das würde viele Dinge erklären, aber welche, weiß ich nicht.

»Geht es besser?«, fragte der Richter mit seiner nüchternen, aber leicht ironisch gefärbten Stimme. »Keine Beschwerden?«

Seine Gäste schienen ihren Tee zu genießen. Der Archivar trank in schnellen Schlucken, der Playboy schlürfte ihn langsam. Joab wartete, bis er lauwarm war. Claudia streichelte ihr Glas mit sinnlichen Bewegungen ihrer Hand. Der Bucklige beobachtete sie, und sein Herz klopfte heftig. Razziel beobachtete sie auch.

»Jetzt werde ich Ihnen den folgenden Punkt der Tagesordnung bekannt geben«, sagte der Richter in offiziellem Ton.

Was hat er sich wohl für heute Nacht ausgedacht?, fragte sich der Bucklige. Ich kenne ja viele seiner Methoden. Jedes Mal überrascht er mich. Am Ende werde ich noch glauben, dass er nur mich, seinen Diener, beeindrucken will.

»Wir gehen jetzt zu den Geschichten über«, verkündete der Richter.

Na klar, dachte der Bucklige. Ich hätte es erraten können. Der Richter liebt Geschichten. Sein Leben ist voll davon. Die seinen, die meinen (die er mir an den Augen abliest, wie er sagt), die von all denen, die in sein Haus kommen. Er ernährt sich davon, wie sein Herz sich vom Blut ernährt, das in seinen Adern fließt, schloss der Bucklige beruhigt und ging in das Zimmer nebenan, von dem aus er die Gefangenen dank einer geschickt verborgenen Videokamera beobachten konnte.

»Ja, Sie haben richtig gehört«, fuhr der Richter fort. »Geschichten. Ich erwarte, dass jeder eine Begebenheit erzählt, die seinem Leben eine Wendung gegeben hat. Wenn es Sie stört, dies vor den anderen zu tun, schreiben Sie sie auf. Aber ich warne Sie: Jeder Versuch zu schummeln, jegliches Ausweichen wird streng bestraft.«

»Sagen Sie, Euer Ehren«, platzte der Playboy heraus, »darf man etwas erfinden?«

»Machen Sie das, was Ihnen am einfachsten erscheint«, sagte der Richter mit finsterem Gesicht. »Lügen Sie, wenn es Ihnen passt. Aber denken Sie an die Folgen.«

Wieder dieser drohende Ton.

Auf welche vermutlich verheerenden Folgen spielte er an?

Auf seinem Bildschirm sah der Bucklige die Gefangenen in vollkommener Schärfe. Razziel schien ihm am unruhigsten zu sein. Claudia am überlegensten, Joab am gleichgültigsten. Der Archivar am aufgeregtesten. Der Playboy hingegen, der zwar von allen am meisten empört war und auch die anderen am meisten empörte, schien sich zu amüsieren.

George Kirsten war als Erster bereit, die Neugier des Richters zu befriedigen.

»Ich erinnere mich an eine schöne Sommernacht«, begann er. Irgendwo in Kalifornien. Ein Feld, überflutet von einem Meer von Gerüchen. Seine Freundin und er. Sie hieß Betty. Beide Studenten an derselben kleinen Universität. Sie träumte davon, Ärztin oder Krankenschwester zu werden, er Physiker. Sie liebten sich. Ihre erste wahre Liebe, eine warmherzige Innigkeit, gegenseitiges Vertrauen. Versprechen der Treue, der Aufrichtigkeit. Ge-

meinsame Ekstase. Eng umschlungen, zwischen zwei Höhepunkten, hatten sie sich ihr ganzes Leben erzählt. Er und seine Eltern, Einwanderer. Sie und ihre Krankheit, als sie zehn Jahre war, und ihre ältere Schwester, die sich in einen vagabundierenden Abenteurer verknallt hatte ...
»Ja, sie war schön, diese Sommernacht, lang ist's her«, sagte George Kirsten und lächelte melancholisch. »Noch heute erinnere ich mich an ihr Leuchten, an den heiteren Sternenhimmel, ebenso wie an ...«
Dann brach eine Welt zusammen. In dem Moment, als sie sich noch einmal und noch inniger vereinten, stieß Betty einen Liebesschrei aus Schmerz und Glück hervor und rief ihn bei einem Namen, den sie vorher nie ausgesprochen hatte: »Ronnie ... ich liebe dich, Ronnie ... Ich will dich nicht mehr verlieren, Ronnie ...«
Der Playboy grinste, sagte aber nichts.
Claudia wartete, wie es weiterging. Da nichts geschah, fragte sie: »Haben Sie nie erfahren, wer Ronnie war?«
Statt eine Antwort zu geben, rieb sich der Archivar mit der linken Hand die Augen.
»Vielleicht war ich es«, sagte der Playboy.
Niemand lachte. Der Richter rief ihn zur Ordnung.
Claudia dachte an ihre erste Liebe, ihre erste Trennung: Konnte man das eine Wendung nennen? Jede Begegnung ist ein Abenteuer, jede Trennung ein Scheideweg. Am Morgen danach erwacht man ernüchtert, bereit, in einem anderen Bett, einem anderen Bewusstsein wieder anzufangen. Warum, zum Teufel, konnten die Menschen nicht allein leben? Warum brauchte der Körper einen anderen,

um glücklich zu sein? Siege von kurzer Dauer, zu episodenhaft, von zu vielen jungen, liebeshungrigen Mädchen geteilt.

Ihr erstes Theatererlebnis. Sie war wohl sechzehn. In der letzten Schulklasse. Sie sahen zusammen »Antigone« von Sophokles. Und ein Stück von Tennessee Williams. Zwei Stunden lang wurde die Bühne zu ihrem magischen Universum. Zwei Stunden lang war das Wort König. Und sie, Claudia, fühlte sich endlich befreit von Zeit und Raum, losgelöst von den Kräften, die von ihr verlangten, zu lieben oder die Liebe in sich abzutöten. Sie gehörte nur sich selbst. Draußen hörte alles zu existieren auf. Ihre Schulfreunde, ihre Lehrer, ihre Eltern: weit entfernt, vergessen. Hypnotisiert verfolgte sie die Handlung. Die Spannung zwischen den Figuren spürte sie in ihrem Fleisch. Die schneidenden Repliken. Die Blicke nahm sie auf wie Zeichen, die allein ihr galten. Da entschloss sie sich, zum Theater zu gehen.

Am nächsten Tag widmete die Englischlehrerin, Frau Fein, Literaturkritikerin einer örtlichen Tageszeitung, dem Stück den ganzen Vormittag. Sie erläuterte Williams' Auffassung von Dramatik, seine Haltung zur Sexualität, die originelle Interpretation des Regisseurs und die Leistung der Schauspieler. Von Letzteren sagte sie, deren Beruf sei furchtbar undankbar. Sie schenkten sich dem Publikum, aber ihr Geschenk sei zeitlich begrenzt. Sie schenkten ihm von anderen geschriebene Worte; und das Publikum erinnere sich an diese, allein an diese. Was bleibe von ihrem Tonfall, ihren Gesten? Selbst wenn sie manchen Zuschauer beeindruckten, seien diese sterblich und ihr Gedächtnis auch. Wer Sarah Bernhardt nicht als Phädra gesehen habe, werde nie das Ausmaß und die Kraft ihrer Kunst zu würdigen wissen, ja nicht einmal davon erzählen können. Irgendwann hob Claudia die Hand.

»Haben Sie eine Frage?«, fragte Frau Fein.

»Nein«, gab sie zur Antwort, »ich möchte eine Erklärung abgeben: Sie haben uns eine Ungerechtigkeit beschrieben, und ich habe vor, sie zu beseitigen.«

Großartig, Claudia. Fantastisch. Sie glaubte Fehler wiedergutmachen, die Opfer sozialer oder naturgegebener Ungerechtigkeit rehabilitieren zu können. Wusste sie nicht, dass dies nur Gott allein vermag? Aber Claudia war jung. Und naiv. Und idealistisch.

»Ich bin nicht so großartig«, bemerkte der Playboy. »Meine Geschichte ist nicht so erlesen.«

Ein junger Priesterschüler kommt überraschend nach Hause. Will er ein verlorenes Heft suchen? Will er seine geliebte Mutter umarmen? Oder nur einfach etwas Gutes essen, da die irdische Nahrung unter Priestern kärglicher verteilt wird als die himmlischen Worte. Ganz gleich. Er kommt eines schönen Tages nach Hause. Niemand da. Das ist nicht weiter überraschend. Sein Vater ist sicher im Büro, seine Mutter wahrscheinlich bei einer Nachbarin, seine kleine Schwester in der Schule. Gut, er wartet im Wohnzimmer auf sie. Aber... was ist das für ein seltsames Geräusch im Schlafzimmer? Stöhnen. »Mama ist krank«, sagt er sich. Erschrocken springt er auf, öffnet die Tür und bleibt stehen, starr vor Schreck: ein Mann und eine Frau, die beste Freundin seiner Mutter, am Boden, halb nackt, lieben sich mit einer Leidenschaft, die sie von der Außenwelt isoliert. Sein Vater hat nicht einmal bemerkt, dass die Tür offen ist. Und dass jemand, ein Fremder schon, ein Feind, ihn ungläubig beobachtet, die Hand vor dem Mund, bereit, auf das Paar zu spucken, auf die Liebe zu speien, wenn das die Liebe der Menschen sein soll.

Plötzlich schien der Playboy weniger aggressiv. Selbst über Claudias Blick legte sich für einen Augenblick ein Schleier der Traurigkeit.

Der Richter fand nichts, was er ihm vorwerfen konnte. »Es war richtig von Ihnen, sich uns anzuvertrauen«, sagte er zu ihm. »Wir sind da, um alles zu erfahren, bevor wir unser Urteil sprechen.«

Der Playboy fand augenblicklich zu seinem Schwung und seiner Arroganz zurück. »Urteil? Was für ein Urteil? Sagen Sie mal, halten Sie mich wirklich für einen wehrlosen, von der Polizei aufgegriffenen Gauner? Vielleicht für einen Angeklagten? Wer gibt Ihnen das Recht dazu? Wie können Sie es wagen?«

»Ich habe es Ihnen gesagt: Ich bin Richter.«

»Richten Sie, wen Sie wollen, aber nicht mich. Sie haben uns freundlich am Flughafen empfangen, schön. Sie haben uns Ihre Gastfreundschaft gewährt, auch schön. Aber Ihre Freundlichkeit gibt Ihnen kein Recht, über mich zu richten. Ist das klar?«

»Das Gericht nimmt Notiz davon.«

Und der Richter schrieb gewissenhaft ein paar Worte in sein Heft.

Plötzlich kam Razziel ein Bild in den Sinn und zerriss die Schleier, die seine Erinnerung verdunkelten. In einem Lichtschein sah er oder sah er wieder, die Haare im Wind, ein Kind auf einem Schlitten, der von einem Pferd gezogen wurde. Das Kind war glücklich. Es war glücklich, denn es schneite, es schneite im Paradies, in dem alles Schnee ist.

Der israelische Offizier lauschte zerstreut den Berichten seiner Begleiter. Sie berührten ihn nicht. Die Untreue der Menschen hatte ihn nie besonders interessiert. Auch ihre täglichen Enttäuschungen nicht. Jeder war sein eigener Henker und sein eigenes Opfer.
Besorgt wegen der Krankheit, die in seinem Körper wohnte und an seinen Kräften zehrte, versuchte er, sich nicht seinen Tod, sondern dessen Folgen vorzustellen: Wie und von wem würde davon erzählt werden?
Joab dachte an Carmela, seine Freundin aus der Kindheit, das schöne, schelmische Mädchen, die jüngste Tochter seiner Nachbarn, eines Beamtenpaars. Seit ihrer ersten Begegnung im Kindergarten des Dorfs machte sie sich ein Vergnügen daraus, ihn zu ärgern, zu verspotten und zurückzuweisen, damit er sie begehrte. Wie alt war er, als er es wagte, ihre Hand in die seine zu nehmen? Fünf Jahre? Acht Jahre? Sie kamen aus der Schule zurück, wie üblich. Der Bus hielt vor ihren Häusern. Joab und Carmela stiegen als Einzige aus. Plötzlich rutschte Carmela aus, und Joab streckte ihr die Hand entgegen, um sie festzuhalten. Er ließ sie erst nach einer Weile wieder los.

Seitdem wartete er jeden Tag darauf, dass sie wieder ausrutschte.

Sie wird unglücklich sein, dachte Joab. Sie wird es nicht zeigen, es ist nicht ihre Art, sich Gefühle anmerken zu lassen, aber sie wird den Schmerz der Trauer spüren, das ist sicher. Als er ihr mitgeteilt hatte, dass er krank sei, ohne ihr zu sagen, wie schwer, hatte sie ihm bis zum Schluss ganz gefasst zugehört. Dann hatte sie ihn mit Küssen zum Schweigen gebracht, ihn zuerst sanft und dann in wilder Leidenschaft geküsst. Und wie jedes Mal, wenn sie die Trauer ihrer Erinnerungen an den Krieg überwinden wollte, hatte sie ihm ihren Körper geschenkt: zusammen, miteinander verschmolzen in Hingabe und Erfüllung, würden sie stärker sein als das Heulen aller wilden Tiere draußen und aller Dämonen drinnen.

Danach... Joab wusste genau, dass er Carmela früher oder später erklären müsste, dass selbst die Liebe gegen die vernichtende Krankheit machtlos war. Sie hatte ein Recht, es zu wissen, aber wie es ihr sagen? Joab war nicht besonders geschickt darin, das, was er empfand oder dachte, in Worte zu fassen. Anstatt sich zu erklären, hüllte er sich in Schweigen. War es der Soldat in ihm, der sich, gewohnt zu befehlen, auch mit kurzen Antworten zufrieden gab? Wahrscheinlich war es seine Schüchternheit, die ihn feindselig wirken ließ. Er traute Taten mehr als Worten. Ein Heben der Brauen oder eine Bewegung der Schultern sagte mehr als ein sorgfältig formulierter Satz. Und dennoch. Auch Gesten können schwach und lächerlich sein, wenn sie so einfache Dinge wie Krankheit und Tod aus-

drücken sollen. Aber Carmela hatte verstanden. Carmela war intelligent und hatte ein feines Gespür. Sie las oft in den Gedanken des Mannes, den sie liebte. »Sag nichts, sag einfach nichts; lass mich machen.«
Wie oft hatte sie ihm diese Worte ins Ohr geflüstert, wie eine Litanei, am Vorabend seiner Abreise zu einem Einsatz, um seine Angst zu mildern, oder bei seiner Rückkehr? Dann gelang es ihr immer, ihn zu besänftigen, bis auf ein einziges Mal ...
Eine Erinnerung. Es ist dunkel. Bedrückendes Schweigen. Mondlose Nacht, überall Hindernisse und tödliche Fallen. Sieben Männer bewegen sich schweigend und mit gesenktem Kopf auf feindlichem Boden vorwärts. Ihre Sinne sind hellwach, sie gehen langsam und behutsam wie auf einem Minenfeld. Bloß nicht die Dunkelheit stören! Weder das Wachsen des Grases noch die Ruhe der Blätter beeinträchtigen. Der Tod hat tausend Augen: Sie ziehen das Leben an, um es auszulöschen. Um sich ihrer Macht zu entziehen, muss man alles, was an einen lebenden Körper erinnert, tarnen und wie tot aussehen lassen. Das arabische Dorf unter ihnen scheint zu schlafen. Von da wird ihre Beute kommen: zwei mit Sprengkörpern bewaffnete Terroristen, verkleidet als Bauern, die nach Jerusalem gehen, um dort jüdisches Blut zu vergießen. Kein Posten, keine Wächter am Rand des Dorfes? Die Jungs vom militärischen Nachrichtendienst haben gute Arbeit geleistet. Dieser Punkt ist ideal, um Ausschau zu halten.
Auf ein Zeichen von Joab klettert sein Adjutant Schmulik auf einen Baum. Mit seinem Infrarotfernglas sucht er den

Horizont ab. Einen Moment später ist er wieder unten.
»Nichts«, flüstert er. »Nichts zu sehen.«
Joab berührt ihn an der Schulter: »Es ist noch früh. Ihr Treffen mit unserem Mann ist für eine Stunde vor Tagesanbruch geplant. Geh wieder nach oben, du hast Zeit genug. Du beobachtest das Ganze. Das ist alles.«
»Und wenn es schief geht?«, fragt Schmulik.
»Dann weißt du, was du zu tun hast«, sagt Joab.
Schmulik nickt zögernd. Wenn etwas schief geht, ist er genau am richtigen Platz, um die Maschinenpistole einzusetzen. Sie verstehen sich ohne viele Worte, Joab und Schmulik. Seit Beginn ihres Militärdiensts sind sie zusammen. Waffenbrüder? Noch mehr als das: Was sie verbindet, verdanken sie nur sich selbst. Keiner geht ohne den anderen irgendwohin. Kein Wunder, dass Carmela, ohne es zuzugeben, ein wenig eifersüchtig ist – nur ein wenig?
Joab zeigt seinen Männern mit leiser Stimme ihre Posten und gibt ihnen genaue Anweisungen: kein Radio, Rauchverbot, erst schießen, wenn sich die arabischen Terroristen von ihrem Begleiter getrennt haben.
Alle richten sich in bewährter Weise in der Nacht ein und hüllen sich, so gut es geht, in ihre Tarnung. Als Mitglieder einer Eliteeinheit haben sie an mehr als einer Operation dieser Art teilgenommen. Gemeinschaftssinn, organischer Zusammenhalt, schnelle, gemeinsame Reflexe, ihre Erfolge sind einzigartig in der israelischen Heldenlegende. Nach aller Logik muss die Abfangaktion ohne Zwischenfälle verlaufen. Schmulik sagt es auch: »Ich frage

mich, warum wir so viele Vorsichtsmaßnahmen ergreifen; selbst wenn wir den Überraschungseffekt außer Acht lassen, was riskieren wir bei sieben gegen zwei?«

Doch in dieser Nacht folgten die Dinge einer anderen Logik. Sie waren in einen Hinterhalt geraten. Der Feind hatte sich eingegraben und auf sie gewartet. Und als kurz vor Tagesanbruch die beiden Terroristen erschienen, begleitet von einem dritten Araber, hatten Joab und seine Einheit keine Zeit mehr, zu sich zu kommen. Von allen Seiten schlugen Geschosse ein, Maschinenpistolen ratterten, spuckten in ihre Richtung ein ohrenbetäubendes, hasserfülltes Feuer.

»Joaaab«, schrie Schmulik, »was ist denn ... Joaaab ...«

Zwei Helikopter retteten, was von der in den Hinterhalt geratenen Einheit übrig war.

Am nächsten Tag nahm Joab am Militärbegräbnis seines Freundes teil. Über Wochen und Wochen sah er ihn im Traum, von Schmerzen gekrümmt, mit dem Namen Joab auf den Lippen, als er in den Tod ging. Carmela legte Joab kalte Umschläge auf die Stirn und sagte leise: »Lass dir doch helfen ... Ich bin da, sieh mich an ...«

Er sah sie an und sah Schmulik in seinem Blut, sein rechter Arm lag abgerissen neben seinem Knie, ein grotesker und nutzloser Gegenstand. Immer dasselbe Bild: Ein sanfter Wind sammelte ein paar Wolken, schob sie ins Unendliche und zog Schmulik hinter sich her wie ein Leichentuch. Ein ungewöhnlicher Gedanke ging Joab nicht aus dem Kopf: Wenn ich sterbe, wie erfährt Lidia dann von Schmuliks Tod und von der Wahrheit?

Der Tod seines Freundes hörte nicht auf, ihn zu quälen, als wolle er ihn zwingen, darüber zu reden, doch es gelang ihm nicht. Er erinnerte sich nicht an das Krachen der Kugeln, das in jener Nacht das Tal erfüllt hatte. Es war, als sei Schmulik in einem Augenblick vollkommener kosmischer Stille gestorben. Er erinnerte sich, dass er gemurmelt hatte: Schmulik ist tot. Und dann, lauter: Schmulik ist tot. Schließlich stellte er sich vor, dass er geschrien hatte: Hört mich an, mein Freund Schmuel ist tot. Als müsse er sich selbst davon überzeugen. Er glaubte nicht wirklich daran. Etwas in ihm weigerte sich, zuzulassen, dass ein Mann wie Schmulik, der dem Tod mehr als einmal und unter den verschiedensten Umständen die Stirn geboten hatte, ausgelöscht werden konnte wie die Flamme einer Kerze im Wind. In seinem tiefsten Innern glaubte er auch jetzt noch nicht, dass er tot war. Er war fortgegangen, weit fort, an einen Ort, an dem die wahren Begegnungen stattfinden, die echten Bindungen entstehen, die die ewig dauern.

Joab hält den Brief in der Hand, der in Schmuliks Tasche gefunden wurde: »Für Hauptmann Joab oder seine Frau Carmela, falls mir etwas zustößt.« Der Brief enthielt seine Wahrheit. Es ging um Lidia. Diese war die einzige und verwöhnte Tochter wohlhabender ungarischer Eltern, sie hatte sich ihren späteren Mann in einem Café am Meer in Tel Aviv ausgesucht. Junge Leute mit Sinn für persönliche Dramen und gemeinsame Vergnügungen, alle aus guten Familien, kamen dorthin, um sich halb ernsthaft, halb sarkastisch über ihre dringenden Herzensangelegenheiten auszutauschen. Die einen kamen aus irgendeinem indischen Aschram, die anderen erzählten von ihren Abenteuern in Europa.

Schmulik war dort an einem Sommerabend mit Joab, beide in Uniform. Sie saßen in einer Ecke der Terrasse und unterhielten sich über das politische Schauspiel, das sie gerade im Nationaltheater gesehen hatten.

Plötzlich tauchte ein großes blondes Mädchen vor ihnen auf. Sie stemmte die Hände in die Hüften und stellte sich vor Joab hin, selbstbewusst und ihrer Wirkung auf Männer sicher. »Ich heiße Lidia. Und du? Wie heißt du?«

»Warum wollen Sie das wissen?«

»Weil du mir gefällst.«

»Sie schmeicheln mir, Fräulein. Aber ...«

»Aber was?«

»Ich bin nicht frei.«

»... frei wozu?«, unterbrach sie ihn in provokantem Ton. »Mich zu lieben? Nur für einen Abend? Eine Stunde? Ich bin es nicht gewohnt, abgewiesen zu werden.«

Joab spürte, dass er rot wurde. Sie war schön, diese Blonde, und attraktiv. Eroberungslustig und bereit, sich erobern zu lassen. Alles an ihr ließ auf Lust an Vergnügen und Sinnlichkeit schließen.

»Entschuldigen Sie, mein Fräulein«, sagte er und unterdrückte einen Seufzer. »Ich hatte nicht vor, Sie zu beleidigen, aber ...«

Sie zitterte. »Aber was? Bist du verheiratet? Sie hält dich an der Leine wie einen Hund, stimmt's?«

»Nein. Das ist es nicht. Ich bin verlobt. Und ich liebe meine

Verlobte, liebe sie in aller Freiheit. Dadurch, dass ich sie liebe, fühle ich mich frei.«

Das Mädchen musterte ihn mit einem bösen Blick, machte eine verächtliche Handbewegung und wandte sich Schmulik zu. »Du gefällst mir auch. Sag bloß nicht, dass du genauso dumm bist wie er...«

»Nein«, antwortete Schmulik lachend. »Bisher hat es kein Mädchen geschafft, mich einzufangen.«

»Kein einziges? Umso besser. Sag deinem Junggesellenleben Adieu. Verflixt!... Du hast mir deinen Namen gar nicht gesagt... Und du, mein lieber Prinz der Freiheit, du wirst dafür noch zahlen, das verspreche ich dir...«

Schmulik und Lidia trennten sich nie mehr. Eines Tages heirateten sie. Beide Paare wurden Nachbarn. In ihren Häusern im Dorf Herzliya am Meer wohnte das Glück, das vollkommen schien bis zu dem Tag, an dem Lidia einen Weg fand, sich zu rächen.

Es war Samstag. Joab wollte Schmulik besuchen, aber er war nicht zu Hause.

»Er kommt jeden Moment wieder«, sagte Lidia. »Warte im Wohnzimmer auf ihn.«

Er setzte sich auf seinen gewohnten Platz auf dem Sofa, nahe beim Telefon, mit dem Rücken zum Fenster. Lidia brachte ihm Orangensaft und setzte sich links neben ihn. Sie sprachen von allem Möglichen: Ferien, Konzerten, Spannungen an der libanesischen Grenze, dem Wahlkampf. Plötzlich wechselte Lidia das Thema, ihre Stimmung schlug um, und sie sagte bedrückt: »Glaubst du, dass Schmulik glücklich ist?«

»Ja, das glaube ich; durch dich hat er das Glück kennen gelernt.« Sie schwieg, dachte nach, dann brach es aus ihr heraus: »Aber ich, ich bin nicht glücklich.«
Verblüfft, wie er war, konnte Joab nur stottern. »Warum ... warum sagst du das?«
»Weil ich es nicht mehr aushalte. Hörst du? Ich kann nicht mehr, ich halt's nicht mehr aus, so zu leben, alles in mir zu verbergen, was ich wünsche, wovor ich Angst habe, was ich verliere, was ich bin ... Ich liebe ihn nicht, ich liebe ihn nicht, ich ekele mich vor mir selbst, alles widert mich an, ich liebe nichts mehr, ich bin nichts mehr. Mein Körper ist durstig nach Leidenschaft, nach Liebe, er ist unbefriedigt und ich auch ... Und ich habe genug davon, verstehst du? Ich habe es satt, mit mir selbst zu leben!«
Joab hatte sie noch nie so gesehen: hysterisch, wie von einem Dubuk besessen; sie atmete heftig, ihr Gesicht war verzerrt.
Um sie zu beruhigen, nahm er ihre Hand, ließ sie aber gleich wieder los. Er war verlegen, hatte die düstere Ahnung einer Gefahr, stand auf und ging zur Tür, kindische Worte der Entschuldigung und Besänftigung murmelnd.
Mit einer wütenden Bewegung sprang sie auf und versperrte ihm den Weg. »O nein, du lässt mich nicht noch einmal im Stich, ist das klar?«, brüllte sie. »Du hast mich einmal verschmäht, du hast mich gedemütigt, das genügt, meinst du nicht? Es genügt, sage ich dir!«
»Ich weiß nicht, wovon du redest«, sagte Joab. »Du hast zu viel getrunken, leg dich hin, schlaf, dann geht es dir besser...«

Er versuchte, sich zu befreien, aber sie gab nicht auf und hängte sich an seinen Hals. Joab war erstaunt über die Kraft ihrer Arme, die ihn festhielten und zu ihr hinzogen. Einen Moment später spürte er ihre Lippen auf den seinen. Und wie in einer Posse kam in ebendiesem Augenblick Schmulik herein. Erstaunt zog er sich zurück, als wolle er nicht indiskret sein.

Von Schreck und vielleicht auch von Reue erfasst, lief Lidia zu ihm und schrie. »Das verstehst du nicht ... Lass es dir erklären ...«

Sie verschwanden im Garten, und Joab ging niedergeschlagen nach Hause, wie in Trauer.

»Was hast du? Hattest du einen Unfall?«, fragte ihn Carmela.

»Ich fürchte, ich habe meinen besten Freund verloren«, antwortete er ihr.

Ein paar Stunden später, nach dem Abendessen, kam Schmulik zu ihm. Carmela räumte gerade den Tisch ab. Diskret zog sie sich zurück. Schmulik nahm sich einen Stuhl und wollte sich seinem Freund gegenübersetzen. Dann besann er sich.

»Lidia hat mir alles erzählt«, sagte er steif.

Joab saß reglos da und wartete, was folgen würde.

»Sie behauptet, du seiest in sie verliebt, unsterblich verliebt, und du seiest es immer gewesen.«

Joab hörte zu, ohne mit der Wimper zu zucken.

»Sie sagt auch, es wäre nicht das erste Mal, dass du versuchst, sie zu küssen.«

Joab schwieg weiterhin. Er starrte in den Raum, sein Kopf

begann zu schmerzen, wie von Stahl zusammengedrückt. Was sagen, was tun? Die Frau seines Freundes beschuldigen, auf die Gefahr hin, dass ihre Ehe zerbrach? Alles auf sich nehmen und die Freundschaft eines Mannes verlieren, den er achtete und dessen Achtung ihm ebenso viel bedeutete wie die Treue seiner Liebe zu Carmela? Bilder und Worte jagten in seinem wirren Kopf umher. Er, der in den unvorhersehbarsten Augenblicken immer wusste, was zu tun war und welche Befehle er geben musste, um seine Männer zu führen, fühlte sich nun machtlos, war ohne Einfälle, ohne Initiative. Er wusste nur eins: Jetzt konnte nur noch ein Wunder helfen.

Und das Wunder geschah. Dank Carmela, die alles mit angehört und begriffen hatte. »Schmulik, du musst eins wissen. Lidia hängt sehr an dir. Sie liebt dich. Sie hat immer nur dich geliebt.«

Beide Männer sahen sie im selben Moment erstaunt an.

Sie fuhr fort: »Macht euch keine Sorgen, ihr beiden. Mir war die Situation immer klar, und ich sehe keinen Grund, warum sich das ändern sollte. Joab ist dein bester Freund. Deshalb kann er nicht anders, als Lidia mit Zuneigung zu begegnen. Es handelt sich dabei nicht um Liebe, sondern um freundschaftliche Gefühle, die Lidia offenbar missverstanden hat. Meine Liebe zu Joab ist nicht erloschen. Deine Freundschaft zu ihm darf das auch nicht. Joab hat nichts Schlimmes getan, nichts, was nicht wiedergutzumachen wäre, und Lidia auch nicht, glaub mir. Was vorhin geschehen ist, ist vorher noch nie passiert. Und es wird nicht wieder vorkommen. Ich gebe dir mein Wort darauf.«

Sie redete lange, wollte Schmulik um jeden Preis von der Richtigkeit ihrer Erklärungen überzeugen. Dann schickte sie ihn nach Hause. »Deine Frau wartet auf dich. Geh und beruhige sie. Sie braucht dich.«

Schmulik, der ganz verändert war und sie, fast ohne Luft zu holen, angesehen hatte, hatte Mühe, in die Wirklichkeit zurückzukehren. Er ging zu Carmela und gab ihr einen Kuss auf die Wange. »Du bist wirklich wunderbar«, sagte er, »nein, du bist einfach außergewöhnlich. Joab hat unheimliches Glück, dich zur Verbündeten zu haben.« Dann fügte er lächelnd hinzu: »Mich wundert nur, dass ich mich nicht auch in dich verliebt habe...«

Als sich die Tür hinter ihm geschlossen hatte, wollte Joab seiner Frau etwas sagen, aber sie hinderte ihn daran.

»Ich weiß, was du mir sagen willst: dass ich verrückt bin. Und das bin ich auch: verrückt nach dir. Warum habe ich mich in diese dumme Geschichte eingemischt? Nicht nur um ihre Ehe, sondern vor allem, um eure Freundschaft zu retten. Ich dachte mir, meine Erklärung würde ihm weniger wehtun...«

Joab machte ein strenges Gesicht und sagte: »Aber du weißt, wie es wirklich war, ja oder nein?«

»Ich weiß es.«

»Sie hat...«

»Sprich nicht weiter, bitte, mein Liebster. Ich kenne dich, du hast mich nie verlassen. Nicht einmal in Gedanken.«

In schelmischem Ton fügte er hinzu: »Bist du dir deiner nicht ein bisschen zu sicher? Zu sicher, dass ich dich nicht belogen habe?«

Sie nahm seinen Kopf in beide Hände. »Das hieße ja, dass unsere Wahrheit Lüge wäre, und das wäre dumm, lächerlich und grotesk...«
Sie brachen in Lachen aus wie zwei glückliche Kinder.
Am nächsten Tag brachte Lidia ihnen eine Flasche Grand cru, um Carmela für ihr »Verständnis« zu danken. »Dir ist es zu verdanken, dass unsere Liebe uns trunken macht.«
Die beiden Ehemänner sprachen nie wieder über den Zwischenfall, der das Ende ihrer Freundschaft hätte bedeuten können. Aber in dem Brief, der nach seinem Tod gefunden wurde, ließ Schmulik seinen Freund wissen, dass er sich nicht hatte in die Irre führen lassen: »Carmela ist ein Schatz, reich an Freundlichkeit, Zuneigung und Fantasie, aber ich kenne die Wahrheit, weil ich Lidia kenne. Sie würde mir übel nehmen, dass ich es dir sage, aber am Ende hat sie alles zugegeben. Dadurch wird das, was du getan hast, umso großartiger. Du warst bereit, dich zu opfern, indem du unsere Freundschaft opfertest, um mein trügerisches Glück zu bewahren. Danke, mein Freund.«
Unten auf der Seite stand als Postskriptum: »Du weißt, wie gern ich an deiner Seite geträumt und gekämpft habe, aber komm nicht zu schnell nach. Lass dir Zeit.«
Lidia gegenüber bekam Joab den Mund nicht auf. Gern hätte er ihr erzählt, welche Heldentaten ihr Mann verübt hatte, ihr gesagt, dass er ihren Kummer teile, ihr von dem wahren Schmulik berichtet, aber wie immer fehlten ihm die Worte. Plötzlich wurde ihm bewusst, dass die junge Frau noch gar nicht wusste, dass sie Witwe geworden war. Wie sollte er es ihr sagen?

Er brauchte nichts zu sagen. Lidias Gesicht verwandelte sich. Ein blanker, heftiger Schmerz legte sich darauf wie eine Maske. Sie ließ sich auf einen Sessel fallen, blieb reglos sitzen und betrachtete stundenlang die Welt, aus der alle Lebenskraft wich.

Über seine Akten gebeugt, wandte sich der Richter an Razziel, ohne ihn anzusehen. »Sie sind dran.«
Ein Wendepunkt? Welcher? Eine Episode, ein Ereignis? Aus welcher Zeit? Aus dem Gefängnis? Aus der Zeit davor? Über dem Davor lag jedoch ein schwarzer Schleier...
»Was erwarten Sie von mir? Was soll ich Ihnen sagen?«
»Reden Sie.«
»Worüber?«
»Über irgendwas.«
»Über wen?«
»Nicht über irgendwen. Erzählen Sie von jemandem, der für Ihr Leben wichtig war.«
»Gut«, sagte Razziel. »Er heißt Paritus.«
»Was hat er Ihnen bedeutet?«
»Er war ein Halt. Ein Ruf in der Finsternis. Ein Widerschein ihres geheimen Universums. Ein Meister, ein Erzähler. Eine Art Brunnenbauer. Er versteht es, die Quellen zu finden, an denen die Seele sich labt.«
Razziel erinnerte sich an eine Geschichte, die ihm Paritus erzählt hatte: »Der berühmte Maharal aus Prag trifft auf der Straße seinen Freund, seine Majestät Kaiser Rudolf, der ihn fragt, wohin er gehe.
›Ich weiß es nicht, Herr‹, antwortet der jüdische Weise.

›Du machst dich wohl über mich lustig? Du hast dein Haus verlassen, um auszugehen, und du weißt wirklich nicht, wohin du gerade gehst?‹
›Nein, Majestät, ich weiß es nicht.‹
Voller Wut lässt der Kaiser ihn wegen Majestätsbeleidigung verhaften und ins Gefängnis werfen. Aber vor dem Richter rechtfertigt der Maharal seine Worte so: ›Was habe ich seiner Majestät denn Falsches gesagt? Ich sagte, ich wisse nicht, wohin ich gehe, und hatte ich nicht Recht? Als ich mein Haus verließ, wollte ich eigentlich in die Synagoge – und jetzt bin ich im Gefängnis…‹«
Razziel erzählte diese Geschichte nicht, um dem Richter zu gehorchen, sondern um Claudia zu gefallen, deren Weiblichkeit ihn vage an Kali erinnerte. In dieser von Angst beherrschten Stunde hatte er nur einen Gedanken, einen Wunsch, dessen er sich schuldig fühlte: alles mit Kali neu zu beginnen, seine Liebste wiederzusehen. Vielleicht um ihr in den Tod zu folgen.

»Ich höre dir gern zu«, sagte Kali und nahm seine Hand.
»Aber ich habe nichts gesagt.«
»Ich höre dir gern zu, auch wenn du nichts sagst.«
Sie waren glücklich. Es bedurfte nur wenig, damit sie alles vergaßen, was ihr Glück bedrohte. Ein paar gemeinsame Schritte am Kai des Hudson. Ein Himbeereis teilen. Eine Schallplatte hören. Kindern beim Spielen im Garten zusehen. Sich den Inhalt eines Buches ausmalen, bevor man es öffnet. Was wäre sein Leben ohne diese unvergleichliche Frau gewesen?

»Wir lieben uns und sind doch so verschieden«, bemerkte Kali eines Tages und drückte ihn an ihr Herz.
»Wir lieben uns, das müsste genügen.«
»Es genügt nicht. Wir sind uns ähnlich. Aber nicht identisch.«
»Worin sind wir verschieden?«
»In allem natürlich.«
»Du hast Recht«, sagte er mit falschem Ernst. »Ich bin ein Mann, du eine Frau.«
»Aber nein, das meine ich nicht. Ich spreche von ...«
»... Wovon redest du?«
Im Grunde hatte sie Recht. Sie kam aus einer großen, reichen Familie. Ihr Vater, ein frommer Jude, der zu den Chassidim gehörte, war Diamantenhändler in Antwerpen gewesen und wohnte jetzt in einer schönen Wohnung in Brooklyn. Sie arbeitete in einem Anwaltsbüro in Manhattan. Und er, Razziel, wusste nicht einmal, wer er war.
Manchmal fragte er sich, wie sie ihn lieben konnte, er war so wenig verführerisch, ein Reisender ohne Gepäck, ein Umherirrender, der ihr nichts geben konnte.
»Ich liebe es, dich zu überraschen«, sagte sie.
In Wahrheit überraschte ihn überhaupt nichts. Es gefiel ihm, sich über fallende Blätter im Wind zu freuen, über ein nächtliches Geräusch, das Lächeln eines Unbekannten. Denn, was ihm fehlte, das war die Kindheit, die Zeit, die den Menschen darauf vorbereitet, erwachsen zu werden, die Erinnerungen in seinem Gedächtnis zu speichern, die Empfindungen in seinem Herzen. In seinem tiefsten Innern empfand er alle Ereignisse, gute oder schlechte, als

habe er sie schon in der Vergangenheit gelebt. Und dieses Geheimnis würde nur Paritus aufdecken können.

Plötzlich erwachte er aus seiner nostalgischen Besinnlichkeit, und Kali versank wieder in der Dunkelheit. Der Richter hatte in seinem gleichbleibend nüchternen Ton und unter Wahrung seiner strengen und verschlossenen Art einen Vorschlag gemacht, der ihn hochfahren ließ: »In dem Spiel, das wir heute Nacht spielen, fehlt ein wesentliches Element: der Tod. Wenn wir ihn nun bitten würden, sich zu uns zu gesellen, und sei es nur deshalb, damit wir das Spiel, sagen wir, ernster nehmen?« Ohne jemanden anzusehen, setzte er hinzu: »Ich lege Ihnen folgende Frage vor: Angenommen, einer meiner Leute, ein Weiser, hätte in den Sternen gelesen, dass einer der Teilnehmer unserer kleinen Versammlung morgen sterben wird. Bestürzt bat er seinen Meister, ihm diese Vision zu erklären. Dieser sprach die passenden Gebete, und die himmlische Stimme antwortete ihm: ›Da die Menschheit in eine Zeit moralischen Niedergangs eingetreten ist, fordert Gott ein Menschenopfer, um sie vor Strafe zu bewahren.‹ Das ist die eigentliche Frage: Wer soll der Sündenbock sein? Und wer nimmt die Hinrichtung vor?«

Er schwieg, wischte sich mit der Hand über die Stirn und fuhr fort: »Ich überlasse Sie Ihren Gedanken.«

Nach einem Moment der Verblüffung brach der Playboy in Lachen aus, aber sein Lachen klang nicht echt.

Der Archivar fixierte mit offenem Mund einen Punkt im Raum.

»Hören Sie gut zu, Herr Richter«, rief Bruce Schwarz aus, »sagen Sie Ihrem Visionär in aller Höflichkeit, dass er zum Teufel gehen soll; und wenn der Teufel ihn nicht will, soll er die alte Dorfhexe heiraten. Er soll machen, dass er fortkommt. Und uns in Ruhe lassen.«
Claudia schüttelte ungläubig den Kopf. »Zuerst gab es Verhöre, jetzt folgen Halluzinationen. Worauf wollen Sie hinaus? Ich mag das Theater, ich mag auch Spiele, aber keine idiotischen Spiele. Wir sind, soweit ich weiß, nicht im Zirkus. Sind wir vielleicht im Irrenhaus? Schlagen Sie uns ein psychologisches Rollenspiel vor? Normalerweise wird so etwas zu therapeutischen Zwecken veranstaltet. Wen wollen Sie heilen?«
Der Richter hörte zu, ohne mit der Wimper zu zucken.
»Aber hier geht es nicht darum, einen Kranken zu heilen«, fuhr Claudia fort. »Es geht uns allen sehr gut, Gott sei Dank. Worum geht es also? Was ist das Ziel dieses Spektakels? Haben Sie wenigstens die Höflichkeit, es uns zu erläutern.«
Der Richter schwieg beharrlich.
Claudia sprach weiter: »Wir sterben vor Hunger und Müdigkeit, und Sie, Sie interessieren sich nur dafür, zu spielen wie ein kleiner Junge?«
»Und weiter?«, antwortete der Richter plötzlich heiter. »Der Mensch wird wieder zum Kind, ob er in Gefahr ist oder ob er spielt. Übrigens, wenn es nur ein Spiel ist, dann ist es ein sehr unschuldiges. Sagen wir, Sie nehmen daran nur Teil, um mir einen Gefallen zu tun.«
Ein unwiderlegbares Argument. Wie sollten sie ihrem

Retter einen Moment der Unterhaltung versagen? Seine Gäste waren ihm das schuldig.

»Gut, fangen wir an«, sagte Claudia widerstrebend.

»Danke, meine Dame. Irgendjemand hier wird also morgen sterben. Es könnte jeder Beliebige von Ihnen sein. Zunächst rate ich Ihnen, sich vorzubereiten. Sie wollen sicher Briefe schreiben, ein Testament verfassen, Abschied nehmen ... Ich wiederhole es: Vergessen Sie nicht, dass diese Nacht für einen von Ihnen die letzte sein könnte.«

Es folgte eine laute Diskussion. Wie weit sollte man dieses kindische Spiel treiben?

»Dieser Irre, was will er noch alles?«, schrie der Playboy. »Er ist doch übergeschnappt, ehrlich! Er braucht einen Psychiater! Eine Zwangsjacke!«

»Ruhe«, sagte George Kirsten, der Archivar, mit müder Stimme. »Wozu sich aufregen? Da es nur ein Spiel ist, spielen wir mit!«

Razziel rieb sich die Augen. Ihm war schwindelig, sein Gehirn schien zu explodieren, und die Feder glitt über das Papier, ohne auch nur ein Zeichen zu hinterlassen. Er flüchtete sich in die Erinnerung an Kali: »All die Dinge, die ich dir nie gesagt habe ...« Sie hätten Kinder haben sollen, aber Gott hatte anders entschieden. Dann dachte er an seine Schüler: Was sollte aus ihnen werden? Er sah Meir'l vor sich, den *llouï*, das Genie der Gruppe, einen reumütigen jungen Mann, der von weither, aus der Welt der Sünden, gekommen war und dem es gelang, Verirrungen und Versuchungen zu überwinden und sehr schnell die Leiter der Erkenntnis hinaufzusteigen. Wird er mein Nachfolger werden? Weiß Paritus die Antwort? Und werden wir uns, auch wenn das so ist, eines Tages wiedersehen?

Der Richter blickte auf die Uhr, machte eine unentschiedene Handbewegung, nahm seine Papiere und ging hinaus. Dem Buckligen, der im Flur auf ihn wartete, gab er Anweisung, seinen Beobachtungsposten nicht zu verlassen.

Draußen tanzten die Schneeflocken mit derselben Lebhaftigkeit wie die trunkenen Bilder im brennenden Hirn der Gefangenen.

Das Dokument, was soll ich nur mit dem Dokument machen?, fragte sich George Kirsten, der Archivar, beklommen. Wenn mir etwas zustößt, kann es in die falschen Hände geraten. Und das wäre ein Desaster. Was tun?

George Kirsten nahm nur zerstreut am Gespräch teil. Während er versuchte, seine Unruhe nicht zu zeigen, kreisten seine Gedanken um seine jüngste Entdeckung im Nationalarchiv. Eine schwerwiegende, sensationelle Entdeckung, die eine wichtige Persönlichkeit des politischen Lebens in Europa betraf. Er hatte vor, in Israel mit einem Historikerkollegen darüber zu sprechen, zu dem er Vertrauen hatte. Dieser Mann hatte Verbindungen zum Mossad.

Plötzlich spitzte er die Ohren. Razziel hatte gerade wieder einen eigenartigen Namen ausgesprochen, der eine vergessene Tür seiner Erinnerung aufstieß. Er fuhr hoch und fragte: »Paritus? Haben Sie wirklich Paritus gesagt?«

»Ja«, antwortete Razziel erstaunt. »Sagt Ihnen der Name etwas? Sind Sie ihm vielleicht schon begegnet?«

»Ob ich ihm begegnet bin? Natürlich, ich habe ihn sehr oft getroffen.«

Razziel wurde seiner Erregung kaum Herr. »Wann? Wie? Unter welchen Umständen? Wo haben Sie ihn kennen gelernt?«

»In der französischen Nationalbibliothek«, antwortete George lachend.

»Ist er dorthin gekommen?«

»Er ist noch dort«, sagte George. Als er Razziels Erstaunen sah, kamen ihm Zweifel. »Reden wir von derselben Person?«

Und er erklärte, dass er die Werke von Paritus gelesen und studiert habe. Das erste handele vom »Mysterium der Abwesenheit« in der jüdischen Theologie des Mittelalters. Das zweite sei ein mystisches Gedicht, das die Sehnsucht Gottes nach der zeitlosen Zeit vor der Schöpfung zum Gegenstand habe. Das dritte sei eine Meditation über die Apokalypse. Der Autor habe seine Aufmerksamkeit erregt, und er, George, habe versucht, mehr über ihn zu erfahren. Offenbar hatte Paritus im 15. Jahrhundert in Safed gelebt, hatte Spanien besucht, war durch das Rheinland gezogen, und irgendwo in Ostpolen hatte sein Leben geendet.

Fasziniert, mit geöffneten Lippen, als wolle er die entschwindenden Worte aufschnappen, hörte Razziel dem Archivar zu und stieß leise, bald erstickte Schreie aus: »Sind Sie sicher? Sagen Sie, sind Sie ganz sicher?«

»Sicher? Ja, ich bin sicher, dass der Autor dieser Werke Paritus heißt. Paritus der Einäugige, auf den sich ein Zeitgenosse Spinozas bezieht, um den handelt es sich. Er hat seine Werke auf seinen Reisen durch ferne Länder verfasst ...«

Er brach ab, bevor er in leiserem Ton fortfuhr: »... Mir ist es sogar gelungen, ein Manuskript dieses leider verkannten Autors zu ergattern. Es ist recht dünn, nur zwanzig Seiten, aber von unschätzbarem Wert. Sein Thema? Sie werden es nie erraten: Die Unsterblichkeit...«

Die anderen schwatzten, aber Razziel und George achteten nicht mehr auf sie. Sie lebten nicht mehr in derselben Welt. Sie waren vereint durch den Namen, oder besser, die Person von Paritus, und nichts konnte sie trennen.

»Eines Tages«, sagte George, »müssen Sie mich besuchen kommen. Dann zeige ich Ihnen seine Arbeit – aber was sage ich da? Sie kennen sie sicher, denn ich glaube gehört zu haben, dass Sie ihm begegnet sind. Aber handelt es sich um dieselbe Person? Ist das möglich? Mein Paritus hat fünf Jahrhunderte vor dem unseren gelebt...«

Razziel antwortete nicht gleich. Er war tief in Gedanken versunken und tauchte schließlich mit einer neuen, ebenfalls verwirrenden Frage auf. Laut sprach er sie aus: »Und wenn Paritus unsterblich wäre?«

George lächelte. »Sind das nicht alle Mystiker? Ich meine: Macht ihre Suche sie nicht unsterblich?«

Insgeheim fügte Razziel dieser Reihe von Fragen noch eine weitere hinzu: Gilt dasselbe nicht auch für die Ungläubigen, die Kriminellen, die Feinde der Menschheit und des Herrn? Überleben sie nicht alle ihre Opfer? Wenn ich Paritus wiedersehe, sagte Razziel sich, werde ich ihn nach seiner Meinung fragen.

Ich wurde mit achtzehn Jahren geboren, vertraute Razziel dem Archivar an. Ich sage das nicht, um zu provozieren, sondern weil es die Wahrheit ist. Die Wahrheit hat mit Zahlen nichts zu schaffen.

Vielleicht war ich eigentlich siebzehn. Oder zwanzig. Ich weiß es nicht mehr. Ich bin mir über nichts sicher, was mit meiner Kindheit und Jugend zu tun hat. Wenn ich daran denke, versinke ich im Nebel. Aber ich weiß, dass ich nach meiner Geburt geboren bin. Ein ungewöhnlicher Mann hat mich das gelehrt. Er ist der Einzige auf der Welt, der mir helfen kann. Übrigens hat er mir bereits geholfen. Ich warte auf ihn, wie er auf mich wartet. Er wird in mein Leben zurückkehren. Er hat es mir versprochen. Es ist sein Name oder sein Vorname, ich habe es nie erfahren, den ich heimlich trage und der mich trägt.

An ihn kann ich mich erinnern. Ansonsten habe ich alles vergessen außer dem Ort: einer Zelle. Und der Zeit: Sonnenaufgang. Oder Dämmerung. Was auch immer. Es ist das Gleiche. Es ist derselbe Kampf. Für oder gegen das Licht. Für oder gegen sein Eindringen oder sein Verschwinden. In einem bestimmten Moment drang eine menschliche Stimme in mich und brachte mich auf die Welt. Warum menschlich? Gibt es Stimmen, die nicht menschlich sind? Möglich, es gibt die Stimme Gottes, aber in ihr ist Feuer und Schweigen. Und es gibt die des nächtlichen Raubtiers, das seine Beute lockt, bevor es sie reißt, aber sie trägt den Tod in sich. Und die Stimme des Baumes, der den Wind ruft. Und die der Felsen. Und die des Verrückten, der Furchen in die Zeit gräbt. Nein, die Stimme, die da erklang, war die eines Menschen. Zuerst tat sie mir weh; ich spürte im Inneren meines Bauchs eine unbekannte Zerrissenheit. Schreien? Brüllen? Ich wusste noch nicht, wie.

Wann wurde die Stimme angenehm und wohltuend wie Balsam? Später, viel später. Sie gab mir zu verstehen, dass ich nicht mehr allein war. Jemand war in meiner Zelle, jemand, der atmete wie ich und der sich wie ich im Dunkeln einnistete. Ich wusste nicht, wer er war, aber ich wusste, dass er ein Mensch war. Ich wusste es nicht, weil es mir jemand gesagt hatte, sondern weil ich es selbst begriffen hatte. Ich wusste es, wie ich weiß, dass ich ein Gesicht haben müsste, eine Stimme und einen Platz an der Sonne, wie ich weiß, dass ich in den Augen meines Nachbarn bestimmt ein Fremder, vielleicht ein Eindringling bin.

Allerdings brauchte ich zuerst Zeit, um zu entdecken, wo er war, dann, um ihn zu erkennen. Er trug einen Bart. Instinktiv hob ich die Hand an mein Kinn, überzeugt, dass es wie das seine von Haar bedeckt wäre. Enttäuscht ließ ich die Hand sinken. Plötzlich merkte ich, wie ich schwankte, denn ich wurde mir meiner Unzulänglichkeit bewusst. Der Bart, der echte, offenbar muss man ihn verdienen. Oder ihn erobern. Um gegen mein Schwindelgefühl anzukämpfen, schloss ich die Augen. In der Dunkelheit müsste alles besser werden. Wie vorher, vor meiner Geburt. Aber nichts war mehr wie vorher. Das Dunkel, in das ich mich hüllte, war nicht mehr dasselbe. Es schützte mich nicht mehr: Ich war nicht mehr allein.

Dem Mann, der mich beobachtete, umhüllt von Schatten und Schweigen, war ich nie begegnet. Ob er mein Bruder war? Oder vielleicht mein Feind? Woher kam er? Wie war er auf mich gestoßen, wie war er vor mir in diese Zelle gekommen? Sollte ich ihn fragen? Besser nicht. Trotz meiner mangelnden Lebenserfahrung wusste ich, dass manche Fragen umso gefährlicher werden, je öfter man sie stellt. Und wenn der andere, dort vor mir, nur mein Doppelgänger war, mein wahres Selbst? Ich wollte mich schließlich nicht lächerlich machen.

Glücklicherweise war er es, der als Erster sprach. Er räusperte sich einige Male und fragte: »Erinnerst du dich?«

Ich verstand den Sinn seiner Frage nicht. Da ich keine oder noch keine Vergangenheit hatte, wusste ich nicht, wie ich sie hätte bewahren können.

Erstaunt über mein Schweigen, wiederholte er seine Frage: »Nun? Sag mir, ob du dich erinnerst.«

Plötzlich überwältigte mich die beruhigende Kraft seiner Stimme. Ich hätte mir gewünscht, dass es die meine wäre. Um mich zu vergewissern, ob sie es vielleicht war, schien es mir sinnvoll, den Mund aufzumachen. »Nein, ja«, sagte ich sehr schnell.

»Ja oder nein?«

»Beides«, antwortete ich und redete immer schneller. »Ich fange mit Nein an und ende mit Ja. Aber das ist dasselbe.«

Er begann den Kopf zu wiegen, als habe ihn große Freude oder furchtbare Traurigkeit ergriffen.
»Wenn es ja heißt, an wen, an was erinnerst du dich?«
»An jemanden, der nur nein sagen kann.«
Warum sprach ich diese Worte aus? Eine dunkle Kraft in mir ließ mich nein sagen, immer nein. Nein, nein, tausendmal nein. Nein zu was, zu wem? Und bis wann? Ich hatte keine Ahnung.
Der Unbekannte schwieg lange. Inzwischen wiegte er den ganzen Körper, als sei er von Fieber geschüttelt. Ein Schauer durchfuhr mich. Vielleicht war er krank; ob er sterben, vor mir erlöschen, mich hier allein lassen würde? Würde er an meiner Stelle sterben oder mich mitnehmen? Ich war froh, als er wieder zu sprechen begann.
»Erinnerst du dich, wer ich bin?«
Nein, ich erinnerte mich nicht daran.
»Erinnerst du dich, wer du bist?«
Nein, ich erinnerte mich nicht daran.
Er seufzte schwer. »Erinnerst du dich wirklich an nichts?«
Nein, an nichts. War er von mir enttäuscht? Er litt, das war deutlich. Meine Unfähigkeit, seine Neugier zu befriedigen, fügte ihm Leid zu. Wie sollte ich ihm erklären, dass es nicht meine Schuld war? Dass ein eben erst geborenes Wesen keine Erinnerungen hat?
Dass man mich Atem holen lassen soll.

Erinnerungen habe ich. Aber sie handeln von dem, was mir danach widerfuhr. Ich will sie gern erzählen. Das verlangt der Richter doch, dass ich den Schleier zerreiße, der zudeckt, was verborgen ist oder im Nebel liegt, in der Zeit, die er meine Vergangenheit nennt. Er gibt vor, dass er verstehen will. Verstehen, um besser zu richten. Wird er mich anklagen, verurteilen, verstoßen, bevor er mich vernichtet? Und wenn ich mich schuldig erklärte? Würde ich die Strafe suchen als letzten Ausweg? Nein, mein Freund wird mir zu Hilfe kommen. Paritus wird kommen und mich befreien, das garantiere ich Ihnen. Er wird kommen; er hat es mir geschworen. Von ihm habe ich viel gelernt. Ich habe gelernt, dass das Wesen des Menschen in der Erwartung liegt, in seiner Fähigkeit, seine Zeit mit Gottes Zeit zu versöhnen.

Sie haben es erraten, mein guter Freund, der Freund meiner verlorenen Jugend ist mein alter Zellengenosse.

Eines Tages sagte er zu mir: »Außerhalb des Gesetzes zu leben ist weder gut für den Geist noch gut für das Herz, aber bedeutet leben nicht schuldig werden, ich meine: schuldig, weil man lebt?«

Ich hatte Lust, ihm zu antworten: »Aber wenn alle Lebenden schuldig sind, können wir dann nicht den Schluss ziehen, dass niemand es ist?«

Ich habe nichts gesagt. Ich habe nichts gesagt, weil mir die seltsame Tatsache bewusst wurde: Selbst wenn das die Wahrheit ist, hat niemand die geeigneten Worte, sie auszusprechen.

Ich denke an meinen Freund, und ich weiß, dass er auf mich wartet, da, wo wir uns verabredet haben, bei der Mauer in Jerusalem. Ist er weit entfernt? Ich weiß, dass er auch am

Anfang, bei unserer ersten Begegnung, weit entfernt war. Selbst als ich versuchte, mich tastend der Ecke zu nähern, in der er kauerte, wurde der Abstand zwischen uns nicht geringer. Selbst wenn er hier eine Frage, da eine Bemerkung fallen ließ, war seine Stimme mächtig; ich fühlte sie auf Stirn und Augenlidern; sie machte mich blind. Zu klein, fast noch ein Säugling, sah ich ihn kaum, ich sah ihn, ohne zu wissen, wen ich sah oder dass ich überhaupt sehen konnte. Dies dauerte eine Zeit, die mir heute zugleich unerklärlich kurz und unendlich lang erscheint. Auf seinen Lippen nahmen die Wörter Gestalt an und verwandelten sich in Dinge, aber diese Dinge besaßen ihr eigenes Leben, durch das sie erzitterten, in die Luft sprangen und wieder erschöpft zu Boden fielen. Erst danach begriff ich: Freundschaft ist nicht die Auflösung des Ichs im Anderen, sondern im Gegenteil seine Erweiterung. Im Gegensatz zur Liebe sagt die Freundschaft nicht: Eins plus eins macht eins. Eins plus eins macht zwei. Jeder von beiden wird reicher durch den anderen und für ihn. »In manchen Religionen«, wird mir mein Begleiter sagen, »muss der Mensch sterben, um wieder leben zu können. Ich wehre mich dagegen. Ich bin gegen den Tod. Und gegen die, die töten. Und gegen die, die den Tod lieben. Man darf dem Tod niemals dienen – nicht einmal im Namen des Lebens.«

Manchmal sprach er nur wenig. Er hörte zu. Er sprach nur, um mich zu einer Antwort zu bewegen, also um mir zuhören zu können.

»Wie heißt du?«

»Ich weiß es nicht.«

Das entsprach der Wahrheit; ich wusste nicht, dass sich die Menschen einander beim Namen nennen mussten.
»Hast du keinen Namen?«
»Was ist das, ein Name?«
»Das erste Geschenk, das ein Kind von seinen Eltern bekommt.«
»Ich habe nie ein Geschenk bekommen. Eltern habe ich nie gehabt, sieh doch: Ich bin gerade erst geboren, und niemand ist da, der mir ein wenig Wärme geben könnte.«
»Ich bin da.«
»Du bist da, aber ich spüre dich nicht. Ich erinnere mich nicht an dich. Und auch an sonst niemanden.«
»Versuch dich zu erinnern. Gib dir Mühe. Schließ die Augen. Denke über das Wort ›vorher‹ nach. Es ist ein wichtiges Wort.«
Einverstanden. Mit geschlossenen Augen bemächtigte ich mich des Wortes und begann, es vorsichtig hin und her zu wiegen, es zu befühlen und mit aller Kraft an mich zu drücken. Vorher – vor was, vor wem? Ich suchte nach einem Gesicht, einem einzigen, irgendeinem, einem menschlichen Gesicht, nicht einer Maske. Ich fühlte schließlich einen stechenden Schmerz im Kopf. Den ersten meines Lebens. Er hat mich nie mehr verlassen.
Während ich in mir suchte, hörte mein Nachbar nicht auf zu reden. Er wollte mich davon überzeugen, dass jedes Wesen von Eltern stammt, dass jeder Mensch mit seiner Kindheit verbunden ist, dass wir alle ein Gedächtnis haben und dass dieses manchmal einem schlafenden Zimmer ähnelt und manchmal einem brennen-

den Schloss. Beide können geöffnet werden, man muss nur den Schlüssel finden.

Die letzten Worte wiederholte er mehrere Male, so deutlich, dass ich ausrief: »Also gut, der Schlüssel, man braucht ihn nur zu finden, aber wo ist er denn, dieser Schlüssel?« Erstaunt über die Heftigkeit meiner Frage stand er auf. Jetzt konnte ich ihn besser sehen, selbst im Dämmerlicht. Er war groß, sein Kopf reichte bis an die Decke. Ich konnte auch sein Gesicht sehen. Unsägliches Leid lag darin. Was war das für ein Schein, der in seinen dunklen Augen leuchtete? Und warum hielt er die Lippen geschlossen, auch wenn er sprach? Ich betrachtete ihn einen Moment aufmerksam und dachte: Das ist ein Mensch.

Plötzlich beugte er sich zu mir herüber und sagte in langsamem Ton, jede Silbe betonend: »Der Schlüssel, den du suchst, den wir zusammen suchen werden, ist in dir versteckt.« Dann, nach einem tiefen Atemzug: »Nein, der Schlüssel, den du suchst, ist nicht nur in dir; du bist es selbst.«

Er lehnte immer noch an der Mauer, dann ließ er sich sinken und setzte sich wieder auf den Boden.

Wir redeten die ganze Nacht – oder war es Tag? Wann hatte ich die Sonne auf- oder untergehen sehen? Unsere Zelle lag im Untergeschoss. An der Decke hing eine staubige Birne, die ein schwaches Licht verbreitete. Später sollte ich erfahren, dass die Wächter die Gefangenen jedes Anhaltspunkts beraubten, damit sie die Orientierung verloren. Die »Mahlzeiten« reichte uns ein unsichtbarer Gefangener – ich sah nur seinen Arm – durch die Klappe. Nie um die gleiche Zeit.

Mein Nachbar erklärte mir auch meinen seltsamen Zustand: Meinen Inquisitoren sei es gelungen, mein Gedächtnis verschwinden zu lassen. O ja, sie hätten es einfach gestohlen und in andere Gefängnisse innerhalb dieses Gefängnisses gebracht.

Um was damit zu machen?

Auf diese Frage konnte mein Nachbar, der eigentlich alles wusste, nicht antworten.

Er begnügte sich zu sagen: »Eines Tages wirst du es wissen.«

Wie viele Tage, wie viele Wochen war ich schon in diesen schmutzigen Mauern eingeschlossen?

»Seit sieben mal sieben Nächten«, antwortete mir der Mann, der mein Führer und Begleiter wurde. Die offiziellen Verhöre hatten seit langem aufgehört. Jetzt führte er sie. »Es kann sein, dass sie aus Versehen den Teil einer Episode haben liegen lassen, das Bruchstück eines Satzes, das uns als Hinweis dienen könnte.« Er erwähnte vage einen dicklichen Polizisten, der beim Ausatmen pfiff wie eine Schlange. Ob ich mich an ihn erinnerte? Ein sadistischer Wärter, der mit einem Rasiermesser spielte, als bereite er es für einen Schnitt in das Fleisch des Gefangenen vor, eine schweigende Krankenschwester mit einer Nadel, von der sie sich nie trennte; die erste Folter durch lange Schlaflosigkeit: Nein, nein, ich erinnerte mich nicht daran. Ich erinnerte mich an gar nichts. Sobald ich zurückschaute, hatte ich das Gefühl, dass mein Hirn auf einem schwar-

zen und undurchlässigen Ozean schwamm. Und eine vertraute Angst stieg in mir auf, nahm mir den Atem. Ich fürchtete auszurutschen, zu fallen. In mir selbst zu ertrinken. Mein Beschützer weigerte sich, den Mut zu verlieren, und warf mir einfache und schwierige, scharfe und stumpfe Wörter zu, nach jedem von ihnen pausierend, als wartete er eine Ewigkeit lang auf ein Wunder, das nicht geschah, das nicht geschehen durfte. Der Beginn eines Traums, ein unscharfes Bild: nichts, immer noch nichts. Am Ende hüllte er sich in Traurigkeit und schwieg lange, bis er seine Niederlage eingestand: »Da du mir nicht sagen kannst, wer du bist, erzähle ich dir, wer ich bin. Genauer: wer ich für dich sein werde.«
Er beugte sich zu mir hinunter und fasste mich mit beiden Händen an den Schultern: »Ich heiße Paritus. Ich wiederhole: Pa-ri-tus. Sag du es jetzt: Pa-ri-tus.«
Ich hielt die Luft an und sagte: »Pa-ri-tus.«
»Gut, jetzt mein Vorname: Razziel. Ich wiederhole: Razziel. Sag du es jetzt: Razziel.«
Ich hielt den Atem an und sagte: »Raz-zi-el.«
»Sehr gut. Paritus ist nur ein Beiname. Meinen richtigen Namen Razziel haben meine Eltern mir gegeben. Wenn wir uns trennen werden, wirst du ihn als deinen Namen behalten. Du wirst ihn behalten bis zu dem Tag, an dem du den deinen finden wirst. Bist du einverstanden?«
»Ja. Einverstanden. Aber wer bist du?«
»Ein Bote.«
»Woher kommst du?«
»Ich bin in den Bergen geboren, weit weg.«

»Bist du allein?«
»Meine Eltern wurden getötet.«
»Deine Brüder?«
»Dahingemetzelt.«
»Deine Schwestern?«
»Ermordet.«
»Und du bist ihr Bote?«
»Ja, aber sie sind auch meine Boten.«
»Und ich? Wer bin ich?«
»Eines Tages wirst du es wissen.«
»Wann?«
»Wenn du frei bist. Frei, wie ich es sein werde. Frei, wie es Künstler sind, die weiter blicken als Propheten.«
Dieses Gespräch hatte mich erschöpft. Ich hatte Mühe zu atmen. Ich bat um einen Augenblick Ruhe. Ich senkte die Lider und bat um Schlaf, der nur in unregelmäßigen Abständen kam. Razziel Paritus schlief auch, aber er schien dabei die Augen offen zu halten. Was sah er, wenn es nichts zu sehen gab?
An diesem Tag oder vielleicht in dieser Nacht, wie soll ich es wissen, erzählte er mir von meiner Ankunft in der Zelle: Ich wirkte erloschen, mein Körper und mein Blick waren leblos.
»Wir haben dich zu mehreren beobachtet«, sagte mein Freund. »Ein Ungeduldiger, der unentwegt wütend wurde, weil ein Brief, auf den er wartete, im Postamt verloren gegangen war. Ein Schweigsamer, der alles verstand, aber nur mit den Augen antwortete. Du, du warst anders. Du warst nicht nur außerhalb der Sprache, sondern auch außerhalb

der Zeit. Die Zeit lief über dich hinweg, vielleicht auch durch dich hindurch, ohne Furchen zu hinterlassen. Der Schweigsame betrachtete dich mit seinem starren Blick, du achtetest nicht darauf. Der Ungeduldige schüttelte dich, du ließest es geschehen. Ich dachte mir tausend Mittel aus, dich aus deiner Starre zu reißen. Vergeblich. Warst du anderswo? Du warst nirgendwo. Ich begriff, dass es besser war aufzugeben, denn im Gefängnis wenden sich alle sinnlosen Anstrengungen immer gegen einen selbst. Ein paar Tage später wurden wir von dem Schweigsamen und dem Ungeduldigen getrennt. Sie wurden in eine andere Zelle gebracht, oder man führte sie in den Keller, um sie durch eine Kugel ins Genick hinzurichten. Ich blieb mit dir allein, das heißt: noch einsamer als ohne dich. Zuerst hast du mich verwirrt. Ich fragte mich, wer du bist und was man dir angetan hatte, dass du zu einem Wrack geworden warst, an dem das Unglück, das dich getroffen hatte, noch das einzig Menschliche war. Ich begann wieder, dir Fragen zu stellen. Ich sagte mir, wenn ich dir unentwegt Fragen stellen würde, könnte ich den Panzer, der dich umgab, durchbrechen. Ob du mich gehört hast? Du schienst taub und stumm. Und blind. Ich kratzte an einer polierten Oberfläche aus Metall, ohne Halt zu finden. Wie sollte ich mir deine Teilnahmslosigkeit erklären, wie sie überwinden? Du aßest fast nichts, du trankst kaum, dein Gesicht blieb reglos, undurchdringlich. Ich geriet in Rage, beschimpfte dich, zog dich an den Ohren. Du warst ein Gefängnis, unbezwingbarer als das unsere. Plötzlich bekam ich Angst. Du wecktest Selbstzweifel in mir. Mein

Vertrauen in die Zukunft verlor an Kraft. Ich fürchtete deine Gleichgültigkeit. Für mich, weißt du, ist die Gleichgültigkeit das Zeichen einer Krankheit, einer Krankheit der Seele, ansteckender als die anderen. Ich wusste, dass ich bei der Berührung mit ihr zu ihrem Verbündeten oder zu ihrem Opfer werden würde. Ich würde tot sein, bevor ich starb. Wie sollte ich mich gegen dieses Gift wappnen? Ich kenne nur ein Heilmittel gegen die Auswirkungen des Schwachsinns auf andere: ihn auszutreiben. So einfach ist das. Um nicht verrückt zu werden wie du, eine Leiche wie du, musste ich deinen Wahnsinn vernichten. Und da sich deine Krankheit, wie ich schnell begriffen hatte, im Vergessen äußerte, beschloss ich, dein lädiertes, wenn nicht vollkommen entleertes Gedächtnis zu heilen, indem ich Elemente aus meinem hineingab. Um dir ein Beispiel zu geben: Ich tanzte, ich lachte, ich klatschte mit den Händen, kratzte mich mit meinen schmutzigen Nägeln, schnitt Grimassen, stieß Verwünschungen aus, sagte Gebete. Ich musste dir zeigen, dass Menschsein auch bedeutet, das alles zu tun. Ich sprach zu dir von Gott und von meiner Liebe zu unserer armen Menschheit. Der Wunsch ist Kraft und Feuer. Dann sprach ich von meinem Zorn gegen Gott und vor allem gegen die, die vorgeben, in seinem Namen zu reden, zu brüllen und zu wüten – als hätte Gott einen bestimmten Namen, als wäre dieser Name nicht unaussprechlich. Ich erzählte dir traurige Geschichten aus meiner Kindheit, ich ließ meine Tränen fließen. Wenn man Kummer hat, weint man. Ich erzählte dir auch Fröhliches. Wenn man der Schönheit begegnet, erhebt man sich auf den Flügeln des Gesangs bis in den Himmel. Ich wurde böse. Wenn man wütend ist, ballt man die Fäuste. Wenn man etwas Lustiges hört, bricht man in Lachen aus. Und du hörtest zu, hörtest brav zu, ohne einen Muskel zu bewegen, ohne eine Braue zu heben. Wie eine Statue hieltst du all meinen Angriffen stand. Oft geschah es, dass ich die Fassung verlor; dann packte ich dich heftig mit dem Gesicht voller Zorn und Augen, aus denen Blitze schossen, und gab dir Schläge auf die Brust, bis uns beiden der Atem ausging. Ich brüllte: Wach auf, in Gottes Namen! Das ist unsere einzige Chance! Einer von uns wird gewinnen! Und wenn nicht ich es bin, sind wir verloren. Vergebliche Anstrengungen, nutzlose Tränen. Du saßest in einer Festung, deren Zugang mir verwehrt war. Und dann, eines Tages oder eines Nachts, wie soll man die Dunkelheit von der Dämmerung unterscheiden, hast du mich angesehen, und ich habe verstanden, du oder ich oder wir beide waren würdig, Wunder zu erleben. Du sahst mich an wie zuvor, jedoch eindringlicher. Du verlangtest nach meinem Blick, du hörtest meine Stimme, du nahmst meine Worte auf. Mir war zum Lachen oder zum Weinen zumute: Ich war Zeuge deiner Ankunft in dieser Welt.«

Er ist Razziel, der echte Razziel Paritus. Ihm verdanke ich alles. Ich verdanke ihm noch nicht die Wahrheit, aber ich verdanke es ihm, zu wissen, dass die Wahrheit des Menschen dem Menschen innewohnt, dass sie dem Menschen zugänglich ist.

Mein Gedächtnis hatte er mir jedoch nicht wiedergegeben. Vielleicht konnte er es nicht aus den Händen der Fol-

terer retten. Die Fetzen der Erinnerung, die an der Oberfläche schwammen, waren ohne Gehalt und Zusammenhang. Mein Gedächtnis, das erste, das wahre, versteckte sich in geheimen Gängen; es hatte keinen Bezug zur Wirklichkeit. Ich wusste weiterhin nichts über die Jahre vor meiner Zeit im Gefängnis. Wer waren meine Ankläger, welche Anwälte hatten sich zu meiner Verteidigung bereit erklärt? Und wer waren meine Eltern? Waren sie noch am Leben? Und meine Freunde, hatte ich welche? Und Brüder, Schwestern?
Mit der Zeit erfuhr ich, dass ich irgendwo in einem kommunistischen Gefängnis war, in einer bergigen Gegend Rumäniens. Warum hatte man mich verhaftet?
»Wegen eines Wortes vielleicht oder einer stummen Grimasse«, vermutete Razziel Paritus, die Finger in seinem Bart. »Oder wegen etwas, das deine Eltern gesagt oder getan haben könnten. Bei uns ist Denunziation eine gesellschaftliche Pflicht, ein moralischer Imperativ, eine Art Staatsreligion. Es ist auch möglich, dass man dich ohne Grund verhaftet hat. Dass die Unschuld dein einziges Verbrechen ist. Vielleicht wollten unsere Henker sich ihrer bemächtigen, um deine Widerstandskraft zu prüfen. Wie soll man das wissen? Ich glaube, sie haben hier ein psychologisches Forschungslabor errichtet. Wir sind ihre Versuchskaninchen, ihre menschlichen Mäuse. Bei diesen Leuten ist die Seelenqual zur Wissenschaft geworden. Auch zur Leidenschaft. Zweifellos haben sie begriffen, dass das wirkliche Schlachtfeld in der Seele liegt. Und wenn sie versucht hätten, mit deinem Gedächtnis zu spielen, um sich an dem zu vergrei-

fen, was es beherbergt, mit anderen Worten, an deiner Seele? Nachdem man sie erkundet, untersucht, zerlegt hatte, hätte man sie nicht nach Belieben füllen können, bevor man sie leerte, um dann dieselbe Übung mit anderen zu machen? Oder du warst es, der in einem schützenden Reflex alles aus deinem Gedächtnis gelöscht hat, um deine Seele vor Schaden zu bewahren, so wie der Körper abstößt, was ihm fremd oder feindlich ist. In diesen Zeiten sind alle Annahmen berechtigt.«

Er schien sich in eine Überlegung zu verlieren, die er für sich behalten wollte, und schloss mit dem üblichen Satz: »Eines Tages wirst du es wissen.«

Eines Tages, eines Tages. An welchem Tag? Wo ist er verborgen? Unter welcher Wolke? In welchem Kalender? Auf welchem Baum? Woraus besteht er? Der alte Razziel Paritus hätte gern auf diese Fragen geantwortet, aber er war nicht in der Lage dazu. Und ich verstehe seine Ohnmacht.

»Nur die Folterer haben die Lösungen in der Hand«, erklärte er mir. »Auch das ist Teil ihrer wissenschaftlichen Experimente. Sie verfügen über die Zeit, die sie ihren Opfern stehlen. Zu Beginn, als sie die Macht übernahmen, führten sie nur ein Wort im Mund: Zukunft. Aber in diesem Gefängnis geht es vor allem um die Vergangenheit. Folterer sind ehrgeizig. Sie brauchen die Ganzheit unseres Seins. Eines Tages wirst du Dostojewski entdecken. In einem seiner Romane ruft eine Person aus: ›Gott, das bin ich. Ich bin Gott.‹ Das ist das Ziel der Folterer: Götter zu werden.«

Ich muss zugeben, dass es mir schwer fiel, den Gedanken meines Meisters zu folgen. Sie erschienen mir oft dunkel, kompliziert und aus Worten und später aus Ideen zu bestehen, deren Sinn und Gewicht ich nicht kannte. Langsam, sehr langsam gelang es mir, seine Sprache zu verstehen. Mit der Zeit wurde mein Vokabular reicher. Und meine Neugier auch. Ich begann, den Raum zu ermessen, der das Wort vom Gedanken trennt, die Erinnerung von ihrer Quelle wie auch von ihrer Darstellung. Dadurch gelang es mir, mich glücklich zu fühlen, glücklich, dass ich am Leben war. Und dass ich meine Hoffnung mit der von Razziel Paritus vereinen konnte. Dann, eines Abends oder Morgens, als ich auf die verspätete Mahlzeit wartete, fielen meine bescheidenen Siege plötzlich in sich zusammen. Die Tür ging auf, und ein Wärter mit einem Blatt Papier in der Hand murmelte: »Nummer zwei«, und befahl mir, aufzustehen und ihm zu folgen. Ich war gern bereit, ihm zu gehorchen, aber nicht so mein Körper. Ich fühlte mich zerbrochen, besiegt. Der alte Paritus half mir. Er flüsterte mir ins Ohr: »Hab keine Angst; sie bringen dich bald zurück. Was immer sie tun, was immer sie sagen, erinnere dich an meinen Namen, der jetzt der deine ist. Er darf dich nicht verlassen.« Wusste er etwas, das mir unbekannt war? War es seine Art, mir Mut zu machen?
Wie ein Automat folgte ich dem Wärter durch die leeren, von grauen und schmutzigen Birnen beleuchteten Gänge. Ich stieg Treppen nach oben und wieder nach unten, dann wieder hinauf. Da ich es nicht mehr gewohnt war zu gehen, taten mir die Beine weh. Ich stolperte bei jedem

Schritt. Ich hatte das Gefühl, mich im Kreis zu drehen. Böse Mächte schnappten nach mir, schüttelten mich, zerrten mich in alle Richtungen. Mir war schwindelig. Irgendwann nahm der Wärter vor einer schweren Tür meinen Arm und sagte, ich solle stehen bleiben. Er klopfte und schrie ein paar unverständliche Worte. Danach ging die Tür von innen auf, und ich wurde in eine Art Krankenstube geschoben. Ein Mann mit Schnurrbart und eine Frau mit unordentlicher Frisur und üppiger Brust schienen bereits auf mich zu warten. Beide trugen weiße Kittel. Der Wärter setzte sich in eine Ecke, während der Mann und die Frau sich schweigend zu schaffen machten. Ich stand da, ohne mich zu rühren, und spürte, wie Panik in mir aufstieg. Wann würde sie ausbrechen? Etwas Ungewöhnliches, Schwerwiegendes, Gefährliches würde mit mir geschehen. Mit der Andeutung einer Geste befahl mir der Mann, mich auf einen langen, rechteckigen, mit einem nicht besonders weißen Tuch bedeckten Tisch zu legen. In horizontaler Lage fühlte ich mich tausendmal verwundbarer. Würde man mich schlagen oder gar verstümmeln? Mich einem Verhör unterziehen? Was für neue Geständnisse wollten sie mir entreißen? Hämmer begannen, auf meine Schläfen zu klopfen. Wenn wenigstens die Frau mit den riesigen Brüsten oder der Mann mit dem Schnurrbart oder zumindest der Wärter einen Satz gesagt, einen Befehl erteilt hätten, wäre ich gelassener gewesen. Aber die Stille wurde unaufhörlich immer größer. Es war, als wickelten mich alle drei zusammen in Watte, um mich vom kleinsten Geräusch menschlicher oder sonstiger Art

zu isolieren. Ich wurde zu Asche in dem Feuer, das in meiner Lunge wütete, ich ertrank in dem Blut, das durch meine Adern floss. An welchen Abgrund brachte es mich? Aus mir unbekannten Gründen wagte ich nicht zu atmen, und doch wurde mein Atem schneller. Warum näherte sich der Mann in Weiß mit gedämpften Schritten dem Tisch, auf dem ich lag? Um meinen Atem anzuhalten, der ihn störte? Er beugte sich über mein Gesicht und schloss mir die Augen mit den Händen, wie man es bei einem Toten macht. Um mich an das Leben zu klammern, dachte ich an den Namen und das Gesicht meines Zellengenossen. Razziel, Razziel, komm mir zu Hilfe, hilf mir, das Bild, das ich von dir habe, zu bewahren, sag mir: Was soll ich tun, um dem Schweigen des Todes zu entkommen? Meine Angst wurde zu Panik, meine Panik zu Entsetzen: Sie hatten den rechten Ärmel meiner zerrissenen Jacke hochgeschoben. Plötzlich spürte ich im ganzen Arm einen Schmerz, der bis zur Schulter ausstrahlte. Durch einen Schlitz in meinen Lidern sah ich den Mann in Weiß mit einer Spritze in der Hand. Er injizierte mir eine brennende Flüssigkeit: Nie hatte ich solche Todesnot empfunden. Ich wollte einen Schrei ausstoßen, aber die schlecht frisierte Frau legte beide Hände auf meinen Mund und erstickte ihn. Geschwächt, machtlos, meines Willens beraubt, stürzte ich in tiefe Schwärze.
Ich wachte in der Zelle auf. Ein eisernes Band drückte mir auf die Brust. Und auf die Stirn. War ich tot? In meinem Grab? Mein Arm begann sich zu bewegen; jemand schüttelte ihn. Ich nahm meine letzten Kraftreserven zu-

sammen, um durch meine geschlossenen Lider zu blicken, und sah einen Schatten, der über mich gebeugt war. Ich hörte mich murmeln: »Ich erinnere mich an nichts, an gar nichts.« Und der Schatten antwortete ganz leise in kaum vernehmbarem Ton: »Gib dir Mühe, mein Junge, versuch's, streng dich ein bisschen an!« Anstrengen? Mein gebrochener Körper war dazu nicht in der Lage. Auch ich war ein Schatten. Der andere fuhr fort: »Streng dein Gedächtnis an, versuch's, es geht um dein Leben und um meines.« Seine Stimme beruhigte mich, gab mir Mut. Ich wollte ihn fragen: »Wer bist du?« Aber er kam mir zuvor. Unwillkürlich flüsterte ich: »Razziel, Raz-zi-el.« Er unterdrückte einen kleinen Freudenschrei: »Danke, Herr! Bravo, bravo, mein junger Freund! Sie haben dich nicht besiegt! Nicht ganz! Wir können wieder anfangen!« Und so fingen wir mit unserem Unterricht wieder an. Mein Gedächtnis öffnete seine verriegelten Türen. Mein wertvoller und einziger Freund gab Dinge, die er wusste, an mich weiter. Dinge aus der Stadt, von außerhalb, vom Land: »Der Schlüssel, mein Großer, der Schlüssel, vergiss ihn nicht. Er ist in dir, er ist du: Du bist der Schlüssel für mich, wie ich es für dich bin.« Und er sagte auch: »Es bedarf so wenig, um die Sonne zu verdecken, ein Stück Papier auf die Lider, und ihr Schein verschwindet. Aber dann erstrahlt ein anderes Licht; es kommt aus deiner Seele. Und deine Seele ist mächtiger als die Waffe unserer Folterer.« Und er erzählte mir tragische Ereignisse aus der Besatzungszeit: »Der Krieg ist seit langem zu Ende, aber nichts hat sich geändert. Die Toten, die Großeltern, sind immer noch da.

Sie rufen uns, richten über uns. Wären sie begraben worden, vielleicht lägen die Dinge anders. Aber sie wurden nicht begraben. Und jetzt liegt es an dir, sie zu unseren Verbündeten zu machen.« Er beschrieb eine Welt, in der Verrückte, Künstler und Propheten wohnten, die jeder auf seine Weise den in den Himmel reichenden Turm zu Babel wieder erbauten und auch den Himmel selbst. Er erzählte mir Geschichten, die er selbst erlebt oder in Büchern gelesen hatte, über Gott und seine Melancholie, seinen Wunsch, die Menschen, die sterblich sind, unsterblich zu machen, über den Messias, der auf einen Ruf wartet, um sich denen zu zeigen, die auf ihn warten, ohne sich vor ihresgleichen zu beugen. »Allein ist es einfach, gerecht zu leben«, sagte Paritus. »Aber da sind die anderen. Gott ist Gott, weil er allein ist.« Und er sagte auch: »Es steht dir frei, dich vor Einsamkeit zu fürchten, aber nicht vor dem Tod. Alles ist in uns. Auch der Tod. Man spricht mit ihm, und er nimmt sich Zeit, bevor er uns antwortet. Er gibt dem Leben seine menschliche Dimension. Weil er unsterblich ist, ist Gott kein Mensch.« Wenn Paritus redete, spürte ich, wie in mir ein Gefühl des Wohlseins entstand, das ich später Glück nennen würde. Das Glück, nicht allein zu sein. Das Glück, nicht mehr der Leere begegnen zu müssen. Das Glück, da zu sein. Einen Namen zu haben: Razziel.

Der Bucklige rührte sich nicht. Vor seinem Bildschirm überwachte er die Gefangenen und zeichnete aufs Genaueste ihr Verhalten auf, ihre Reaktionen, ihre Stimmungsschwankungen. Es war seine übliche Rolle: beobachten. In dieser Nacht jedoch hatte der Richter beschlossen, ihm eine andere Rolle zu übertragen, doch der Bucklige wusste es nicht.

Mit gesenktem Kopf, nachdenklich, scheinbar eifrig, hatte Claudia begonnen, eine Seite mit ihrer feinen, aber unleserlichen Schrift zu füllen. Sie hielt einen Moment inne, holte einen Lippenstift aus ihrer Handtasche, überlegte, ob sie ihn benutzen sollte, und steckte ihn wieder weg. Der Playboy vertrieb sich die Zeit, indem er spanische Tänzerinnen zeichnete. Joab saß reglos da und erweckte den Eindruck von Langeweile, aber sein Verstand sprühte vor Energie und suchte einen Ausweg aus diesem von gefährlichen Irren beherrschten Gefängnis. George stellte Razziel Fragen, die dieser ihm langsam beantwortete, bevor er seinerseits den Archivar befragte. Alle wurden von ihren Erinnerungen heimgesucht.

Auch der Bucklige. Er erinnert sich mit Schrecken an die Nacht, in der er die Hölle entdeckte. Vorher war er ein weder besonders schöner noch besonders glücklicher Junge gewesen, aber sein Vater arbeitete, und seine Mutter lächelte, wenn sie den Tisch deckte. Er mochte fast alle, und alle hatten ihn gern. Zu Hause herrschte tiefer Frieden. Seine Freunde in der Schule missgönnten ihm die Schätze seiner Kindheit nicht. Dann geschah der Unfall. Das Auto, das sein Vater fuhr, ein bedächtiger und vorsichtiger Mann, stieß mit einem Lastwagen zusammen. Wer war schuld? Die Polizei stellte Untersuchungen an und machte die Götter des Zufalls verantwortlich. Und den strömenden Regen. Die Eltern und ein wenige Monate altes Baby wurden sofort getötet. Der Bucklige erinnert sich an seine erste Begegnung mit dem Richter. Schwer verletzt und mit einem schweren Schock wurde der Junge ins Krankenhaus gebracht, in die Abteilung für schwere Verbrennungen, wo er wochenlang mit dem Tod rang. Er blieb Invalide, sein Gesicht blieb entstellt. Kaum ein Heranwachsender, wurde er von dem Richter aufgenommen, der keine Familie hatte. Der Bucklige wurde sein Kammerdiener, sein Koch, sein Mann für alles und sein Zerrspiegel. Da er von einem tiefen Gefühl der Dankbarkeit erfüllt war, verweigerte er ihm nichts. Er nahm seine Launen, seine Absonderlichkeiten hin und machte bei seinen »Spielen« mit. Er hatte begriffen, dass das Leben für den Richter nichts als ein oft grausames und manchmal vergnügliches Spiel war. Eines Tages lud er einen umherziehenden Bettler ein und schloss mit ihm einen Pakt: Eine Woche lang sollte er nicht um Almosen betteln, der Richter würde an seiner Stelle betteln gehen. Ein anderes Mal »heiratete« er eine alte, ein wenig einfältige Jungfer und »verstieß« sie am nächsten Tag; dabei übernahm der Bucklige die Rolle des Küsters und des Bürgermeisters. Doch dieses letzte Spiel mit den fünf Geretteten übertraf alles, was er bisher erlebt hatte. Wenn das bloß ein gutes Ende nimmt, sagte sich der Bucklige. Aber wie sollte er das wissen? Er versuchte sich vorzustellen, wie es weitergehen würde. Wenn er die Inszenierung beeinflussen könnte, würde er die Personen dazu anhalten, die Initiative zu ergreifen und aus eigener Kraft herauszukommen. Der Playboy müsste behaupten, er wäre ein Kirchenarchitekt, der Archivar müsste anfangen zu singen und zu tanzen. Razziel und Claudia müssten sich streiten oder küssen, sich heftig umarmen, mit Leidenschaft, sie müssten tun, was er, der Krüppel, nie getan hatte. Er hatte nie das Glück gehabt, seinen gemarterten Körper mit dem einer reifen Frau zu vereinen, die zu Verführung und Hingabe fähig war.

Die strenge Stimme des Richters ertönte aus einem in einer Ecke des Raums verborgenen Lautsprecher. Sie klang wie die eines Schulmeisters: »Es ist schon spät. Was ist los, Sie lassen sich einfach gehen? Ich habe Ihnen ein Spiel vorgeschlagen. Nehmen Sie es endlich ernst. An die Arbeit. Stellen Sie sich vor, Sie wären Schauspieler. Spielen Sie Ihre Rollen! Frau Claudia, zeigen Sie den anderen, wie das geht. Kosten Sie die Situation aus. Sie ist ernst. Sagen Sie sich, dass Sie wirklich in Gefahr sind. Dass der Tod auf der Lauer liegt. Jagen Sie ihn. Befragen Sie ihn. Was will er hier unter meinem Dach? Nehmen wir an, er bereitet sich darauf vor, sein Sühneopfer auszuwählen. Auf wen von Ihnen wird sich sein erloschener Blick richten?«

Wie immer bei Gefahr ist Ungläubigkeit der erste Reflex: »Träume ich oder was ... Das alles kann doch nicht wahr sein ... Mir kann das nicht passieren ... Nicht jetzt ... Nicht hier in Amerika!« So verschieden sie waren, die fünf Geretteten reagierten auf die gleiche Weise. Das war eine Farce ... eine geschmacklose Farce ... Ein Spiel für Idioten ... für Verrückte ... Oder vielleicht ein psychologisches Rollenspiel, ja, eine Therapie, nur war es hier der Psychiater, der Behandlung brauchte ... Der Richter hatte vom Tod gesprochen: Was sollte das bedeuten? War tatsächlich jemand bedroht? Hatte der Richter wirklich eine von übernatürlichen Mächten übermittelte Botschaft »empfangen«? Jedenfalls war die Situation dermaßen absurd, unwahrscheinlich, dass es idiotisch schien, sie tragisch zu nehmen ...
Plötzlich stürzte der Playboy auf die Tür zu, bewegte die Türklinke – die ihm widerstand –, warf seine Schulter mit einer Kraft und einer Wut dagegen, die er nicht mehr beherrschen konnte. Vergeblich. »Wir müssen hier raus«, schrie er. »Versuchen wir es durchs Fenster! Zerbrechen wir es!« Aber die beiden Fenster waren aus dickem, unzerbrechlichem Material. »Dieses Scheusal! Er hat uns eingesperrt! Wir sind hier gefangen wie Ratten!« Claudia versuchte ihn zu beruhigen. Es habe keinen Zweck, in Panik auszubrechen. Der Richter werde früher oder später wiederkommen, und alles werde wieder in Ordnung kommen. Er werde über das alles lachen und sie auch. Die Stimme ihres Gastgebers unterbrach sie: »Vergeuden Sie nicht Ihre Zeit, indem Sie sich gegen das Urteil auflehnen.

Außerdem betrifft es noch keine bestimmte Person ... Im Augenblick hat der Tod es nicht eilig ... Er nimmt sich Zeit ... Seine Wahl ist noch nicht getroffen ... Sie haben noch ein paar Stunden, nutzen Sie sie, so gut es geht, in Gottes Namen!«

Die Geretteten waren ohnmächtig gegen die Angst, die ihnen in der Kehle saß. War es denn kein Spiel?

Razziel reagierte als Erster: »Im Mittelalter pflegten die Leute in solchen Situationen Gebete zu sprechen. Aber wir sind nicht mehr im Mittelalter.«

Claudia bemühte sich, ihre Angst in den Griff zu bekommen: »Das alles ist idiotisch ... Draußen der Pilot, die Besatzung und die anderen Passagiere werden unsere Abwesenheit bald bemerken ... Sie werden uns suchen ... Sie werden die Polizei alarmieren ...«

Joab zuckte die Schultern und ging noch weiter: »Unser Ziel ist Israel. Unsere Leute sind außergewöhnliche Situationen gewöhnt. Der Mossad ist wahrscheinlich bereits informiert ...«

Die Stimme des Richters unterbrach ihn: »Rechnen Sie nicht zu sehr damit. Wir sind nicht im Kino. Und übrigens, nicht alle Filme haben einen glücklichen Ausgang.«

Und nach kurzem Schweigen schien es ihm angebracht zu erklären: »Das Telefon funktioniert nicht. Der Wetterbericht ist entmutigend. Zwei Tage und Nächte werden vergehen, ehe Kontakt zu denen hergestellt werden kann, die mehr Glück hatten als Sie ...«

Der Bucklige wartete nicht ab, bis einer der Gefangenen etwas sagte, bevor er sich einmischte: »Aber ein Wunder ist immer möglich. Ich verstehe etwas davon. Es geschieht, wenn man am wenigsten damit rechnet ... Wollen Sie meine Meinung hören?«

Nach und nach, ganz unmerklich, spürten die Verunglückten, dass sie in der Falle saßen. Unerklärlicherweise hatte sich die Stimme des Buckligen verändert; Warmherzigkeit und Beunruhigung sprachen daraus: »Ich, der ich Ihnen nichts Böses will«, begann er wieder, »habe einen Rat für Sie: Verlieren Sie nicht die Nerven; tun Sie, als wäre es wirklich ein Spiel; nehmen Sie es bereitwillig hin. Es führt zu nichts, sich dem Richter zu widersetzen, ich spreche aus Erfahrung. Gehorchen Sie ihm, er wird es zu schätzen wissen.«

Und nach einigem Schweigen: »Sehen Sie mich an: Ich weiß, dass ich bucklig bin, aber um Scham und Leid von mir abzuwenden, sage ich mir manchmal, dass ich den Buckligen nur spiele. Machen Sie es wie ich. Ist das Leben der Menschen nicht ein Spiel, für das der Herr auf Satans Geheiß die Regeln festlegt?«

Claudia hatte einfach Lust, Shakespeare zu zitieren, für den die Welt nur eine Bühne ist, auf der ein Märchen voll Zorn und Wut gespielt wird, erzählt von einem Dummkopf, und Razziel hätte gern geantwortet: »Nein, Herr Buckliger, Gott spielt nicht mit seinen Geschöpfen.« Aber sie schweigen beide.

Auf seltsame Weise fielen manche Gefangene auf den Charme in der Stimme des Buckligen herein, die von jenseits der Wand zu ihnen drang. Sie waren bereit, sich gegen den Richter zu wehren, ließen sich aber von seinem

Diener besänftigen. Es war wohl besser, der Situation direkt ins Auge zu blicken, so seltsam sie war: Das Spiel mochte gefährlich werden, aber es blieb ein Spiel. Und da es nur ein Spiel war, warum sich darüber aufregen? Sie brauchten doch einfach nur zu sagen: »Ja, ja, los, spielen wir wie Kinder, die sonst nichts zu tun haben,« und dabei laut zu lachen. Die Hirngespinste eines Verrückten, der vom Tod redete, als sei er sein Lebensgefährte! Was erwartete er von ihnen? Dass sie klagten und sich die Haare rauften? Dass jeder die Bilanz seines Lebens zog? Aber ... immerhin hielt der Richter alle Karten in der Hand.

Joab schüttelte sich. Er misstraute Mikrophonen und kritzelte ein paar Wörter auf ein Blatt Papier, das er nacheinander seinen Gefährten zeigte: »Wenn dieses Schwein von Richter wiederkommt, stürzen wir uns auf ihn. Wir nehmen ihn als Geisel, so wie er es im Moment mit uns macht.«

Manche nickten. Gute Idee, ausgezeichnete Idee.

Nur Razziel war nicht ganz überzeugt: Der Richter und sein Komplize waren bestimmt bewaffnet. Und wenn sich alle einig waren, Gewalt anwenden zu müssen, würde das nicht bedeuten, dass sie nicht mehr daran glaubten, dass dies am Ende nur eine Wette, ein Spiel war, ein dummes und kindisches Spiel, aber letztlich harmlos und bald zu Ende, ohne dass es Schaden angerichtet hatte? Wenn der Richter andererseits Herr über ihr Schicksal blieb und ihnen seinen Willen aufzwang, war das nicht sein erster Sieg? Was aber wäre dann der nächste? Der Tod, der einen von ihnen treffen würde?

Nein, niemand würde es schaffen, George Kirsten davon zu überzeugen, den gewissenhaften Archivar, der wusste, dass er imstande war, auf die europäische Geschichte Einfluss zu nehmen. Er konnte nicht sterben, bevor er seinem Kollegen in Jerusalem nicht das geheime Dokument gezeigt hatte.

Und Claudia, die sich seit ihrer frühen Kindheit immer zu helfen wusste und das Glück auf ihrer Seite gehabt hatte, würde den Mann, den sie liebte, wiedersehen. Der Tod würde ihr nichts anhaben können.

Razziel? Er wusste, ja, er wusste, dass er nicht sterben konnte, bevor er seinen Freund getroffen hatte, der ihn erwartete, um ihm die Quellen seines verstümmelten Gedächtnisses zu erschließen. Danach, ja, vielleicht, aber nicht vorher. Joab war dank seiner Kriegserfahrung der Einzige, für den das Absurde möglich, wenn nicht wahrscheinlich war. Anders gesagt, auch wenn es nur ein Spiel war, eine geschmacklose Farce, war es besser, die Zeit, die ihnen blieb, zu nutzen, um den sadistischen Plan des verrückt gewordenen Richters zu durchkreuzen, wohl wissend, dass der Feind sich das, was man voraussehen kann, womöglich bereits ausgedacht hat. Er überlegte, was wohl die Absichten ihres Kerkermeisters sein könnten, und tat, als schriebe er.

Claudia legte den Stift vor sich hin und schüttelte den Kopf. »Es sieht aus, als benähme ich mich wie eine Irre... Auch wenn der Richter wirklich ein Richter ist, selbst wenn er sich verhält wie ein Wahnsinniger, was sagte er noch, bevor er verschwand? Dass der Tod sich seine Beute sucht. Anders ausgedrückt: dass einer von uns sterben wird. Einer. Ich habe also achtzig Prozent Chancen, dass ich es nicht bin. Wenn ich durch Greenwich Village zum Theater gehe, ist es gefährlicher.«

Im Grunde blieben alle skeptisch und stellten sich die gleichen Fragen: Wie würde der Richter das Opfer auswählen? Durch das Los? Oder welcher Logik würde er sonst folgen? Würde er sie zwingen, diese Logik selbst festzulegen?

Der Playboy, der zunehmend die Nerven verlor, schrie: »Hören wir mit diesen idiotischen Vermutungen auf! Sie führen zu nichts. Denken wir nicht darüber nach, was uns dieses krause Hirn antun kann. Suchen wir besser nach einem Fluchtweg!«

Leicht gesagt. Aber wie sollte man das anstellen, wo der Raum hermetisch abgeriegelt war? Und wie sollten sie die Drohung vergessen, die über ihren Köpfen schwebte?

Razziel drängte sich ein Gedanke auf: Mein Gefängnis früher war noch viel fester verschlossen, und trotzdem habe ich es verlassen. O Paritus, zeig mir den Weg!

Joab erinnerte sich: Auch er war einem seltsamen Mann begegnet, ebenso seltsam wie der, von dem Razziel berichtete; er hatte es sich offenbar zur Aufgabe gemacht, Waisenkinder zu trösten. Es war während des Jom-Kippur-Kriegs. Die ersten Kämpfe waren eine Katastrophe für den jüdischen Staat. Durch die Überquerung des Suezkanals und den Überraschungsangriff der Ägypter erlitt die israelische Armee so hohe Verluste, dass die auf

den Tiefpunkt gesunkene Stimmung in der Bevölkerung umzuschlagen drohte. Die Existenz des jungen Staates Israel stand auf dem Spiel. Spezielle Einheiten, zu denen ein Offizier, ein Rabbiner und ein Sozialarbeiter oder Psychologe gehörten, besuchten die vom Unglück heimgesuchten Familien und sagten ihnen, dass sie Trauer tragen mussten. Joab legte Wert darauf, diese Aufgabe selbst zu übernehmen, wenn er einen Soldaten verloren hatte. Mit einfachen und wahren Worten erzählte er Eltern, Ehemännern und Kindern vom heroischen Kampf ihrer Angehörigen. Dabei wurde er immer von einem Mann ohne Namen und ohne Alter begleitet. Er war groß, breitschultrig, hatte einen durchdringenden Blick, vertrat keinerlei offizielle oder inoffizielle Einrichtung. Was wollte er in diesen von Leid beschwerten und verdüsterten Häusern, in denen es einer außerordentlichen Selbstbeherrschung bedurfte, um nicht in Schluchzen auszubrechen? Beim sechsten oder zehnten Besuch fragte Joab ihn.
»Ich habe einen Auftrag«, erklärte der seltsame Besucher. »Mein Ziel ist, mich um die Zukunft zu kümmern, die unsere getöteten Kinder hinter sich lassen. Um Mitternacht gehe ich an die Mauer und spreche mit dem Herrn. Ich flehe ihn an, nicht all dieses Leben zu vergeuden, das noch nicht gelebt worden ist, auch nicht all die nie zur Entfaltung gekommene Freude, und sie denen zu schenken, die sie brauchen: den Kranken, den Verletzten, den Invaliden und Verzweifelten. Manchmal wird mein Gebet erhört. Dann jubiliert die Erde.«

Eines Abends traf Joab ihn wieder, wie er durch die Altstadt irrte. »Was ist geschehen?« – »Ich trage Trauer.« – »Wer ist tot?« – »Ich. Ich bin tot.« Und nach einer Pause: »Nein, nicht ich, meine Gebete sind tot. Um sie trauere ich.«
Der Mann verschwand in der Nacht. Joab traf ihn nie wieder und erfuhr auch seinen Namen nicht.

Plötzlich herrschte eine unwirkliche Stille in dem Raum, der in dämmeriges Halbdunkel getaucht war. Kirsten erinnerte sich, dass der Professor für englische Literatur an der Universität seinen Studenten eine Aufgabe zu folgendem Thema gegeben hatte: »Sie haben noch vierundzwanzig Stunden zu leben. Was tun Sie?« Manche brachten ihre Träume von Ruhm zum Ausdruck, andere ihre erotischen Fantasien. Einige verfassten eine Art Testament. Einer war brillant genug, einen Essay über das Lachen zu schreiben. George unternahm mehrere Versuche, war aber nicht in der Lage, irgendetwas zu schreiben. Er hatte Ideen, wusste, wie er sie ausdrücken konnte, aber sie hatten für ihn kein Gewicht. Ihm war unbegreiflich, was es für einen Menschen bedeuten konnte, alles zum letzten Mal zu tun, zu sagen und zu sehen. Wie sollte man den Tod spüren können, ohne zu sterben? Er beschloss auszuweichen: Er sprach nicht von sich selbst, sondern zitierte und kommentierte die letzten Worte bekannter Persönlichkeiten aus Geschichte, Religion und Literatur. Mose und Sokrates, Goethe und Tolstoi. Giordano Bruno, Gertrude Stein und Bergson. Er hatte keine besonders gute Note dafür erhalten.

Und jetzt?

Das Bild seines Großvaters tauchte vor seinen Augen auf. Ein wacher, aber sorgenvoller Blick, wirres, struppiges Haar, als käme er gerade aus dem afrikanischen Busch oder der Wüste Arizonas. Sein ewiges skeptisches Lächeln auf den Lippen, seine näselnde Stimme. »Verstehst du das Problem, mein Junge? Es ist unlösbar. Die Wissenschaft sollte sich dem Schutz des Lebens widmen, aber der Mensch benutzt sie als Tötungsinstrument.« Er war Professor für Kernphysik und von dem berühmten Robert Oppenheimer engagiert worden, um an der Forschungsarbeit in Los Alamos in New Mexiko mitzuwirken. Wie die meisten seiner Kollegen schleppte er ein vages Schuldgefühl mit sich herum, weil er bei der Herstellung der Atombombe mitgewirkt hatte. Dennoch bedauerte er diese Mitarbeit nicht. Wie Albert Einstein, Leo Szilard und Enrico Fermi wusste er, dass die deutschen Wissenschaftler ihnen zuvorkommen konnten. Man musste schnell und gut sein. Daher die Notwendigkeit, den ganzen Willen, alles Können, alle Mittel von Regierung und Universitäten auszuschöpfen. Das Überleben der freien Welt hing davon ab.

Warum dachte Kirsten in dieser Nacht an seinen Großvater? Er verehrte ihn. Er verstand sich mit ihm besser als mit irgendwem sonst in seiner Umgebung. Sein Großvater hatte es gelernt, mit dem Zweifel zu leben, während sein Sohn, Georges Vater, nur auf Gewissheiten baute. Ersterer ließ sein heiteres Wesen erkennen, Letzterer trug von morgens bis abends und weit darüber hinaus die strenge

Maske eines Predigers. »Wie Prometheus habt ihr das Geheimnis der Götter gestohlen«, sagte er aufgebracht, wenn ihn die Lust zu reden ergriff. »Sie werden sich rächen und uns bestrafen. Wenn nicht morgen, dann übermorgen.« Er schwieg eine Weile und fuhr dann fort: »Und ich hoffe, dass ich nicht mehr da bin, wenn es geschieht.« Ach, Vater, du bist nicht mehr da. Und du auch nicht mehr, Großvater. Was würdet ihr tun, wenn ihr hier wäret, an meiner Stelle? Oder mir gegenüber? Diese vierundzwanzig Stunden, die du noch zu leben hast, was würdest du mit ihnen machen, Großvater? Wie sähe dein Testament aus? George hätte sich nie getraut, seinem Vater diese Frage zu stellen. Er war ein wenig umgänglicher Mensch, ein Rationalist, seine Gegenwart war bedrückend. Er war Verwalter eines Krankenhauses und hatte lieber mit Kranken als mit Ärzten zu tun. Er war schweigsam, depressiv und konnte seine Enttäuschung und seinen unterdrückten Zorn angesichts der Macht der Leiden, gegen die er kämpfte, nur schwer verbergen. Er hätte sich gewünscht, dass sein Sohn denselben Weg ginge wie er, und war enttäuscht zu erfahren, dass er sich wie sein Großvater eher für eine Universitätslaufbahn interessierte. »Und du, Vater, was würdest du tun, wenn …« Sein Vater war tot. Vielleicht aus Bitterkeit, sicher auch wegen anderer Dinge. George saß an seinem Bett. Er hätte ihm gern die Stirn geküsst, seine Hand genommen, hatte sich aber nicht getraut. Sein Vater lehnte jedes Zeichen von Zuneigung ab. Wie hatte er es fertig gebracht, seiner Verlobten die Erklärung zu machen, dass er sie liebte? Nur Kranke genossen seine Zuwendung.

Und jetzt, auf seinem Totenbett, murmelte er: »George, mein Sohn ... Das Gespräch, das wir hätten führen sollen, du und ich, es wird nicht mehr stattfinden.« Er schloss die Augen, und seine Seele kehrte heim zu Gott. In diesem Augenblick verlor die Welt ihre Wärme.
Plötzlich spürte George, wie ihm bang ums Herz wurde. Zu wem würde seine Seele zurückkehren? Er schloss die Augen, und Pamela erschien an der Tür des Nachbarbüros. Sie gab ihm ein Zeichen. »Sehen wir uns heute Abend?« War Pamela hübsch? Sie musste es in ihrer Jugend gewesen sein und war es immer noch. Pamela, die Weisheit in Person. Ihre unschuldige Liebe. Nichts als Zärtlichkeit, ohne jede Bitterkeit und jeden Vorwurf. Sein geheimes Leben.

Um ein Uhr dreißig verbreitete der Lautsprecher einen Rundfunkbericht der CBS: »In der Umgebung von New York tobt einer der schlimmsten Stürme der letzten Jahrzehnte. Es wurde Katastrophenalarm gegeben. Die Flughäfen sind geschlossen, die Straßen blockiert. Zehntausende Einwohner sind ohne Strom. In Synagogen, Kirchen und Kasernen wurden Notunterkünfte für Alte und Kranke eingerichtet. Nach Aussagen der Polizei gab es wegen der ungünstigen Wetterlage bereits zwölf Tote. Man fürchtet noch weitere Opfer.«

»Du liebst mich nicht mehr«, sagte Lucien traurig.
Claudia erinnerte sich an seine Traurigkeit. Nicht, dass Lucien nicht lächelte: Er lächelte oft, aber erobert hatte

er sie mit seiner Traurigkeit. Sie liebte seine Traurigkeit, denn sie sah darin einen Ausdruck des Vertrauens wie auch einen Hilferuf. Aber diesmal war es anders. Alles war anders. Er runzelte die Stirn anders, er litt anders.

Sie hatte ihm gerade ihre Entscheidung mitgeteilt, ihn zu verlassen. Sie waren im Esszimmer. Der Tisch war gedeckt, das Essen fertig. Plötzlich sah sie sich im Spiegel und erkannte sich nicht wieder. Ihr Gesicht gehörte ihr nicht mehr. Es war das einer Lügnerin. Das Gesicht der Lüge. So kann es nicht weitergehen, dachte sie. Es tut zu sehr weh.

»Du liebst mich nicht mehr«, wiederholte Lucien, und sein Kummer ließ seinen Mund noch sinnlicher aussehen.

»Darum geht es nicht. Wir müssen uns trennen.«

»Warum?«

»Es ist besser. Für dich. Für mich.«

Sollte sie ihm sagen, dass sie der Lüge wegen nicht mehr mit ihm leben konnte, weil ihr eigenes Leben zur Lüge geworden war? Wozu wäre das gut? Er würde es nicht verstehen. Erklärungen würden nichts mehr nutzen. Es war zu spät.

Lucien gab ein leises, freudloses Lachen von sich, das nichts Natürliches hatte. »So, so. Zehn Jahre Liebe und Glück, und dann genügt ein kleiner Satz, und schon ist es aus. Was geschieht mit uns, Claudia, dass ein paar Worte schwerer wiegen als zehn Jahre Harmonie und Gemeinsamkeit? Was versteckt sich hinter diesen Worten? Habe ich, vielleicht im Traum, etwas getan, das dich beleidigt, gedemütigt, verletzt hat?«

»Nein.«
»Aber warum willst du mich dann verlassen? Liebst du mich nicht mehr? Nicht mehr wie vorher?«
Sollte sie ihm gestehen, dass ihre Liebe zu ihm geschwunden war, dass sie eine tote Liebe in sich trug? Und dass nicht er der Schuldige war, sondern sie? Sollte sie ihm den Irrtum, den Fehler, den sie letzte Woche begangen hatte, offenbaren? Er würde ihr vielleicht verzeihen, aber sie nicht. Sie würde sich nie verzeihen.
Inzwischen schweigen sie. Nichts mehr hinzuzufügen? Lucien dachte an die wilde und feurige Schönheit seiner Frau, an die Wärme, die ihrem Körper entströmte. Oft, wenn sie sich liebten, hatte er ihr ins Ohr geflüstert: »Das ist die Wahrheit, meine Seele, o ja, das ist sie, die menschliche Wahrheit.«
Und Claudia dachte: Es gibt keine Wahrheit mehr, die Wahrheit selbst ist eine Lüge. Hatte sie Lucien wirklich geliebt? Früher hatte sie das geglaubt. Aber jetzt war sie sich nicht mehr sicher. Sie sagte sich, dass sie sich ihm nie ganz hingegeben hatte. Ein Teil von ihr war nicht beteiligt gewesen, hatte sich auf Distanz gehalten wie ein Beobachter mit abgestumpften Gefühlen. Wenn die Liebe erlischt, vergisst man das Feuer, das sie zum Singen brachte.
Als sie sich diesen Abend in Erinnerung rief und an dieses letzte, misslungene Gespräch dachte, fragte sich Claudia: Was ist besser? Die Wahrheit, die Lüge ist, oder die Lüge, die Wahrheit ist? Ein Gedanke der sterbenden Gertrude Stein kam ihr in den Sinn: »Es gibt keine Antwort.

Es hat nie eine Antwort gegeben. Es wird nie eine Antwort geben. Und vielleicht ist das die Antwort.«
Jetzt aber, in diesem Gefängnis aus Schnee, rebellierte sie gegen diesen Fatalismus: einer Frage den Vorrang zu geben ist eine Sache, die Gültigkeit jeglicher Antwort abzulehnen eine andere. Und für Claudia gab es endlich diese Antwort seit ihrem Bruch mit Lucien. Sie hatte einen Namen, ein Gesicht, ein Gesicht, das keinem anderen glich: Alle Schönheit der Welt und all ihre Macht waren in dieses Gesicht geschrieben, alle Einbildungskraft und alles Feuer der Musen kamen darin zum Erstrahlen. David, ja, die Antwort hieß David. Und er wartete auf sie. Und sie würde ihn wiederfinden. Und sie würden der Welt beweisen, dass das Herz fähig ist, sich zu überraschen, und dass die Liebe nicht unbedingt von tragischem Wesen sein muss...

Bruce Schwarz gab es auf, im Raum auf und ab zu wandern. »Ich glaube, jetzt begreife ich!«, rief er aus.
»Was begreifen Sie?«, erkundigte sich Claudia.
Kirsten hörte auf zu schreiben und hob den Kopf. Auch Razziel sah den Playboy neugierig an. Seine dicke Unterlippe zitterte merkwürdig.
»Ja, ich begreife alles«, sagte Bruce. »Ich glaube, wir haben es mit Terroristen zu tun.«
»Terroristen?«, fragte Kirsten erstaunt.
»Geiselnehmer.«
»Und inwiefern sollte unsere Entführung ihnen nutzen?«
»Man kann nie wissen. Sie wollen uns vielleicht benutzen, um ein Lösegeld zu kassieren oder die Befreiung von In-

haftierten zu erzwingen, hier, in Frankreich, in Saudi-Arabien oder Israel. Sehen Sie, was ich meine?«

Einen Moment herrschte Schweigen, der Sinn dieser Worte lastete mit dem ganzen Maß seiner Ungewissheit auf den Gefangenen. Bilder von Attentatsopfern der jüngsten Zeit tauchten vor ihren Augen auf, als wollten sie sich an ihnen rächen.

Claudia, feindselig bei allem, was Bruce Schwarz sagte, legte ihren Füllhalter hin und verwarf die Vermutung des Playboys herablassend. »Wie kommen Sie denn darauf! Wie hätten der Richter und seine Komplizen diesen Schneesturm vorhersehen können? Und dass unser Flugzeug gerade hier an diesem Flecken landet?«

Eine logische Überlegung, dachte Razziel. Terroristen können die öffentliche Meinung beeinflussen, aber nicht das Wetter.

»Angenommen, sie hätten alles seit langem vorbereitet«, begann Bruce erneut. »Sie brauchten nur den Moment abzuwarten, in dem die gewünschten Bedingungen eintraten.«

»Möglich«, meinte George Kirsten. »Ja, was Sie sagen, ist möglich. Aber dann wäre unsere Situation noch viel düsterer!«

»Tragisch, aber nicht ernst, nannte man das früher«, sagte Bruce mit bitterer Ironie.

»Terroristen meinen es immer ernst«, erwiderte George. »Sogar zu ernst.« Er setzte zu einem historischen Rückblick auf den Terrorismus an. Die russischen Nihilisten, die antizaristischen Revolutionäre: Oh, früher, da war es noch anders... Die gute alte Zeit... Da wurden weder Kinder noch Zivilisten angegriffen... Er zitierte den berühmten Roman von Dostojewski, das Stück von Camus... Er wollte gerade »sensationelle« Texte erwähnen, die er in Archiven gefunden hatte...

Da brachte Bruce ihn zum Schweigen. »Das genügt, Herr Professor... Wir hören Ihnen ein andermal zu, nicht jetzt...«

Dennoch ging die Diskussion weiter. Wie sollte man den Reiz erklären, den der Terrorismus auf manche Gemüter ausübt, und warum auf Intellektuelle? Mit dem Gefallen an der Macht? Mit dem Wunsch, anders als mit Worten von sich reden zu machen? In totalitären und terroristischen Regimen ist der Mensch nicht länger ein einzigartiges Geschöpf mit unendlichen Möglichkeiten und grenzenlosen Freiheiten, sondern eine Nummer oder eine Marionette, mit dem Unterschied, dass Nummern und Marionetten gegen Angst resistent sind.

Die »Geiseln« begannen daran zu glauben. Bruce' Annahme hatte den Vorteil, dass sie viele Dinge erklärte: ihre Unterbringung, die zur Haft geworden war, das Verhör des Richters, der alles über ihr Privatleben erfahren wollte, seine Drohungen... Aber wenn sie wirklich in der Hand von Terroristen waren, mussten sie noch deren Identität herausfinden. Palästinenser? Die Bande von Abu Nidal? Möglich. Schließlich war das Flugzeug nach Israel unterwegs. Aber die Gegenargumente von vorhin blieben gültig: Wie konnten Terroristen das Wetter und die Notlandung auf dem stillgelegten Flugplatz nahe bei dem einsamen Haus vorhersehen?

Andere Möglichkeit: Der Richter und seine Leute gehörten zu einem brasilianischen Verbrecherkartell. In Rio und São Paulo gab es viele Entführungen, häufig gefolgt von Lösegeldforderungen. In diesem Fall müsste man ihnen eine hohe Summe bieten. Aber wem? Dem Richter? Dem Buckligen? Und wie viel?

Nur Bruce hatte Geld bei sich, über fünftausend Dollar.

»Ich habe mein Scheckbuch dabei«, sagte Claudia, »aber ich nehme an, dass Terroristen lieber Bargeld haben wollen.«

Und wenn es irische Terroristen wären? Mitglieder von Sinn Fein? Niemand von ihnen hatte Verbindungen zu hohen Regierungskreisen. Presseerklärungen? In diesen Dingen hatten sie keinerlei Erfahrung.

Das ist die Macht der Autosuggestion, dachte Razziel. Wir reagieren, als sei die eingebildete Situation Wirklichkeit. Er hatte Mühe, daran zu glauben. Irgendetwas passte nicht. Ein wahrer Terrorist spielt nicht den Richter, sondern den Terroristen. Aber was spielte der Richter?

»Wenn wir Geiseln sind«, bemerkte Claudia und dabei sah sie Razziel an, »und wenn unsere Gefängniswärter Terroristen sind, dann sind wir verloren. Wir haben das Gesicht ihres Anführers gesehen; er kann nicht das Risiko eingehen, uns freizulassen.«

Razziel stimmte zu.

Warum wandte sich die junge Rothaarige, die so aufreizend und selbstsicher war, gerade an ihn? Suchte sie einen

Beschützer, einen Verbündeten? Traute sie ihm eine Fähigkeit zu, von der er selbst nichts ahnte? Eine Intelligenz, die unlösbare Probleme lösen konnte? Razziel erinnerte sich, dass palästinensische Terroristen bei Flugzeugentführungen die Juden von den anderen trennten. Und wenn dies hier auch geschah? Waren Joab und er die einzigen Juden? Und Schwarz? Aber wie würde der Archivar reagieren? Und Claudia?

»Wir müssen, um Himmels willen, etwas tun«, rief Bruce, dessen Zorn ihn in Wellen überkam und sich wieder legte. »Spiel oder nicht, wir müssen dieses verdammte Gefängnis unbedingt verlassen.«

Er verdrehte seinen roten Schal und machte einen Knoten hinein, als habe er vor, den Richter zu erdrosseln.

»Zu schön, wenn Sie ›unbedingt‹ sagen«, erwiderte Claudia. »Erklären Sie uns doch bitte mal, wie Sie diese Mauern einschlagen und den Sturm zum Erliegen bringen wollen.« Sie wandte sich an Joab: »Und Sie, tapferer Offizier einer unbesiegbaren Armee, was meinen Sie? Was wollen Sie tun? Haben Sie eine Idee, wie Sie uns aus diesem Gefängnis befreien können? Machen wir uns nichts vor, wir sind hier schlicht und einfach im Gefängnis!«

Das Wort Gefängnis auf den Lippen der jungen Frau ließ Razziel erschaudern. Was Gefängnis bedeutete, das wusste er.

»Wenn man dem Buckligen glaubt, ist immer noch ein Wunder möglich«, sagte Joab.

»Wenn Soldaten auf Wunder hoffen, ist das ein schlechtes Zeichen.«

»Wäre es besser zu beten, meinen Sie das?«, sagte Bruce erregt.

»Es gibt auch Wunder unter Menschen«, bemerkte Razziel, »von Menschen für Menschen gemacht.«

Bruce machte eine mutlose Geste. »Jetzt ist er übergeschnappt.«

»Terroristen sind auch Menschen«, sagte Claudia. »Also verletzlich. Und sterblich, Gott sei Dank.«

Joab wandte sich zu ihr und flüsterte ihr ins Ohr: »Im Augenblick ist Warten das Beste. Abwarten, bis unser Richter den nächsten Schritt tut. Früher oder später wird er einen Fehler machen. Wenn er allein zurückkommt, nehmen wir ihn gefangen.«

Der Archivar indessen schrieb immer noch, sehr sorgfältig, mit ernstem Gesicht, als verfasse er sein Testament.

Auch diesmal brachte wieder der Bucklige den warmen Tee. Alle Augen richteten sich auf ihn. Auch er ein Terrorist? Razziel konzentrierte sich auf sein entstelltes Gesicht, Claudia auf seine deformierten Hände. Welche Rolle spielte er im Plan des Richters? Der Playboy fragte ihn, ob es immer noch schneie, Kirsten, ob er Kaffee statt Tee haben könne, und Joab, ob der Richter bald wiederkomme. Razziel flüchtete sich in Schweigen.

»Nun«, fragte der Bucklige, ohne jemand bestimmten anzusprechen, »was halten Sie von alldem? Und vom Richter? Und von seinem Urteil? Wer von Ihnen wird sich für seine heilige Gemeinschaft opfern, denn jetzt bilden Sie doch eine Gemeinschaft, nicht wahr?«

»Und wenn du es wärst?«, spottete Bruce.

Ein Gefühl des Schreckens, das sogleich wieder verschwand, zeigte sich in den Augen des Buckligen. »Nein, nicht ich. Ich gehöre zum Hof.«

»Und der Richter?«

»Im Allgemeinen überleben Richter sämtliche Hinrichtungen. So entspricht es dem Gesetz.«

Bruce fuhr fort, ihn zu befragen. Die Anwesenheit des Buckligen unter den Geiseln konnte ihnen nur von Nutzen sein. Mit etwas Glück würde er ihnen ein paar hilfreiche Brocken an Information über Leben, Charakter und Persönlichkeit des Richters hinwerfen.

Der Playboy hatte Recht, der Bucklige ließ sich zu vertraulichen Mitteilungen hinreißen.

»Der Richter? Was soll ich Ihnen sagen? Ich weiß selbst nicht viel. Es heißt, es heißt, seine Frau und seine Tochter seien grausam vergewaltigt und ermordet worden. Ich sage besser nicht, wie ... Im Dorf wird so viel geredet. Jeder hat etwas Besonderes, etwas Merkwürdiges über den geheimnisvollen Mann, der mein Chef ist, zu erzählen. Der Mörder wurde nie gefunden. Ob es ein Dieb war, der eine Bleibe suchte? Ein Drogenabhängiger auf Entzug? Ein ausgebrochener Gefangener, ausgehungert nach weiblichem Fleisch? Man erzählt, das Mädchen sei geistesgestört gewesen. Tja, was nicht alles so geredet wird ... Manche Leute glauben, der Richter habe den Mörder jahrelang verfolgt und schließlich auch gefunden. Vielleicht hat er ihn sogar eigenhändig getötet. Aber Beweise gibt es nicht.«

Er sah die junge Frau an und errötete. Ob die anderen es merkten? Er fühlte sich hilflos. Er wollte noch etwas hinzufügen, freundliche Worte an sie richten, allein an sie. Aber sie blieben ihm in der Kehle stecken. Und er verspürte eine große Lust, zu lachen, zu weinen, in die Luft zu springen: Ihm war klar geworden, dass er sie mit einer seltenen, einzigartigen Liebe liebte, dass die ganze Welt nur für diesen Augenblick geschaffen war, für diese Begegnung, damit er, der einzige Überlebende seiner Familie, diese Frau lieben konnte. Selbst wenn sie ihn nicht liebte, das Wichtigste war, dass er sie liebte, das heißt, dass er zur Liebe fähig war und vielleicht würdig, Liebe zu entfachen. Ein warmer Schauer überkam ihn: Er wurde zum Mann.

Eine Erinnerung stieg in ihm auf. Er geht in die Apotheke. Der Apotheker ist nicht da. Dessen Frau, mit ungekämmtem Haar, wildem Blick, starrt ihn wie immer auf verwirrende Weise an. »Endlich sind wir allein«, sagt sie und befeuchtet ihre Lippen mit der Zunge. »Wir werden uns lieben, mein kleiner Buckliger. Willst du? Es soll Glück bringen.«

Und er spürt, dass das Blut schneller durch seine Adern fließt. Und Feuer in seinen Augen brennt. Wie soll er nur normal atmen? Er empfindet etwas Unbekanntes, das dem Durst ähnlich ist. Zu seinem Glück oder Unglück taucht ein Kunde auf. Die Apothekerin drückt dem Buckligen irgendeine Tube in die Hand und beachtet ihn nicht mehr. Und der Bucklige flieht wie ein Dieb nach seiner ersten Niederlage.

»Du hast ihn gern, deinen Richter, nicht wahr?«, fragt Bruce.
»Ja, ich hab ihn gern. Ich verdanke ihm mein Leben. Er ist ein eigenartiger Mensch.«
»Auch du bist ein eigenartiger Kerl.«
»Normal. Uns verbinden so viele Erinnerungen.«
»Welche denn?«
»Das soll er dir sagen. Ich habe kein Recht dazu.«
»Und er hat dieses Recht?«
»Er darf alles. Er ist wie Gott.«
»Wie Gott, weil er anderen Leid zufügt?«
»Weil er Angst einflößt«, korrigierte ihn der Bucklige.
»Ist er fromm?«
»Ja, das ist er. Er hat seine eigene Religion. Und sie ist furchtbar.«
»Was bist du für ihn?«
»Das soll er dir sagen.«
»Was ist er für dich?«
»Ein Meister. Eine Macht. Eine Gottheit.«
»Machst du alles, was er von dir verlangt?«
»Alles.«
»Ohne zu widersprechen?«
»Dem Richter widerspricht man nicht.«
»Du bist also sein Sklave?«
Der Bucklige neigte seinen entstellten Kopf:
»Ja, ich bin sein Sklave.«
Und zwei schmale Tränen liefen an seinen von den Verbrennungen zerfurchten Wangen herunter.

Bin ich dazu verurteilt, dich nicht mehr lieben zu können? Nicht mehr von dir geliebt zu werden? Weitab von diesem Grab zu leben, voller Reue und ohne Hoffnung auf Sühne? Vater, vergib mir. Gestern auf dem Friedhof habe ich dich um Verzeihung gebeten. Ich bin fünfunddreißig Jahre alt und muss wissen, dass du mit meiner Zukunft versöhnt bist. Welche unsichtbaren Wege bist du gegangen, als du so alt warst wie ich jetzt?
Joab stand vor dem Spiegel und betrachtete sein Gesicht, ohne es wiederzuerkennen. Lag es an dem Bart? Carmela fand, dass ihn der Bart hässlich machte, aber Joab hatte sich geweigert, ihn in der Woche der Trauer abzunehmen. Im Grunde mochte auch er ihn nicht. Er erinnerte ihn an seine Kommandounternehmen. Bei der Rückkehr trug er immer einen Bart.
Und jetzt? Gestern Morgen hatte er sich rasiert, aber er sah wahrscheinlich nicht besonders gesund aus. Ich habe mich verändert, dachte er. Ich werde mich nicht mehr verändern. Schluss mit der Suche nach nächtlichem Nervenkitzel im Angesicht des Feindes! Ich denke an Schmulik, ich sehe ihn immer wieder, blutüberströmt, mit aufgerissenem Mund. Ich habe zu nichts mehr Lust: Zu viele Tote wohnen in mir. Er hatte keine Lust mehr, sich in der Erinnerung an verstorbene Freunde und in der Angst vor dem Unbekann-

ten selbst zu übertreffen. Ich denke an dich, Vater, doch ich habe nicht einmal mehr Lust, zu sterben, um dich im Jenseits wiederzusehen. Nur Carmela hilft mir, die Angst und den Schmerz zu bekämpfen und einen Sinn in den wenigen Wochen und Monaten zu sehen, die mir noch zu leben bleiben. Ist das genug? Kann man in einer Welt leben, in der nur ein einziger Mensch wohnt? Vergib mir meinen Pessimismus, Vater, aber wer trägt die Schuld? Nur ich? Um welches Ich geht es dabei? Wird das Ich älter? Lügt es manchmal, schminkt es sich, verbirgt es sich? Was wird aus diesem Ich, wenn ich nicht mehr hier bin, wenn ich nichts mehr bin? Du, Vater, der du die Philosophie liebtest, wirst du mir helfen, meine Schritte ins Licht zu lenken und nicht in die Dunkelheit? Du, den die Suche der Mystiker fasziniert hat, wirst du mir die Hand reichen, damit sie bei der Begegnung mit ihnen verbrennt?

Du, der du auf deine Weise an Wunder glaubtest, kannst du nicht auch eines für mich vollbringen? Das brauche ich jetzt, um die Freiheit zu atmen, die du mir hinterlassen hast, als du starbst. »Das Unbekannte zu lieben«, so sagtest du stets, »heißt, sich durch den Bezug zum Wunder zu definieren.« Du hattest die Armee seit einem Jahr verlassen und begonnen, die heiligen Bücher zu studieren, die du in deiner Jugend vernachlässigt hattest. Und während du mich nach dem Leben in meiner Kampfgruppe fragtest, das ich gerade entdeckte, sprachst du das Wort »Wunder« aus. Du sahst das Staunen in meinem Gesicht. Und erklärtest mir den Unterschied zwischen dem Unvorhergesehenen und dem Wunder.

Habe ich vermocht, dir zu sagen, Vater, wie tief die Zuneigung war, die ich für dich empfand? Solange du da warst, hast du mich manchmal erdrückt. Jetzt, wo du fort bist, fehlst du mir ständig. Warum hatte ich das Bedürfnis, dir Leid zuzufügen?

Ich bin fünfunddreißig Jahre alt, Vater, und ich habe noch viel zu lernen. Und so wenig zu geben. Nur an Carmela, ihr schenke ich mein Glück von morgen und meine Freuden von gestern.

Aber die Beziehung zwischen dir und mir, dafür ist es zu spät. Die Freude und den Stolz, die ein Sohn seinem Vater schuldet, du wirst sie nicht mehr empfangen.

Eine Erinnerung, die mit dem Tod seines Vaters verbunden ist:

Es klopfte an die Tür seines Hauses. Joab rührte sich nicht, er wollte niemanden sehen. Während der Trauerzeit darf man leben, wie man möchte. Jedenfalls war die Tür offen. So ist es Brauch. In der Woche nach der Beerdigung schließt man die Tür nicht. Jeder kann kommen und einem Trost zusprechen, indem er die Tugenden des Verstorbenen in Erinnerung ruft. Es klopfte erneut. Das wird Rivka sein, die Putzfrau, dachte Joab müde. Rivka ist höflich. Bestimmt ist sie es. Rivka ist schon immer höflich gewesen. Wohlerzogen. Ausgezeichnete Erziehung. Gute Manieren. Rivka geht einem auf die Nerven, weil sie immer bemüht ist, das Richtige zu sagen. Jetzt wird sie sagen, wie traurig sie für mich ist. Und dass ich versuchen müsse, meinen Kummer zu überwinden. Gut, soll sie hereinkommen. Aber es war gar nicht sie. Ein noch

junger Mann in Schwarz – ungefähr vierzig? – stand auf der Schwelle. Ein Chassid? Sein Gesicht spiegelte seine Trauer, die Augen seine Melancholie.
»Ich habe Sie gestern auf dem Friedhof gesehen«, erklärte der Besucher.
»Ach ja«, sagte Joab.
»Ich habe Ihren Vater gekannt.«
Joab hätte beinahe geantwortet: »Ich nicht.« Aber er hielt sich zurück. Der Besucher machte keinen bösen Eindruck.
»Ich verdanke Ihrem Vater viel«, sagte der Besucher.
Joab konnte nicht umhin zu denken: »Mehr als ich?« Der Sitte entsprechend, setzte er sich auf seinen Hocker und wartete, bis der Chassid auf einen Stuhl ihm gegenüber Platz genommen hatte.
»Ich habe schwierige Momente durchlebt«, sagt der Besucher. »Ihr Vater hat mich gerettet. Dass er in mein Leben getreten ist, grenzt an ein Wunder.«
Aha, sagt sich Joab. Er also auch. Jetzt wird er mir die Ohren voll reden von den Wundern, die mein Vater gern tat, um seinen Gesprächspartnern zu imponieren.
»Auf der Beerdigung waren viele Menschen«, fuhr der Besucher fort. »Ihr Vater war ein beliebter Mann. Er liebte Sie sehr, da bin ich sicher. Und Sie haben ihn auch geliebt, nicht wahr?«
Von einer unerklärlichen Angst getrieben, wäre Joab am liebsten aufgestanden und hätte den Eindringling verjagt. Soll er mir doch abziehen mit seinen Ammenmärchen, soll er doch abhauen, je schneller, desto besser. Aber er

blieb sitzen. Mit dem Chassid war er einsamer als je zuvor. Es gab nichts als seine Einsamkeit. Da kamen ihm, ohne dass er wusste, warum, Tränen in die Augen, die aus der Tiefe seines Wesens kamen. Er wollte nicht weinen, aber er weinte. Er wollte sich schnäuzen, sich die Augen trocknen, aber seine Hände gehorchten ihm nicht. Nichts an ihm gehorchte ihm. Seine Tränen flossen, hörten nicht auf zu fließen, und Joab fragte sich: Was geschieht da mit mir, lieber Gott, was ist bloß los, dass ich so heule?
»Auch Weinen ist ein Wunder«, sagte der junge Besucher.
Erstaunt hob Joab den Kopf und blickte ihn an. Und da sah er seinen Vater. Und sein Vater gab ihm Zeichen, die er nicht verstand.

An jenem Morgen, sechs Monate nach dem Tod seines Vaters, erhielt Joab den Anruf eines Arztes am Militärkrankenhaus Tel Hashomer. »Ich möchte dich sehen.«
»Ist es dringend?«
»Ziemlich dringend.«
»Meine Ergebnisse?«
»Komm, ich erwarte dich.«
Joab sprang in sein Auto. Carmela schlief noch; sie hatten einen langen Abend mit einem amerikanischen Offizier verbracht, einem offiziellen Besucher, der erst um zwei Uhr nachts in sein Hotel zurückgegangen war. Carmela wusste nicht, dass sich sein Gesundheitszustand verschlimmerte. Warum sollte er sie unglücklich machen? Um sie nicht zu beunruhigen, hatte er seine letzten Arzt-

besuche und die größeren Untersuchungen vor ihr geheim gehalten.

»Joab«, sagte Dr. Schreiber, »seit wann kennen wir uns?«

»Seit zehn Jahren, vielleicht zwölf.«

»Fünfzehn.«

Joab sah ihm in die Augen. »Diese Einleitung bedeutet wohl, dass du schlechte Nachrichten für mich hast, oder täusche ich mich?«

»Nein, Joab.«

»Ich habe also etwas Schlimmes?«

»Ziemlich schlimm.«

»Unheilbar? Sag mir alles. Ich kann die Wahrheit vertragen, das weißt du, oder?«

»Ja, das weiß ich.«

»Was ist es?«

»Ein Tumor. Im Gehirn. Selten. Sehr selten. Im Prinzip inoperabel.«

Joab holte tief Luft. »Wie viele Jahre gibst du mir noch?«

»Zwei, drei. Vielleicht weniger. Alles hängt von der Behandlung ab. Die Nebenwirkungen sind in manchen Fällen unerträglich. Und selbst wenn die Behandlung anschlägt, wird die Krankheit nur gelindert, aber nicht geheilt.«

Sie sprachen lange miteinander. Sie waren Freunde, Kampfgefährten, hatten so manches erlebt.

»Es gibt etwas, das man versuchen könnte«, sagte Dr. Schreiber.

»Was?«

»In den Vereinigten Staaten, im Sloan Kettering Hospital. Das ist ein Krebsforschungszentrum. Ich kenne einen

Arzt dort. Er ist gut. Such ihn auf und beruf dich auf mich.«
Joab kam nach Hause und fand Carmela in der Küche.
»Du bist gegangen, ohne Kaffee zu trinken.«
Er bat sie, sich ihm gegenüberzusetzen, nahm ihre beiden Hände, küsste sie und erzählte ihr in gemilderter Form, was Dr. Schreiber gesagt hatte.
Carmela sah ihn mit weit aufgerissenen Augen und durchdringendem, schmerzlichem Blick an. Aber sie vergoss keine Träne. Sie zeigte keinerlei Gefühlsregung. Sie versuchte sogar zu lächeln. »Gut, fahren wir nach Amerika. Ich wollte immer schon mal im Herbst nach New York.«
»Und wenn es sich bis in den Winter hinzieht?«
»Umso besser. Ich habe noch nie im Leben Schnee gesehen.«
Wie konnte er ihre gemeinsamen Wochen in Amerika beschreiben? Jeden Tag, jede Nacht brachte sie der Kampf gegen den Feind einander näher. Aber Carmela war am Ende ihrer Kräfte und nahm immer mehr ab. Sie sprach wenig, lachte nur selten.
Sie reiste vor ihm nach Israel zurück, um seine Rückkehr vorzubereiten.

Claudia dachte an ihre Trennung von Lucien. Wo er jetzt wohl war? Wahrscheinlich in seiner überheizten Wohnung. Ob er sie noch liebte? Und sie, hatte sie ihn jemals wirklich geliebt, wie man liebt, wenn man verliebt ist? Hatte sie ihn geliebt, wie sie David liebte?
Zehn Jahre lang hatten sie beide, noch jung, in einem Einver-

nehmen gelebt, das anregend und befriedigend zugleich war. Selbst wenn sie sich nicht einig waren über die Qualität eines Konzerts (sie mochte lieber Schubert als Brahms) oder den Wert eines Versprechens aus dem Mund eines Politikers (sie war Demokratin und er Republikaner), war die Verschiedenheit ihrer Meinungen ein Element der Faszination und der Bereicherung. Jeder half dem anderen weiterzugehen, die Dämonen mit dem hämischen Lachen zu vertreiben, die jedem Paar auflauern. Natürlich geschah es auch, dass sie zornig wurden, die Geduld verloren, aber das konnte ihrer Liebe nichts anhaben, die ebenso auf dem Respekt wie auf der Leidenschaft beruhte, die sie füreinander hegten und nährten und die sie beide nährte. Weil sie sich liebten, blieben sie unversehrt. Bis jetzt. Jetzt wusste sie, dass es keine Liebe war oder noch keine Liebe. Es war etwas, was ihr ähnlich war.
Ausgelöst wurde alles per Zufall, im Theater.
Warum hatte sie an jenem Abend der Versuchung nachgegeben? Aus Mitleid mit dem armen Bernard, Bernard Fogelman, dem glücklosen Regisseur, der vor seinen Schauspielern das Gesicht verloren hatte? Sie probten ein schönes Stück, das Erstlingswerk eines jungen Autors, in dem ein Paar sich nur in Uneinigkeit entfalten konnte: Glück entfernte sie voneinander, Bosheit und Hässlichkeit brachten sie einander näher. Ein dummer und fruchtloser Streit brach aus zwischen Bernard und Jacqueline, der wunderbaren Jacqueline, wie sie sich gerne nennen ließ, wegen einer Szene, in der sie von ihrem Liebhaber verlangte, dass er sich demütigte, damit sie ihn wieder

aufrichten und ihm seine männliche Würde zurückgeben konnte. Bernard wollte, dass sie sich bescheidener gab, nachgiebiger zu Beginn ihres langen Monologs, sie aber bestand darauf, ihre beherrschende Macht ganz auszuspielen. In einem bestimmten Augenblick rief Bernard aus: »Siehst du denn nicht, dass die beiden sich lieben trotz allem, was zwischen ihnen ist! Dass sie sich lieben bei allen Unterschieden und selbst in ihren Konflikten und gerade durch sie. Ist das denn so schwer zu verstehen?«
Und Jacqueline antwortete ihm bösartig, ohne die Stimme zu erheben: »Du redest von Liebe, ohne zu wissen oder zu begreifen, was Lieben bedeutet. Kannst du denn nicht endlich aufhören, mir mit deinen Eunuchenratschlägen auf die Nerven zu gehen?« Bernard taumelte nach diesem Schlag. Er war blass, schluckte, sagte kein Wort. Einen Augenblick lang sah er die Schauspielerin an, als würde sie ohne ihre Maske zu einer Feindin oder, schlimmer noch, zu einer Fremden. Dann sagte er ganz leise zu ihr: »Ich sehe, dass andere zu demütigen für dich eine Form der Liebe ist. Wie sollte gerade ich dich davon abbringen?«
Daraufhin griff ihr Partner heftig ein: »Wer ist denn hier der Regisseur? Sie oder du? Ich fasse die Rolle anders auf! Ich lasse mich gern aus Liebe demütigen, aber nicht aus Willkür!«
»Dich hat keiner gefragt!«, brüllte die Schauspielerin.
Mit einer mutlosen Geste unterbrach Bernard die Probe und verschob sie auf den nächsten Tag. Die Schauspieler gingen nach Hause, überrascht und verlegen. Bernard

schloss sich in seiner Loge ein und öffnete erst lange, nachdem Claudia an seine Tür geklopft hatte.

»Ich habe keine Lust zu reden«, sagte er zu ihr.

»Ich aber«, antwortete Claudia.

Sie hatte ihn noch nie so verstört, so niedergeschlagen gesehen, ihn, der sich so darin gefiel, zu lenken, zu befehlen und gefügig zu machen.

»Ich wusste, dass sie arrogant und eitel ist«, sagte Claudia. »Aber nicht in dem Maß. Ich kann mir ihre Wut nicht erklären, es sei denn...«

»Es sei denn was?«

»Es sei denn, du bist ihr Liebhaber.«

»Du bist ja verrückt.«

»Vielleicht. Aber nicht dumm. Ihr Ausbruch hat eine Art hasserfüllter Intimität zwischen euch offenbart, etwa eine enttäuschte Liebe. Man könnte meinen, eine unbefriedigte Frau, die Ansprüche an dich hat.«

Bernard brach in Lachen aus. Ein nervöses, zerstörerisches, krankhaftes Lachen.

»Also wirklich, du glaubst, ich schlafe mit ihr? Du bist ja verrückt.« Und dann begann er zu weinen.

»Ich habe nie mit ihr geschlafen«, begann er nach einer Weile erneut.

Claudia wollte antworten: »Aber du hattest Lust dazu. Anders gesagt, du bist in sie verliebt, und sie weiß es...«

Bernard kam ihr zuvor. »Ich habe nie mit ihr geschlafen und auch mit keiner anderen. Ich habe es nicht einmal versucht...«

Er homosexuell?, fragte sich Claudia. Nein, so wirkte er

nicht. Er war kräftig, männlich, ein Mann, der Frauen liebt.

Bernard antwortete auf ihre stumme Frage. »Dabei bin ich normal. Ich habe nie eine Beziehung zu einem Mann gehabt. Aber die Frauen mögen mich nicht. Ich tauge nichts. Keine will etwas von mir wissen...«

In der Loge näherte sich Claudia dem Mann mittleren Alters, den sie wegen seines Talents und seiner Integrität bewunderte. Er hatte den Kopf in beide Hände gelegt und schluchzte. Von seiner Autorität und Ausstrahlung war nichts mehr übrig. Sein heiliges Feuer, seine Begeisterung, seine Leidenschaft waren erloschen. Und das nur deshalb, weil er nie die Wärme und Freude kennen gelernt hatte, die allein der Körper einer Frau einem Mann schenken kann? Das ist ja idiotisch, sagte sie sich, das hat keinen Sinn. Sie streichelte seine struppigen Haare, gab ihm leichte, zarte und bedeutungslose Küsse, sprach leise, nette, sanfte, beruhigende Worte. Am Ende bewies sie ihm, dass er ein Mann war.

Aber sie liebte ihn nicht. Und Lucien liebte sie nicht mehr. Von der Liebe verlassen, war sie bereit, David zu begegnen.

Auch Bruce Schwarz, den reumütigen Playboy, hatte die Angst gepackt: Selbst im Spiel wollte er auf keinen Fall sterben, bevor er nicht Stacy wiedergesehen hatte, die Studentin der Psychologie. Bevor er ihr nicht die Gründe für seine Entgleisungen erklärt hatte. Bevor er sie nicht gebeten hatte, sein bedauerliches Verhalten ihr gegenüber zu entschuldigen. Und gegenüber den Frauen im Allgemeinen. Wenn ich sterbe, fragte er sich, ist mein Tod dann die Buße? Werden alle meine Sünden getilgt?

Seit über einem Jahr, seit er Stacy kennen gelernt hatte, reiste er durch die Welt, auf der Suche nach all den Frauen, die er betrogen, lächerlich gemacht oder verlassen hatte. Als brauche er ihr Verständnis. Ihr Verzeihen. Und es waren viele: junge und weniger junge, Intellektuelle oder Künstlerinnen, reiche Erbinnen oder arme Waisen, schöne und weniger schöne. Er war nicht wählerisch. Sehnte er sich zurück zu der jugendlichen Liebe für eine Frau, die ihn verschmäht hatte? Von unerklärlichen und vielleicht unbewussten Kräften getrieben, hatte er es als eine Art Pflicht angesehen, diese Frauen zu verführen, eine nach der anderen, sie zu erobern, sie eine Zeit lang zu behalten, bevor er sich ihrer entledigte, indem er ihnen zu verstehen gab, er sei für sie nicht gut genug. Sie brauchten jemanden, der reifer, einfühlsamer, geselliger, aber vor allem moralischer, kurz, menschlicher sei. Er war ein Schönredner und verließ sich ganz auf seine Überzeugungskraft. Er fand sich überzeugend genug, um ihnen Leid zu ersparen. Natürlich täuschte er sich. Selbst diejenigen, die sich ihre Verzweiflung in seinem Beisein nicht anmerken ließen, schlossen sich zu Hause ein, wo sie weinen konnten, ohne fürchten zu müssen, dabei gestört zu werden. Im Grunde seines Herzens wusste er es, doch feige, wie er war, vergaß er es wieder. Liebeserlebnisse, Beziehungen, waren für ihn wie Seiten, die man umblättert: Jede neue überdeckte die vorhergehenden.

Bis zu dem Tag, an dem er aufwachte. Verliebt, mit Leib und Seele entbrannt, musste er die Qual der Zurückweisung erleben. Das junge Mädchen, Stacy, war weder schöner noch attraktiver als die anderen. Aber in seinen Augen war sie anders, außerordentlich, einzigartig. Ihre nüchtern-elegante Art, sich zu kleiden, sich in die Lippen zu kneifen, wenn sie nachdachte, geraden und sicheren Schritts durch die Straßen zu gehen, ihre hochmütige Körperhaltung, ihre dunklen Augen, in deren Blicken alle Sonnen dieser Welt erstrahlten und wieder erloschen. Stacy warf ihm seinen mangelnden Glauben, seine fehlende Verbindung zu Gott vor. Sie war gläubig. Ohne Gott hat das Leben nur begrenzt Sinn, sagte sie. Die anderen Frauen hatten meistens ein oberflächliches Verhältnis zur Religion gehabt: Sie gingen zur Kirche oder in die Synagoge, um ihren Eltern einen Gefallen zu tun. Stacy nicht. In ihren Augen war die Liebe der Menschen nicht von der Liebe Gottes zu trennen. »Und umgekehrt?«, fragte Bruce in schelmischem Ton.
»Umgekehrt auch«, antwortete sie ernst.
Er versuchte vergeblich, ihre Überzeugungen zu erschüttern. Sie war unbeugsam. Und rein. Den roten Schal hatte sie ihm geschenkt. Seither trug er ihn sogar im Sommer. Die anderen ... Wie einfach war es gewesen, sie einzuwickeln! Bruce dachte an seine erste Eroberung mit einem Stolz, der nicht zu jenen Empfindungen passte, die ganz neu für ihn waren: Reue und Angst.

Ach, du mein Armer!, rief in Razziels Traum sein seltsamer Freund und Meister Paritus, der alte Paritus, der trau-

rige und ironische Mystiker. Du und deine Träume, in denen der Erlöser kommt! Du bringst mich zum Lachen. Glaubst du wirklich, dass er noch lebt, dass er noch hofft? Glaubst du wirklich, er wird eines Tages wiederkommen, einfach so, zu deiner Freude? Ernsthaft, mein Junge, ich wusste, dass du naiv bist und verrückt, aber nicht in dem Maß. Möchtest du vielleicht auch Prophet werden? Glaubst du wirklich, dass der so lange erwartete Retter morgen erscheinen wird oder nächstes Jahr, als käme er aus dem Nirgendwo, um dir sein Licht und seine Gnade zu bringen? Sei nicht dumm! Warte nicht mehr auf das Ende. Wir haben es schon überschritten. Das Ende liegt hinter uns. Der Erlöser kommt nicht mehr. Und angenommen, er käme, dann bräuchte er unser Mitleid mehr als wir seines. Er hat nämlich seine Macht verloren, der Erlöser. Das kannst du mir glauben. Ich weiß, wovon ich rede. Er hat unterwegs zu viel Zeit verloren, dein guter Mann. Er hat die Gelegenheit verstreichen lassen; sie ist ihm durch die Finger geglitten. Der Künstler hat seine Kunst verlernt. Und jetzt ist er nichts mehr. Er ist nur ein armer Kerl. Wie du oder ich, was auf dasselbe hinausläuft ...
Razziel war aus dem Schlaf hochgefahren. Ein Gefühl der Panik lastete auf ihm. Woher kam dieser Stein, der ihm die Brust von innen zerquetschte? Er dachte an den wahren Paritus, den melancholischen Tröster ... Warum lächelt er jetzt? Warum und seit wann macht er sich über mich lustig? Wenn er lacht, erhellt sich die eine Seite seines Gesichts und die andere bleibt dunkel, in der Dunkelheit verborgen. Ach, wunderbarer Paritus!, dachte Raz-

ziel. Er verfolgt mich bis in den Schlaf. Wird er mir helfen, meine verlorenen Erinnerungen wiederzufinden? Ist er meine einzige Rettung? Und wenn er mein echtes Scheitern bedeutete?

Seit Jahren verfolgte Razziel ihn schon, er jagte ihm nach. Seit ihrer Befreiung hatte er ihn mehrere Male getroffen. Einmal bei den Clochards an den Kais der Seine. Dann in einem Theater der Universität von Oxford. Das dritte Mal am Morgen eines Jom Kippur im Hof des Rabbi von Kamenez in Brooklyn: Er las dort aus dem Buch Jona. In der übrigen Zeit war Paritus verschwunden. Jedes Mal wenn Razziel glaubte, ihm die Maske entrissen zu haben, oder zumindest zu wissen meinte, wo er war, entkam er wieder. Sodass Razziel bald den Eindruck hatte, ihn schlechter zu kennen als früher. Hatte er wirklich im 15. Jahrhundert gelebt? Hatte er Rabbi David ben Gdalja an der Klagemauer in Jerusalem getroffen? Warum hatte er sein Treffen mit Samuel Saportas erwähnt, dem berühmten reuigen Häretiker, der ins Heilige Land gekommen war, um zu beweisen, dass ihm nichts heilig war? Und warum hatte Paritus soeben in Razziels Traum von Erlösung gesprochen?

Unwillkürlich streckte er den Arm aus, um nach Kali zu suchen, aber er fasste ins Leere. Seit wann war die Frau seines Lebens tot? Razziel lag auf der rechten Seite und wusste, dass er aufstehen müsste, Pflichten in der Jeschiwa warteten auf ihn, aber er hatte keine Lust. Razziel war nicht mehr derselbe. Er kannte noch das Ziel, aber nicht mehr den Weg, der dorthin führte. Sollte er einen neuen Tag beginnen? Um sich abends wieder ins Bett zu legen?

Wozu? Warum sollte er nicht gleich bis zum nächsten Tag liegen bleiben? Er, Razziel, fühlte sich müde. Schwer. Die kleinste Bewegung bedeutete eine große Anstrengung, auch sein Denken kam nur langsam in Gang. Es war unmöglich, es vom Ausgangspunkt auf die Verfolgung eingebildeter Freunde oder Feinde zu lenken. Er war deprimiert und spürte, wie er in einen Abgrund fiel, in dem das Vergessen eine Wohltat gewesen wäre. Bin ich vielleicht schon tot?, fragte er sich. Eins ist gewiss: Jemand in mir ist gestorben: Wer ist es? Der Mann, der ich war? Der ich hätte sein können?
Razziel schüttelte sich. Draußen dämmerte grau der Morgen. Ein Herbsttag oder Frühlingstag? Bote des Glücks oder der Not? Ach, nicht von Bedeutung! Es würde ein Tag wie jeder andere werden. Dahingeworfene Bemerkungen, zurückgenommene Bemerkungen. Hungernde Kinder, verratene Unbekannte. Anonyme Besucher. Hände schütteln. Lächeln. Höflichkeiten. Ein Treffen mit ... mit wem eigentlich? Und wenn er nicht hinginge? Besser: Wenn er mit allem aufhörte? Ich bin fünfzig. Wenn ich aufgäbe? Wenn ich deutlich sagte, dass es reicht? Guten Abend, Schüler: Ein anderer als ich wird euch zum Anblick der Gipfel führen. Guten Abend, künftige Lehrer: Macht es nicht wie ich. Gute Nacht, allesamt. Gute Nacht. Und ihr anderen, geht nach Hause mit euren Hirngespinsten und Schwächen, euren Frauen oder Geliebten. Der Schauspieler hat keine Lust mehr, euch zu unterhalten. Er hat Lust, keine Lust mehr zu haben, der Schauspieler.
War ich Schauspieler, fragte sich Razziel, sonst nichts?

Habe ich nur Masken getragen? Die des missratenen Sohnes, die des eifrigen Schülers, dann die des Ehemanns, die des Pilgers ... Und jetzt? Die letzte Maske, sagte Paritus, ist der Tod, der sich auf euer Gesicht legt. Er ist auf allen Gesichtern, der Tod. Razziel regte sich auf: Hau ab, alter, gelehrter Teufel! Du störst mich, du bist mir lästig. Wie aufdringlich du sein kannst! Könntest du zur Abwechslung nicht mal jemand anderem auf die Nerven gehen? Ich brauche ein wenig Ruhe.
Es stimmte. Razziel brauchte Ruhe. Wie ein Mensch, der zu lange gelebt, der zu viel ertragen hat. Er verdiente, dass man ihn in Frieden ließ. Um sich zu orientieren, um neue Kräfte zu finden. Wieder heiraten? Einfach nur atmen. Razziel war nämlich kurz davor zu ersticken. Er war in einen kalten und unbequemen Schraubstock eingezwängt, er fühlte sich als Gefangener, ohne zu wissen, wer ihn gefangen hielt. Aber er wusste, warum. Er hatte sich schuldig gemacht, hatte den Garten des verbotenen Wissens betreten. Schuldig in den Augen Gottes und der Menschen. Schuldig an seinem Vater, den er nicht mehr oder noch nicht kannte. Und vor allem schuldig, ein Leben verschwendet zu haben. Das seine.

Früher war alles einfach. Es gab eine geregelte Ordnung, und die Schöpfung achtete sie. Die Sonne schien im Sommer, und sanfter, alles verhüllender Schnee fiel im Winter. Man stand am Morgen auf und füllte seinen Tag mit Lernen, Beten, Arbeiten und mit der Teilnahme an den Mahlzeiten aus. Und am Abend ging man schlafen.

Schlief der kleine Razziel früher gern? War das Schlafen für ihn eine Art zu sterben? Hatte er Angst, nicht wieder aufzuwachen? Setzte er, wenn er morgens erwachte, schnell seine Kippa auf, um das erste Tagesgebet zu sprechen: »Danke, mein Gott, dass du mir die Seele wiedergabst...«? Sagte er später: »Die Seele, die du mir geschenkt hast, ist rein; du hast sie geschaffen, du hast sie mir eingehaucht, und dir gebe ich sie wieder...«?

Razziel hatte diese Gebete immer geliebt. Sie gaben ihm Halt. Solange er betete, konnte ihm nichts Schlimmes passieren. Hätte man ihn gefragt, was das für ihn bedeutete, so hätte er geantwortet: Einen Schutz und einen Schild; die Gebete schützen gegen den bösen Wind und die Bosheit der Menschen.

Samuel Saportas hasste es zu beten. Für den Häretiker waren Gebet und Schmeichelei nicht voneinander zu trennen. »Wer betet, der lügt«, sagte er. »Und wer nicht betet, lügt auch. Das ist die menschliche Tragödie, dass der Mensch immer in der Lüge lebt.«

Damit hat er vielleicht nicht Unrecht, dachte Razziel. Jedenfalls nicht ganz. Die Besessenen, die von Gott Besessenen lügen nicht.

Diese inspirierten Irren, die Propheten auf der Flucht, die von der Ewigkeit träumten, Razziel liebte sie: Ihre reiche Fantasie nährte die seine. All diese Irren auf der Straße in seinem Viertel und auch die von Brooklyn und Manhattan kannten seine Adresse. Die Sanften und die Gewalttätigen, die Jungen, die ihre Jugend verfluchten, und die Alten, die Angst vor dem Verfall hatten, schrieben ihm oder erschienen spontan an irgendeinem Morgen oder mitten in der Nacht, um sich ihm anzuvertrauen oder ihm einfach die Früchte ihrer Erfindungsgabe zu schenken. Zwischen zwei Unterrichtsstunden empfing sie Razziel, hörte ihnen geduldig und aufmerksam zu, ohne sich je aufzuregen, wobei er jedem das Gefühl gab, man habe auf ihn gewartet, seine Anwesenheit zähle, seine Äußerungen seien geschätzt.

Am Anfang begriff Kali es nicht. »Du bist zu verfügbar. Zu nachgiebig. Du gehst zu großzügig mit deiner Zeit um. Jeder erlaubt sich, sie dir zu stehlen. Meinst du nicht, dein Umgang müsste ein wenig gezielter werden?«

Als Antwort zitierte er Paritus: »Gott gibt denen, die sich hingeben. Wie soll ich mich denen verweigern, die nichts haben?«

Kali konnte ihm nicht lange böse sein: »Wenn mein Vater so mit seinen Kunden oder seinem Bankkonto umgehen würde, dann wäre er längst ruiniert«, sagte sie zwischen zwei brennenden Küssen.

Hatte Kali Recht?, fragte sich Razziel jetzt. Habe ich mich zu sehr um Fremde und zu wenig um meine Familie gekümmert? Was ist aus ihnen geworden? Bestimmt verachten sie mich. Und meine Erinnerungen, die vor mir fliehen und mich zurückweisen, sind der Beweis dafür. Was ist schwerer zu ertragen: die gebrochene Erinnerung an eine geliebte Ehefrau oder der stumme Vorwurf des Kindes in mir, das mich nicht wieder erkennt?

Wie an Jom Kippur dachte Razziel über sein Leben nach: Was habe ich getan, das ich nicht hätte tun sollen? Was habe ich falsch gemacht? Wann und wo war ich ungerecht? Die fünfzig Jahre, die ich durchlebt habe – werde ich zusehen müssen, wie sie in dem gähnenden, gefräßigen Schlund versinken? Wird dann nichts mehr von ihnen, von mir übrig bleiben? Und was hat Paritus damit zu tun? Und Gott? Wirst du zulassen, dass alles gelöscht wird, was ich in dein Buch zu schreiben versucht habe, in deine Erinnerung, die allein von Dauer ist?

Draußen hörte man eine Stimme. »Beeil dich, der Gottesdienst fängt an ...«

»Ich komme, ich komme, Vater«, sagte die Stimme eines Knaben.

Wie jeden Morgen wachten die frommen Juden in Brooklyn früh auf. Sie folgten dem heiligen Ruf des Herrn, und jeder ging zu seiner Gebetsstätte, um die Gebete zu sprechen, die von den Alten für spätere Generationen verfasst worden waren.

Auch Razziel hätte aufstehen müssen, sogar vor allen anderen. Aber an jenem Morgen hatte er nicht die Kraft dazu: Kali fehlte ihm zu sehr. Er blieb noch eine Weile im Bett und betrachtete durch seine halb geöffneten Pupillen die Gesichter, die seine zu Krümeln zerfallene Vergangenheit bevölkert hatten; er redete mit ihnen, aber keines antwortete ihm.

»He, kommst du?«, wiederholte, ungeduldig geworden, dieselbe Stimme.

»Ich komme, ich komme ...«

»Beeil dich! Gib dir ein bisschen Mühe! Gott wartet auf dich, und du kommst zu spät? Schämst du dich nicht, Gott warten zu lassen?«

Die Stimme – ein kleiner Junge? – verlor sich im Nebel der Straße, aber innerlich antwortete Razziel sich selbst: Ja, ich schäme mich.

Offiziell war die Einrichtung, die Razziel leitete, eine Jeschiwa »für hoch begabte Schüler«. Im Grunde lernte man dort, was man in jeder Talmudschule lernt: wie man einen biblischen Text oder eine Auslegung des Midrasch vertieft, wie man die einfachen und schwierigen Gesetze interpretiert, die den Umgang der Menschen untereinander und ihr Verhältnis zu ihren religiösen oder weltlichen Lebensumständen betreffen. Diese Themen wurden auch hier gelehrt. Razziel hatte drei Lehrer eingestellt, die ihren jungen Schülern von morgens bis abends halfen, sich mit den unzugänglichsten Textstellen auseinander zu setzen. Er selbst verschaffte den Schülern des letzten Schuljahrs Zugang zum Glanz des Sohar, denn die Mystik war ein besonderer, nur ihm vorbehaltener Bereich. Er unterrichtete spät am Abend, kurz vor Mitternacht. Das Mysterium des Anfangs, das Geheimnis der Gegenwart Gottes in der Zeit, die Bedeutung der *klipot* oder Schichten, welche die Existenz des Bösen in der Schöpfung erklärten, die beängstigenden Fragen, die sich um das Versprechen einer messianischen Erlösung rankten: All diese Texte, die man im engsten Kreise erkunden und weitergeben soll, Razziel summte und übersetzte sie mit leiser Stimme im Halbdunkel für seine Schüler. Manchmal wurden sie durch einen Unbekannten gestört, der in das kleine Schulhaus eindrang, um etwas zu essen, zu trinken oder nur um einen Blick, eine menschliche

Geste bat. Dann stand Razziel ruhig auf und forderte ihn auf, ihm in das Nachbarzimmer zu folgen, wo er etwas bekam. Zuerst machten seine Schüler aus ihrem Erstaunen keinen Hehl. Und wieder zitierte er ein Wort von Paritus: »Einem Menschen zu helfen, seinen Kummer zu überwinden, ist wichtiger, als den letzten Willen des Herrn zu begreifen.« Und dann erzählte er ihnen die Geschichte von Rabbi Levi Isaak von Berditschew, der seine Schüler anwies, sich vierzig Tage und Nächte darauf vorzubereiten, ihn an einem geheimen Ort im Wald zu treffen. Dort wollten sie die Hand Gottes zwingen, die Ankunft des Messias zu beschleunigen. Aufgeregt und beflügelt durch diese Herausforderung, machten sich alle daran, Körper und Seele zu reinigen: Sie hörten auf, andere Nahrung zu sich zu nehmen als Wasser und Brot (außer am Sabbat), verbrachten die Nächte mit Klagen über die Zerstörung des Tempels und das Exil der Schechina. Sie taten alles Notwendige, um bereit für ihre Mission und ihrer würdig zu sein. Dann kam der schreckliche Tag. Sie versammelten sich alle mit ihren Gebetbüchern und den rituellen Schals im Wald; alle, außer ihrem Meister. Wo konnte er nur sein? Er kam erst nach einigen Stunden.

»Ich habe euch enttäuscht, das weiß ich«, sagte er. »Wie soll ich meine Verspätung rechtfertigen? Lasst es mich euch wenigstens erklären. Auf dem Weg hierher kam ich an einem Haus vorbei, in dem ein Kind weinte. Ich klopfte an die Tür; niemand war dort. Vermutlich waren die Eltern weggegangen. Und ich, sollte auch ich fortgehen? Was, ich sollte ein Kind allein lassen mit seiner Angst, al-

lein mit seinem Hunger? Ich bin nahe an die Wiege herangegangen und habe das Kind beruhigt. Versteht ihr? Wenn ein Kind weint, kann der Messias warten.«
Seither war keiner der Schüler mehr erstaunt, wenn Razziel die Stunde unterbrach, um einen hungrigen Bettler oder eine verängstigte Witwe zu empfangen. Wer weiß, vielleicht waren es Boten.

In seinem ersten Unterricht hatte Razziel Paritus zitiert:

> Im Anfang, so lehrt die Tradition, war das Wort.
> Aber was war vorher? Vor dem ersten Wort, das
> Gott aussprach, was gab es da? Jenes Schweigen,
> aus dem das Wort entstanden ist. Als der Mensch
> zum Leben, also zum Bewusstsein, erwachte, war
> er in ein Schweigen eingeschlossen, das stärker
> war als er, ihn zugleich aber herausforderte. Er
> brach es, um sich nach göttlichem Willen zu vollenden, und begann wie Gott, sich der Sprache zu
> bedienen.
> Daher rührt die Spannung in uns – eine erste
> Spannung, entstanden durch Verlangen und Entbehrung – zwischen dem Wort, der menschlichen
> Sprache, und dem Schweigen, das göttliche Sprache sein will. Das Geheimnis des einen wiegt das
> des anderen auf. Aber das Wort ebenso wie das
> Schweigen sind nicht frei von Gefahr: Beim Dichter wie beim Visionär tragen sie das brennende
> Siegel des Geheimnisses.

Als Kind strebt der Mensch, der die Wahrheit der
Verzweiflung sucht, mit seinem ganzen Wesen
nach Stille – nach der mystischen Stille, die das
Unerreichbare, das Verbotene und das Jenseits vor-
stellbar macht. Seine Lehrer bringen ihm bei, wie
man die Sprache des Alltags durch die Stille des
Opfers reinigen kann, um das Ende der Zeiten
zu beschleunigen. Wenn alle Menschen schweigen
oder sich äußern, ohne zu lügen, ohne ihre Seele
herabzuwürdigen, dann wird der Retter kommen.
Und wenn er da sein wird, werden die Menschen
von überall kommen und ihn mit lauten Freuden-
schreien und fröhlichen Gesängen begrüßen.
Aber der Messias wird sein melancholisches
Schweigen wahren.

Um diese Vormittagsstunde ist Brooklyn in Aufregung. Die Straßen sind voll mit eiligen Menschen. Alte Chassidim mit ihren rituellen Gegenständen unter dem Arm laufen zum Schacharit-Gottesdienst. Großmütter ohne Alter mit schwarzen Tüchern auf dem Kopf öffnen die Bäckerei oder den Lebensmittelladen ihrer Männer. Kinder steigen in die gelben Busse, die sie zum Cheder oder in die Schule für kleine Mädchen bringen. Hier wird in allen osteuropäischen Färbungen Jiddisch gesprochen. Bekannte rufen sich etwas zu, tauschen die Neuigkeiten des Tages aus. Das Treiben der Welt draußen? Das geht sie nichts an. Ob der Kommunismus sich ausbreitet oder verdrängt wird, das ist Sache von Moskau oder Washington. Ob der ge-

meinsame Markt funktioniert oder nicht, darum sollen sich Bonn und Paris kümmern. In Brooklyn interessiert man sich ausschließlich für das Leben in Brooklyn: Wer hat was über irgendeinen Rabbi verlauten lassen oder gegen irgendeinen Admor. Natürlich redet man auch über Israel. Die Anhänger des Rabbis von Satmar haben eine leidenschaftliche Abneigung gegen das Land, während die anderen sich wild dafür einsetzen. Die Fanatiker brüllen, Gewalt liegt in der Luft. Beschimpfungen, Drohungen, Flüche, es fehlt nicht viel bis zum Handgemenge. Die Fanatiker berufen sich auf die Thora, um ihren Hass auf andere zu rechtfertigen: Sie vergessen, dass, wer immer sich der heiligen Schriftrollen als Mordinstrument bedient, des Mordes schuldig ist.
Und doch nähert man sich den »Furchtbaren Tagen«; nur noch eine Woche bis zu jenen Tagen, an denen der König des Universums die Völker richten und die Menschen erzittern lassen wird.
Anderswo, in Manhattan oder irgendwo sonst auf dem Planeten, interessiert man sich für ganz andere Ereignisse. Ganz schön in Bewegung, die Geschichte. Sie wird von Erschütterungen gepackt, von Krämpfen geschüttelt, erlebt Höhen und Tiefen in schwindelerregendem Tempo. Seit letztem November rollt eine Welle der Befreiung über den europäischen Kontinent. Schluss mit der Diktatur in Polen. Die Blut saugenden Tyrannen in der Tschechoslowakei und Rumänien sind am Ende. Die Berliner Mauer ist gefallen. Überall feiern ausgelassene Menschenmengen den Sieg ihrer demokratischen Bestrebungen. Überall wer-

den die Ketten gesprengt. Das letzte Jahrzehnt des Jahrhunderts scheint für die künftigen Generationen eine gewaltige Glücksbotschaft bereitzuhalten.

Doch die Mächte des Bösen haben nicht abgedankt. Die unheilvollen Geister des Hasses erstehen wieder auf, mit einer Wut und einer Frechheit, die ebenso überraschend wie abscheuerregend sind. Ethnische Konflikte, religiöse Aufstände, antisemitische Übergriffe fast überall. Wie kommt es, dass diese seelisch gestörten Menschen ihre gerade erst eroberte Freiheit so schnell missbrauchen? In Brooklyn stellt man sich diese Fragen nicht. In Brooklyn sorgt man sich in erster Linie um die Rechenschaft, die jeder Einzelne vor Gott am Neujahrstag, dem Tag des Gerichts, an Rosch ha-Schanah ablegen muss. Vor dem Richter muss man auf eine einzige Frage antworten: Was hast du aus deinen Tagen und Nächten, was hast du aus deinem Wissen gemacht?

Razziel wusste die Antwort: Man hatte ihm sein Leben verdorben. Seit Kalis Tod dachte er daran mit Bitterkeit und Verdruss. Aber es war zu spät, das Leben neu zu beginnen: Kali hatte es mit ins Grab genommen. Das Buch war geschrieben und vollendet; unmöglich, seinen Inhalt zu ändern. »Vom Leib der Mutter in den Leib der Erde«, sagte Paritus, »der Übergang ist kurz und für uns alle gleich.« – »Aber was hatte der Ewige damit zu tun?«, hatte der jüdische Mystiker Gdalja ben Jakub ihn gefragt. »Sollte der keinerlei Einfluss auf die Dauer oder den Sinn dieses Wegs haben?« – »Gott sieht zu, das ist alles«, hätte Paritus geantwortet. »Aber die Dinge werden erst kompliziert und in-

teressant, wenn er nicht zusieht.« Zu interessant, dachte Razziel. Wäre dies das Ziel des Menschen? Ein »interessantes« Leben zu führen? Paritus glaubte, dass das Eigentümliche allen Handelns nicht darin bestand, sich zu verzetteln, sondern in eine unwandelbare Zeit einzugehen. Diese Zeit, war es nicht die des Todes?
Sieh, Herr. Nimmst du mich wahr?, fragte sich Razziel. Bist du mir in meiner Einsamkeit nahe? Bist du mein Halt oder bin ich der deine? Aller Dinge beraubt und von allen verlassen, habe ich nur noch dich auf der Welt. Dich, meinen Richter? Dich, meinen Rächer? Dich, mein Geheimnis. Was habe ich daraus gemacht?

Stolz steigt Manhattan auf der anderen Seite von Brooklyn zu nahen und doch unerreichbaren blauen Höhen empor. Eine Symphonie von Gerüchen und Sprachen, ein Kaleidoskop von Farben und Traumsituationen, ein Zentrum, in dem sich die tägliche Brutalität der Menschen und ihres Schicksals spiegelt, Anziehungspunkt für Ambitionen, Passionen, Aspirationen und Konspirationen: Dort wird man im Handumdrehen arm oder reich, berühmt oder vergessen, politisch mächtig oder gesellschaftlich vernichtet. Eine vom Zufall gelenkte Begegnung genügt, um einen zu retten oder zu verdammen. Ein Händedruck kann einen in den siebten Himmel heben oder in den neunten Kreis der Hölle zurückstoßen.
Seit Kalis Tod war Razziel nie mehr nach Manhattan zurückgekehrt. Statt der bequemen Wohnung, die sein Schwiegervater ihnen geschenkt hatte, bevorzugte er sein beschei-

denes möbliertes Apartment neben seiner Jeschiwa. Hier hatte er nur das Allernotwendigste. Ein Bett, einen Tisch, ein paar Regale für seine Bücher, ein Badezimmer, eine kleine Küche, das genügte ihm. Luxus hatte ihn nie gereizt. Selbst nach seiner Hochzeit hatte er ihn nur widerwillig hingenommen. Warum löste Überfluss beim ihm stets Schuldgefühle aus? Kali pflegte ihn zu necken: »Du bist zum Leiden geboren, ich nicht.« Stimmte das? »Wenn du nicht leidest«, so sagte Kali noch, »machst du es dir zum Vorwurf, und am Ende wirst du noch mehr darunter leiden, dass du nicht genug leidest.« Kali war intelligent. Das hatte ihn an ihr gereizt. Mehr als ihre Schönheit? Ebenso sehr, nur anders. Selbst wenn es dadurch zu Spannungen kam, wurde das, was sie miteinander verband, durch ihrer beider Bedürfnis nach Wahrheit noch stärker. Kali war gegen jede Selbstzensur. Sie ließ sich keine Fesseln anlegen.

Gleichermaßen stur und flexibel, stand sie ihrem Mann in seiner Verweigerung von Komfort und Annehmlichkeiten bei. Ohne den intellektuellen Anspruch und die geistigen Ambitionen, die Kali für Razziel verkörperte, wäre seine innere Suche nie ans Ziel gelangt. Manchmal zitierte er Paritus: »Was die Leute, die mal das Reden, mal das Schweigen bevorzugen, nicht begreifen, ist, dass sie schweigen, selbst wenn sie reden, und dass sie reden, auch wenn sie schweigen. Sie verstehen nicht, dass die Klarheit ihr eigenes Geheimnis besitzt.« Kalis Reaktion war immer die gleiche: »Sag deinem lieben Paritus, er soll aufhören, mir auf die Nerven zu gehen.« War er, Paritus, der Grund für die

Streitereien, die sie manchmal voneinander zu entfernen schienen? War sie eifersüchtig auf ihn?

Es hatte die zu kurzen Jahre ihrer ungetrübten Gemeinsamkeit nicht beeinträchtigt. Beide atmeten wie beim Vollzug der Liebe. Voller Verlangen, am Rand der Ekstase, vibrierten sie im Gleichklang. Jeder von ihnen schloss sich in seinen Körper ein, um ihn zu verlassen, indem er ihn weckte, indem er ihn einlullte, indem er ihm jenes Nichts zu schmecken gab, das die Liebe hervorruft. Das Leben, das vor ihnen lag, erschien ihnen als das wunderbarste aller Abenteuer, die betörendste aller Leidenschaften. Sie entdeckten es mit Freuden lachend, wenn sie durch den Central Park liefen, Ausstellungen besuchten. Manchmal gaben sie vor, einander nicht zu kennen. Immer mussten sie sich eine andere Art und Weise ausdenken, sich gegenseitig anzusprechen. Scheue Blicke, zweideutiges Lächeln, unschuldige Flirts: »Sind Sie aus New York, mein Fräulein? Nein? Kann ich Ihnen behilflich sein? Würden Sie mir erlauben, Ihnen den Weg zur Freiheitsstatue zu zeigen?« Und Kali spielte mit: »Ich kenne Sie nicht, mein Herr ... Wofür halten Sie mich?« Wenn er ihr unbedingt im Museum of Modern Art irgendein Bild von Goya oder Velazquez erklären wollte, bewies sie ihm mit entwaffnender Selbstsicherheit, dass sie darüber mehr wusste als er.

Dann nahmen die Dinge eine böse Wendung. Offenbar waren die Engel im Himmel eifersüchtig. Je mehr Jahre vergingen, desto stärker war Razziel mit seiner versunkenen Vergangenheit beschäftigt. Dadurch vergaß er, wie es

sich in der Gegenwart lebt. Er machte sich Vorwürfe, nicht alles mit seiner Frau teilen zu können. Er hätte gern mit ihr über seine Eltern gesprochen, aber er wusste ja nichts über sie. Seine Sehnsucht nach Paritus quälte ihn. Dessen letzte Botschaft – aus einer weit entfernten indischen Provinz – war drei oder vier Jahre alt. Ob er krank war? Vielleicht tot? Der alte Mystiker hatte ihm ein Wiedersehen versprochen, wollte für ihn das Geheimnis seiner Vergangenheit ans Tageslicht bringen. Warum hielt er sein Versprechen nicht?
Dann wurde Kali schwanger. Und krank. Razziel, überwältigt vor Freude, wusste, dass sie in Gefahr schwebte. Mehr noch als von einem Dasein als Ehemann träumte er davon, Vater zu sein.
»Alles wird gut«, sagte er zu seiner Frau. »Du wirst sehen. Du wirst dich schnell erholen. Dann werden wir einen Sohn haben, der...«
Und Kali verbesserte ihn mit schwacher Stimme: »Oder eine Tochter.«
Razziel küsste sie auf die Stirn: »Wenn sie dir ähnlich ist, bin ich einverstanden.«
Doch Kalis Zustand verschlechterte sich. Arztbesuche, verschiedene Untersuchungen, Nuklearmedizin, alle Arten von Therapie. War sie sich darüber im Klaren, wie ernst ihr Zustand war? Sie lächelte immer noch, aber ihr Lächeln wurde von Tag zu Tag schwächer; selbst ihr Lächeln war krank.
Razziel saß nur noch an ihrem Bett, vernachlässigte seine Aufgaben in der Jeschiwa. Er bat verschiedene Lehrer, sich

beim Herrscher des Himmels für ihn einzusetzen, und sie taten es. In den Schulen rezitierten die Kinder Psalmen. In Gedanken bat Razziel Paritus, ihm zu Hilfe zu kommen. Kali musste durchhalten, stark genug sein, um Leben zu schenken. Wenn seine Schwiegereltern, über ihr Unglück verzweifelt, zu Besuch kamen, sprach er mit ihnen und tröstete sie. Sie hatten immer dieselbe Beschwörung auf den Lippen: »Wenn wir einen anderen Arzt, einen noch bekannteren Spezialisten rufen würden? Wir sind bereit, alles zu verkaufen, alles herzugeben...«

Aber man konnte nichts tun. Weil sie so schwach war und nicht lesen konnte, ließ sich Kali gern von Razziel vorlesen. Zeitungsartikel, Gedichte und Essays unbekannter Autoren, alte Texte... Manchmal hörte sie im Halbschlaf zu. Sobald Razziel die Lektüre unterbrach, versetzte sie ihn mit ihren Kommentaren in Erstaunen. »Oh, ich bin stolz auf dich«, sagte er dann und küsste sie. Er hatte gelernt, Spritzen zu geben, und war immer da, wenn Kali darum bat.

»Wie viel Zeit bleibt mir noch?«, fragte ihn Kali eines Morgens, als er neben ihr lag.

»Alles, was mit Zeit zu tun hat, liegt eher bei Gott als bei den Ärzten«, antwortete Razziel mit unsicherer Stimme.

»Aber die Ärzte sind zuversichtlich. Und Gott trägt dir auf, nicht aufzugeben, sondern dich anzustrengen, zu kämpfen. Du bist nicht allein. Stütz dich auf mich, deine Eltern, unsere Freunde.«

»Sie haben Angst, dir die Wahrheit zu sagen«, antwortete Kali leise.

Ihr Zustand verschlechterte sich in erschreckendem Tempo. Sie aß nicht mehr, schlief fast nur noch. Manchmal öffnete sie die Augen, um Razziel anzusehen; sie riefen den Tod herbei.

Sie brauchten keine Erklärungen: Wie am ersten Tag verstanden sie sich mit wenigen Worten. Sie hatten eine Schwelle überschritten. Kalis Leben hatte sein Ende erreicht.

Und Razziel wusste, dass er nie Vater sein würde. Die Linie seiner Familie würde mit ihm erlöschen.

Ein jüdisch-amerikanischer Fabrikant, Aryé-Leib Friedman, hatte Razziel in die Vereinigten Staaten geholt. Er gehörte einer ultraorthodoxen Organisation an, die sich um jüdische Flüchtlinge aus Osteuropa kümmerte, und hatte durch Paritus von dem tragischen Schicksal des jungen Gefangenen erfahren. Durch seine Beziehungen zu höchsten Kreisen erreichte er seine Befreiung. Razziel kam mit einem Flüchtlingsvisum als politisch Verfolgter und »Verwandter« seines Beschützers nach New York. Aus Dankbarkeit und um die Formalitäten zu erleichtern, nahm Razziel dessen Familiennamen an. Er wurde in eine Jeschiwa in Brooklyn aufgenommen, ebenfalls aufgrund der Empfehlung von Paritus, der offenbar Gott und die Welt kannte. Dort verbrachte er fruchtbare Jahre und lernte die heiligen Texte und ihre unerschöpflichen Auslegungen kennen, den Talmud und seine Gesetze, und später, nach seiner Ordination, wurde er in die Geheimwissenschaften eingeweiht. Er verfasste einen Artikel über die Vorstellung vom

Exil im jüdischen Denken. Warum beginnt die Thora mit dem zweiten Buchstaben des Alphabets, Bet, und nicht mit dem ersten, Aleph? Weil dieser bereits im Exil war. Das Exil ist das wichtigste Thema der menschlichen Existenz. Adam und Eva waren aus dem Paradies vertrieben worden. Seitdem lebte das gesamte Universum im Exil und sein Schöpfer auch. Die Schechina ist in Trauer, eine Gefangene ihrer Schöpfung, weint und schreit sie ohne einen Laut; sie möchte nach Hause zurückkehren, ihre frühere Wohnung wieder beziehen, sich mit der Quelle vereinen. Weh dem, der ihre Klagen nicht hört…
Razziel hätte Rabbiner werden können, aber er wollte sich lieber dem Unterrichten widmen, vor allem weil Kali, seine erste Liebe, nicht die Frau eines Rabbiners oder *rebetsin* werden wollte. Ihr Bruder war Schüler in seiner Jeschiwa. Als Razziel von ihrem Vater eingeladen wurde, mit der Familie den Sabbat zu feiern, lernte er Kali kennen, ein schlankes junges Mädchen mit langen braunen Haaren, selbstsicher und sprühend vor Intelligenz. Wenn sie sich ärgerte, zeigte sich in ihrem kantigen Gesicht eine hinreißende Freude, die ihr einen Ausdruck gespielter Missbilligung verlieh. An jenem Freitagabend wurde sie zornig, weil ihr Bruder Binem, der fromm und schüchtern war, sich weigerte, über die mangelnde Wissenschaftlichkeit mancher biblischer Geschichten zu diskutieren. Razziel war von dem jungen Mädchen sogleich fasziniert gewesen, aber er machte den Fehler, seinen Schüler zu verteidigen. Kali hasste ihn auf der Stelle und ließ es ihn spüren. Als der Vater seine Betroffenheit bemerkte, tröstete er ihn:

»Schenken Sie meiner Tochter keine Beachtung; sie ist nur zufrieden, wenn sie jemanden unglücklich machen kann. Heute Abend sind Sie an der Reihe.«

In der Woche darauf lehnte Razziel die Einladung, mit Binems Familie den Sabbat zu feiern, ab. Und in der dritten Woche ebenfalls. Am folgenden Donnerstag stand Kali mit einem Brief ihres Vaters vor seiner Tür: »Ich möchte Sie um etwas Wichtiges bitten: Verbringen Sie wieder den Sabbat bei uns. Es ist ein besonderer Tag, denn er fällt auf ein Datum, das für mein Leben entscheidend war, auf den Tag der Ankunft meiner Eltern in Amerika.« Und Kali fügte lächelnd hinzu: »Ich verspreche, dass ich nicht böse zu Ihnen sein werde. Allerdings wird es dann weniger lustig.«

Sie hatte Lippen, die sich beim Lächeln öffneten. Und wenn sie lächelte, leuchteten ihre Augen. Ihr Vater wartete nicht lange, bis er mit Razziel unter vier Augen sprach: Warum heiratete er nicht seine Tochter?

Doch Razziel war noch nicht zur Ehe bereit: »Ich weiß nicht, ob ich eine Familie gründen darf. Ich muss doch zuerst wissen, wer ich bin, wer meine Eltern sind. Selbst wenn sie tot sind, ist es meine Pflicht, sie zur Hochzeit einzuladen. Warten wir noch ein wenig. Paritus wird uns helfen. Kali wird es verstehen.«

Kalis Vater bat Friedman um Hilfe, und so kam Razziel zum Rabbi Zwi-Hirsch von Kamenez, dem Nachkommen eines berühmten chassidischen Lehrers.

Eine große Güte ging von dem alten Mann aus, der im Sessel saß und Razziel mit ausgestreckten Armen empfing.

»Ich habe viel über dich gehört. Was der Talmud über Akiba ben Joseph sagt, kann man auch auf dich anwenden. Dein Ruf reicht von einem Ende der Welt zum anderen. Man lobt dein Wissen und deine Frömmigkeit. Warum willst du denn unbedingt allein leben? Du musst dir eine Frau suchen, dir ein Haus bauen, für das Weiterleben unseres Volkes sorgen – ist das nicht das erste Gebot der Thora?«
Und ohne dass er seinen Besucher zu Wort kommen ließ, lobte er die Vorteile des ehelichen Glücks: Man kann Gott dienen, indem man sich den Menschen nützlich macht; man kann den Messias aus seinem Gefängnis befreien, wenn man einen Menschen in Not tröstet; man kann das göttliche Gesetz preisen, indem man ein Kind im Glauben seiner Väter erzieht.
Razziel hörte sorgenvoll zu. Aus Achtung vor diesem Mann beschloss er, ihm nicht zu sagen, dass sein Argument ihn nicht überzeugt hatte. Aber der alte Mann erriet es, denn er lud ihn ein, ihn am nächsten Sabbat zu besuchen. Dann könnten sie ihr Gespräch fortsetzen.
Während der Feier und beim Essen sangen und tanzten die Schüler des Rabbi und lobten den Herrn dafür, dass er den Sabbat zum Ziel und zur Seele der Schöpfung gemacht hat. Razziel hielt sich abseits. Etwas schmerzte ihn. Er fühlte sich fremd auf dieser Feier. Traurig fragte er sich, warum er eingeladen worden war, da doch ohnehin niemand auf ihn achtete. Doch er täuschte sich. Beim dritten Mahl, als die Chassidim sich bereits von der Wehmut über das nahende Ende des Sabbats überwältigen ließen, gesellte sich jemand zu ihm in der Ecke und fragte ihn,

warum er nicht singe. Es war Gedalja, ein junger Chassid mit einer verwirrenden Ausstrahlung. Er war groß und ausgemergelt und hatte mächtigen Einfluss auf seine Gefährten: Sie nannten ihn den Finsteren. Der Rabbi mochte ihn, weil er ihm die Stirn bot. »Der beste Beweis dafür, dass ich kein Rabbi bin«, sagte er lachend, »ist, dass Gedalja mein Chassid ist.«

Gedalja trat zu Razziel und berührte ihn am Arm. »Du hast Gott gelästert. Traurig zu sein bedeutet, den Sabbat zu leugnen, der die Freude des Schöpfers beim Betrachten seiner Schöpfung zum Ausdruck bringt. Warum hast du dich geweigert zu singen?«

»Ich konnte nicht.«

»Du hättest alle deine Kräfte aufbieten können.«

»Ist es am Sabbat nicht verboten, Kraft anzuwenden?«

Sie mussten ihr Gespräch unterbrechen. Das dritte Mahl war zu Ende, jetzt begann die Feier des Maariv. Der Rabbi zog sich in sein Zimmer zurück, während sich seine Schüler versammelten, um die Woche im Zeichen des Studiums zu beginnen. Am andern Ende des Raumes erzählten sich alte Adepten ihre Erinnerungen: Der Urgroßvater des einen hatte Rabbi Moshe-Leib von Sassow tanzen sehen, der Vorfahre des anderen hatte den Schmerzens- und Zornesschrei gehört, mit dem Rabbi Mendel von Kotzk an einem Festabend in die Versammlung seiner verängstigten Getreuen stürmte: Sie waren alle davongerannt.

Deprimiert ging Razziel in den Hof hinaus, um Luft zu schöpfen.

»Hat der Rabbi dich in diese trübe Stimmung versetzt?«

Es war wieder Gedalja. Er ging neben Razziel her, der ihn nicht hatte kommen hören.

»Hat er dir befohlen zu heiraten, ist es das?«

Woher wusste er das?

»Oh, das ist ein Punkt, der ihm besonders am Herzen liegt«, fuhr Gedalja fort. »Hast du ihm eine Antwort gegeben?«

Razziel fasste ein solches Vertrauen zu Gedalja, dass er selbst überrascht war und redselig wurde. Er erzählte ihm von Paritus. Ihr Spaziergang dauerte die ganze Nacht. Gedalja, der den Kopf gebeugt hielt, wollte alles aus dieser Lebensphase wissen. Hier und da unterbrach er Razziel mit einer Frage oder einer Bemerkung, um irgendein Detail zu erörtern oder dessen Bedeutung zu verstehen. So erinnerte sich Razziel dank seiner Hilfe an seit langem in sein Unterbewusstsein zurückgedrängte Worte und Taten. Als er nichts mehr hinzuzufügen hatte, verstummte er.

Lange tat Gedalja nichts, um das Schweigen zu brechen, und begnügte sich damit, den Arm um die Schultern seines neuen Gefährten zu legen, als wäre er sein älterer Bruder. Noch einmal gingen sie um den Hof herum, dann sagte Gedalja zu ihm:

»Warte nicht auf Paritus. Heirate. Aber wenn er kommt, gib mir Bescheid. Auch ich könnte ihn brauchen.«

Doch Paritus kam nicht wieder.

Die Hochzeit fand statt, weil Razziel sich von Kali überzeugen ließ. Eine prachtvolle Hochzeit: Gedalja begleitete den Bräutigam unter die Chuppa, der Rabbi sprach den Hochzeitssegen, chassidische und andere Berühmtheiten nahmen teil. Zwei Lehrer hielten die Kasualpredigten. Klezmer-Musiker hatten Lieder zu Ehren des Brautpaars komponiert. Eine Postkarte von Paritus, eingeworfen in Taschkent: »Das Ziel zu erreichen bedeutet nicht das Ende der Suche.« Einvernehmen zwischen Leib und Seele. Befriedigt, das junge Paar. Begehrliche Umarmungen am Abend, einvernehmliche Blicke am Morgen. Glückliche Kali, ausgelassene Kali, Kali voller Zärtlichkeit, ihr Körper gierte ständig nach Erfüllung der Lust. Kali, die Spenderin der Glut, Kali, die Neugierige. Sie fragte ihn unablässig nach seinem Leben: Hatte er vor ihr andere Frauen gekannt? Wann genau war sein Lustempfinden erwacht? Dann wollte sie alles über seine Eltern, seine Kindheit wissen und konnte nicht glauben, dass all dies in der Schattenzone lag, die ihn umgab. Daher erzählte er ihr von Paritus. Sie verlangte, dass er ihr alles über ihn verriet. War es einfach nur weibliche Neugier? Am Anfang kam ihr die Anhänglichkeit ihres Mannes an diesen alten, geheimnisvollen Menschen seltsam vor, unheilvoll. Da wurde Razziel klar, dass in jeder menschlichen Wahrheit ein zerrissenes Bewusstsein begründet liegt, ein verwundetes Herz, demütig, aber nie eins mit sich selbst und niemals entmutigt.

Wenn es nur jemanden auf der Welt gäbe, der eines Tages meine Suche fortsetzen würde, dachte Razziel beklommen. Kali hatte so sehr auf ein Kind gehofft. Und er noch mehr. Wie oft hatten sie von diesem Kind gesprochen, auf das sie mit ganzer Seele warteten? Vater zu sein, weil er Sohn nicht hatte sein können. Als Kali ihre Schwanger-

schaft entdeckte, verbrachten sie, eng umschlungen, die ganze Nacht damit, dem Himmel dafür zu danken, dass er ihnen Hoffnung geschenkt hatte. Dann kam der Morgen, an dem der Arzt ihnen das Ende der Hoffnung verkündigte. Einen ganzen Tag und eine ganze Nacht lang hielt Razziel die Hand seiner Frau; sie wechselten kein einziges Wort. Wie viel später fiel sie dieser Krankheit zum Opfer, die kein Erbarmen kennt?
Kali hörte nicht auf zu lächeln, aber ihr Lächeln war nicht mehr dasselbe. Früher hatten sich, wenn sie lächelte, Himmel und Erde vereint, um die Freude des Menschen zu besingen. Aber seit ihrer Krankheit hüllten sie sich in Schweigen. Manchmal legte Razziel eine Schallplatte auf, die sie mochte. Eines Tages bedeutete sie ihm, die Musik abzustellen.
Razziel fragte sie: »Bekommst du Schmerzen vom Zuhören?«
»Nein, ich mag es zuzuhören...«
Sie bekam keine Luft mehr, fing sich wieder. »Ich mag es... *dir* zuzuhören.«
Er sang ihr Melodien vor, die ihn an glückliche Nächte im Kreis der Chassidim erinnerten.
»Was wird aus dem Leben, wenn es uns verlässt?«, fragte Kali. »Wohin geht es? Sag mir, was wird aus meinem Leben, wenn ich nicht mehr da bin, um es zusammenzuhalten?«
Razziel erinnerte sich an eine Frage, die Paritus ihm gestellt hatte: »Was wird aus dem Geräusch des Windes, der einen Baum schüttelt?«

»Ich weiß es nicht«, hatte Razziel geantwortet.
»Weil du nicht zuhören kannst. Du musst wissen, dass das Geräusch im Baum bleibt. Es wird ihn niemals verlassen.«
Razziel machte sich für Kali zu seinem Echo. »Dein Leben bleibt in mir. Es wird mich niemals verlassen.«
»Und ich?«
»Du auch. Du bleibst in mir.«
Und eines Nachts nahmen die Augen der Kranken, die schon ohne Erinnerung war, die Dunkelheit in sich auf, in die sie eingetaucht war.

Es war zwei Uhr morgens, und der Richter war noch nicht wieder erschienen. Kaum wahrnehmbar, lastete die Angst immer schwerer auf den Geretteten. Nichts ist schlimmer als Ungewissheit. Ein wahnsinniger Gedanke, den er sogleich wieder verscheuchte, ging Joab durch den Kopf: War das der Zustand, in dem seine Großeltern sich befunden hatten, in einer kleinen Kammer, eingesperrt im Ghetto und dann in dem Waggon mit den von Stacheldraht vergitterten Oberlichtern? Vorsicht, sagte er sich, man darf nicht vergleichen, auf keinen Fall vergleichen. Bruce klopfte unermüdlich gegen die Tür, doch niemand antwortete ihm. Auch Claudia zeigte eine Geste des Zorns. Vergeblich. Sie wusste nicht, dass der Bucklige sie überwachte. Dass keine Reaktion erfolgte, zermürbte sie. »Der Richter betreibt psychologische Kriegsführung«, dachte George Kirsten. »Ob das zu seinem Plan gehört?«

Einen Monat zuvor hatte er im Archiv bei Nachforschungen über Abraham Lincoln und den Unabhängigkeitskrieg zu seiner Überraschung ein auf Deutsch verfasstes Dokument entdeckt, dass gar nichts mit seiner Recherche zu tun hatte. Es ging darin um ein Ghetto im Osten, das 1943 liquidiert worden war. Ein Hauptmann der Wehrmacht berichtete seinem Divisionsgeneral von der logistischen Unterstützung, die er für die mit der Vernichtung der Juden in der Region beauftragten Einsatzkommandos geleistet hatte. Obwohl Kirsten kein Jude war, las er das Dokument mit einem Interesse, das er sich leicht erklären konnte: Pamela war Jüdin. Außerdem interessierte ihn der Holocaust seit langem. Dass die Mörder es für nötig befunden hatten, alles aufzuschreiben, alles auf Papier festzuhalten, kurz, eine Arbeit von Buchhaltern und Archivaren zu leisten, machte ihn äußerst stutzig. Nach und nach las er alles, was ihm zu diesem Thema in die Hände fiel: Chroniken, Erinnerungen, Zeugenaussagen sowie die Protokolle der verschiedenen Prozesse, die in Europa und Israel gegen die Kriegsverbrecher angestrengt worden waren. Diese Lektüre brachte ihn seinen jüdischen Kollegen und den jüdischen Freunden von Pamela näher. Pamela war es auch, die ihm einen gewissen Boaz vorstellte, »Archivar« beim israelischen Geheimdienst. Pamela war sicher, dass Boaz zu einem bestimmten Zeitpunkt seiner Laufbahn an Operationen zur Verfolgung und Ergreifung der Hauptschuldigen an der »Endlösung« im besetzten Polen teilgenommen hatte. Auf Anraten der Justizabteilung und mit Zustimmung der Staatsregierung nahm George Kontakt zu seinem israelischen Kollegen auf und folgte dessen Einladung, ihn in Jerusalem zu besuchen. Boaz würde ihm sicher helfen, mehr über den Fall zu erfahren, der ihn beschäftigte.

Das fragliche Dokument trug die Unterschrift einer Persönlichkeit der österreichischen Politik, Mitglied der Regierung und für ihre projüdischen und israelfreundlichen Äußerungen bekannt. Wenn ihre Vergangenheit an die

Oberfläche käme, wäre ihre politische Zukunft in Frage gestellt und vielleicht unwiderruflich kompromittiert. Was tun? Das Dokument zerstören, bevor es in die Hände des Richters fiel, dessen Moral mehr als zweifelhaft war? Es verschlucken, wie es die Agenten im Film stets tun? Einer plötzlichen Eingebung folgend, beschloss George, sein Geheimnis mit dem israelischen Offizier zu teilen. Er zog ihn in eine Ecke und berichtete ihm mit leiser Stimme von seinem Dilemma. Die anderen glaubten, sie sprächen über einen Fluchtplan, und redeten lauter, um das Geflüster der Verschwörer zu überdecken.

»Kann ein Mensch seine Fehler sühnen und Reue üben?«, fragte George. »Und in den eigenen Augen unschuldig werden?«

Joab antwortete ihm, er sei weder Rabbiner noch Experte für ethische Fragen und halte sich deshalb nicht für geeignet, dazu Stellung zu nehmen.

»Ich verstehe Sie«, sagte George. »Ich denke wie Sie. Ich gestehe mir nicht das Recht zu, ein Urteil zu fällen. Aber ich zähle auf die Hilfe meines Kollegen in Ihrem Land. Er muss im Besitz einer Akte über diesen österreichischen Offizier sein. Das Nürnberger Tribunal hat nur über die SS und die Gestapo zu Gericht gesessen, nicht über die Wehrmacht. Deshalb ist mein Mann vermutlich ohne größere Mühe um die Entnazifizierung herumgekommen. Ob er versucht hat, sich auf die eine oder andere Weise freizukaufen? Hat er bereut? Oder besser: Ist der einflussreiche Minister von heute derselbe, der für das Massaker an eintausendzweihundertvierzig Juden im Ghetto von Kaunas

Unterstützung bereitgestellt und vielleicht sogar selbst daran teilgenommen hat?« Je länger er redete, desto mehr geriet George in Aufregung. Immer wieder zog er sein Taschentuch hervor, um seine schweißnasse Stirn abzuwischen. Ihm lag daran, dass sein Gegenüber begriff, worum es bei ihrem Gespräch ging: Nicht nur das Ansehen und die Zukunft eines Einzelnen standen auf dem Spiel, sondern auch die seiner Angehörigen, die für all das nichts konnten. Überdies musste man die Auswirkungen der Affäre auf das österreichische Volk einerseits und das israelische andererseits berücksichtigen.

»Verstehen Sie mich«, sagte George, unfähig, seine Bestürzung zu verbergen. »Ich habe mich noch nie in einer vergleichbaren Lage befunden. Ich habe immer in einer Papierwelt gelebt, meine Recherchen konnten niemanden verletzen. Jetzt dagegen ...«

Joab versuchte nicht, ihn zu unterbrechen. Er war in Gedanken im Krankenzimmer des Sloan Kettering Hospitals in Manhattan. Zu der Gruppe von Ärzten, die sich gemeinsam mit dem Chefarzt um ihn kümmerten, hatte auch ein besonders aufmerksamer junger Deutscher gehört. Seine Nase war spitz, und seine graublauen Augen, die hinter einer Hornbrille verborgen waren, verrieten besonderes Interesse für den jungen, von weit her gekommenen Patienten. Manchmal sprachen sie miteinander, besonders abends, wenn Carmela ins Hotel zurückgekehrt war und die Geräusche auf dem Flur verstummt waren.

In den ersten Wochen sprachen sie über die Situation in Israel, für die Dr. Heinrich Blaufeld »aus einleuchtenden

Gründen«, wie er sagte, ein besonderes Interesse hegte oder, besser gesagt, tiefe Sympathie. Dann drehte sich das Gespräch vor allem um die schreckliche Krankheit, die an dem israelischen Offizier zehrte und ihn unerbittlich dem Tod in die Arme trieb.

»Warum haben Sie sich für den Beruf des Soldaten entschieden?«, fragte der Arzt.

»Bei uns«, antwortete Joab, »ist das keine Entscheidung, sondern eine Notwendigkeit. Wir Juden in Israel wollen überleben. Ohne Verteidigung wären wir schwach und hätten keine Chance. Die jüngste Geschichte – die unsere und die Ihre – beweist es. Wenn Juden schwach sind, ruft das entweder Verachtung oder Mitleid hervor, aber keine Solidarität, geschweige denn Achtung. Also mussten wir nach etwas anderem suchen. Gewiss, wir werden um unsere Stärke beneidet, aber ohne sie könnten wir nicht leben.«

Der Arzt machte aus seiner Beklommenheit keinen Hehl.

»Verübeln Sie mir, dass ich Deutscher bin?«

»Nein«, sagte Joab nach einem Moment der Überlegung. »Sie sind zu jung, um verantwortlich zu sein für …«

»Und wenn ich nicht so jung wäre?«

»Danken Sie dem Himmel für das, was Sie sind.«

»Der Himmel hat damit nichts zu tun«, sagte der Arzt.

Er ging hinaus, angeblich wegen eines Notfalls. Eine Stunde später kam er wieder, nahm einen Stuhl und rückte ihn ans Bett.

»Ich möchte ehrlich mit Ihnen sein«, sagte er. »Ich bin Deutscher, und ich bin in einer Familie aufgewachsen, in der die Liebe zum Vaterland Tradition war und als heilig galt, selbst als sie missbraucht wurde. Dann habe ich eines Tages mit Schrecken erfahren, dass mein Vater – ein für sein Wissen und für sein Mitgefühl bekannter Arzt – in der SS gedient hat. Schlimmer. Er hat in Birkenau an den ›Selektionen‹ mitgewirkt. An jenem Tag war ich versucht, mein Studium aufzugeben und weit fort zu gehen, so weit wie möglich. Genauer gesagt, ich wollte alles aufgeben und ein anderer werden. Sterben. Ich hatte genug. Dabei fehlte es mir an nichts. Ich war der älteste Sohn einer gut situierten Familie aus besten Kreisen und konnte mir alles leisten – jedenfalls alles, was man kaufen kann. Als meine Mutter meine Bestürzung bemerkte, fragte sie mich tagelang aus. Ich sagte ihr nichts: Warum sollte ich ihr wehtun? Wusste sie, dass ihr Mann Verbrechen gegen die Menschheit verübt hatte, dieselbe Menschheit, die er jetzt zu retten versuchte? Eines Nachts beschloss ich, mich mit meinem Vater auseinander zu setzen. ›Wie konntest du das tun?‹ Er verteidigte sich nicht einmal. Er sagte mir nur: ›Genau wie es Raubtiere gibt, gibt es auch Raubgedanken: Ich bin ihrem Reiz erlegen.‹ Und weiter: ›Ebenso wie die Überlebenden sagen, dass man niemals die Opfer verstehen wird, sage ich dir, dass du niemals die Henker verstehen wirst.‹ Mit ganz anderer Stimme fügte er einen kurzen Satz hinzu, der mich bis heute verfolgt: ›Damals hätte man über mich richten können, heute nicht.‹ Nun, unser Gespräch machte mich nur noch unglücklicher. Ich dachte: Ich will es begreifen, mein Herz brennt darauf, und ich habe Angst, dass es eines Tages nicht mehr so sein wird. Das sagte ich meinem Vater, und es traf ihn wie eine Ohrfeige.«

Der junge Arzt sackte auf seinem Stuhl zusammen, sein Gesicht war bleich; er nahm den Kopf in beide Hände und schwieg.

Joab, voller Taktgefühl, wagte nicht, ihn anzuschauen, da er fürchtete, ihn weinen zu sehen.

»Wenig später starb mein Vater«, fuhr der Arzt fort. »Und ich, ich setzte mein Medizinstudium fort. Ich hatte mir zum Ziel gesetzt, die Verbrechen meines Vaters wiedergutzumachen, indem ich mich auf hoffnungslose Fälle spezialisierte. Ich möchte denen helfen, die von allen anderen aufgegeben wurden. Sie verstehen das, oder?«

Und nach einer Pause: »Ich würde alles geben, um Ihr Leben zu retten oder wenigstens zu verlängern. Das wissen Sie, nicht wahr?«

Joab erhob sich aus den Kissen.

»Iwan Karamasow hat vielleicht Recht: Ich könnte zur Not vergeben, was man mir als Jude angetan, aber nicht, was man uns als Menschen angetan hat.« Dann nahm er es zurück. »Nein, ich kann nichts vergeben. Kennen Sie das Werk des großen französischen Philosophen Vladimir Jankélévitch? Er sagte, es gebe Fälle, in denen es kein Verzeihen geben dürfe. Er war Jude.«

Er reichte dem Arzt die Hand und lächelte. »Wenn man bedenkt, dass wir uns nie begegnet wären, wenn ich nicht krank wäre...«

Der Arzt erwiderte sein Lächeln. »Diesmal frage ich mich, ob der Himmel nicht doch damit zu tun hat.«

Am nächsten Tag berichtete Joab Carmela von ihrem Gespräch.

Da rief sie aus: »Wenn er es schafft, dich zu heilen, vergebe ich ihm alles, was er will!«

Während Joab George zuhörte, fragte er sich: Wenn der junge Arzt heute Nacht hier wäre, was würde er tun? Würde er sich freiwillig zum Sündenbock machen? Aber warum tue ich das eigentlich nicht? Meine Tage sind ohnehin gezählt. Sterben, um Menschen zu retten, ist das nicht die Pflicht eines Soldaten? Natürlich bin ich nicht allein auf der Welt. Ich habe Carmela. Darf ich eine solche Entscheidung treffen, ohne sie zu fragen? Was würde sie mir raten?

Er erinnerte sich an die Worte des deutschen Arztes bei ihrer letzten Begegnung:

»Vergessen Sie nicht, dass die Juden nicht die einzigen Opfer meines Vaters und seiner Komplizen waren; wir, ihre Kinder, sind es auch. Auf unsere Weise sind auch wir entwurzelt, auf der Strecke geblieben. Auch die Kinder der Henker sind nur Menschen. Vergessen Sie das nicht.«

»Ich werde es nicht vergessen«, sagte Joab. Er war überrascht, wie sehr es ihn berührte.

»Ich weiß es«, begann der deutsche Arzt wieder. »Sie sind Jude, und Juden vergessen nichts. Aber als Jude müssten Sie an Wunder glauben. Für einen Kranken wie Sie ist das wichtig. Glauben ist ebenso wichtig wie das beste Medikament.«

Joab sah das Bild seines Vaters vor sich, der an Wunder glaubte. Und ich?, fragte er sich.

Wunder sind für die anderen da. Es sind immer die anderen, die sie gerade brauchen. Wunder sind für alle gemacht außer für mich. Ich muss darauf verzichten. Ein Gefangener kann sich nicht selbst aus dem Gefängnis befreien, heißt es im Talmud. Und ein Kranker kann sich nicht selbst heilen. Aber was ist mit Gott, Vater? Gott braucht die Menschen, um Gott zu sein. Wer weiß? Vielleicht braucht auch er Wunder.

Der Richter kam gegen drei Uhr morgens zurück. Geschäftig setzte er sich und begann in der eisigen Stille, die Augen starr an die Decke gerichtet, über die Schuld und den Tod zu philosophieren:
»Was ist Unschuld? Ich glaube nicht daran. Was ist sie anderes als ein Vorwand für Dummköpfe und ein Zufall für die Glücklichen und Unwissenden? Für sie wie für uns alle ist sie die Spitze des Eisbergs, der aufragt über dem Berg der Sünden und der in ihrem Namen begangenen Verbrechen, die wir mit uns herumschleppen. Und das Leben, was ist das? Eine kleine, kümmerliche Insel im endlosen und majestätischen Ozean des Todes.«
Die Geretteten wagten nicht, einander anzusehen. Machte er sich noch immer über sie lustig? Warum hatte er sich diese Nacht ausgesucht, um metaphysische Probleme zu erörtern, die so alt waren wie die Menschheit? War das ein neues Spiel? Der Mann fängt an durchzudrehen, sagten sie sich. Aus welchem Irrenhaus ist er entwichen? Aus welcher Kneipe kommt er? Entweder hat er getrunken, oder er ist ganz einfach verrückt, reif für die Klapsmühle. Aber er fuhr fort, in monotonem Tonfall ungereimtes

Zeug zu reden, das seine Zuhörer unter anderen Umständen eingeschläfert hätte. Er zitierte Platon und Seneca, Nietzsche und Augustinus, Zigeunerlegenden und das Tibetische Totenbuch. Er regte sich auf und klopfte leise auf den Tisch, wenn die Sätze stockten, er verlor ständig den Faden seines zunehmend rasenden Vortrags. Und plötzlich wurde er still, starrte die fünf Geretteten spöttisch an und begann dann in feierlichem Ton erneut:
»Die wahre Unschuld ist nicht das Leben, sondern der Tod. Der Tod des einen befreit die anderen von ihrer Schuld. Für die, die leben, muss ein anderer sterben. Dies habe ich von meinen Lehrern gelernt, die es mir einmal pro Woche im Traum sagten, um Ihnen Rettung zu gewähren, Ihnen oder Leuten wie Ihnen. Hören Sie auf sie, hören Sie auf mich. Um seine Schuld zu tilgen, muss der Mensch sich unterwerfen und in den Tod gehen. Und der anmutige und besänftigende Tod empfängt ihn mit offenen Armen. Aber dieser muss im Gegenzug auf gleiche Weise empfangen werden. Sind Sie bereit, Ihre Unschuld auf sich zu nehmen?«
Wartete er auf eine Antwort, eine Verpflichtungserklärung? Vielleicht auf Applaus?
Da alle schwiegen, schüttelte er angewidert den Kopf, stand auf, ging hinaus und hinterließ einen beißenden Geruch, den keines der Opfer einzuordnen wusste.

Die Tür öffnete sich lautlos, und der Bucklige trat ein, wie gewohnt die Teekanne in der Hand.
»Wem ist kalt? Wer hat Durst? Der Tee ist warm, der Kaffee stark. Ich stehe zu Diensten!«

Alle bedrängten ihn mit Fragen, die er unbeantwortet ließ. Auf unerklärliche Weise hatte sich ihre Einstellung ihm gegenüber gewandelt. Sie lächelten ihm zu, versprachen ihm Geschenke, gaben sich Mühe, ihn zu umschmeicheln. War er nicht der Botschafter, der Vertreter der Götter, der Gegenseite?

Mit höflichen Grimassen hörte er sich die Vorschläge an, nahm er Versprechungen entgegen, tat aber, als sei er taub. Immerhin, schließlich war er ein Mensch, warf er scheue Blicke in Claudias Richtung. Glaubte er, sie lächele ihm zu? Er schenkte ihr seinen schönsten Gedanken.

Und während er ihre Tassen füllte, als sei dies seit seiner Geburt, seit Anbeginn der Welt seine Aufgabe, wurde er plötzlich redselig:

»Trinken Sie, trinken Sie nur, das wird Ihnen gut tun ... Diesen Tee habe ich selbst gekocht ... Den Kaffee ebenfalls ... Ich bin Ihr Freund, das müssen Sie mir glauben ... Ich will Ihnen nichts Böses ... Ich will nicht, dass man Ihnen Böses tut ... Der Richter berät sich gerade mit seinen Vorgesetzten. Das gehört zum Spiel – sofern es sich hier um ein Spiel handelt ... Seine Vorgesetzten, fragen Sie mich nicht, wer die sind. Ich weiß nicht einmal mehr, ob es sie gibt. Aber ihn gibt es, und das ist schlimm. Was hat ihn so grausam gemacht? Wann ist er dem Bösen begegnet? Wie hat er sich ihm hingegeben? Was für eine Tragödie hat er erlebt, und wer hat ihn so bitter gemacht? Ich glaube, er hat früh geheiratet, aber sicher ist das nicht. Nichts, was mit ihm zu tun hat, ist sicher. Er hat mir so viele Dinge über so viele Menschen erzählt und sich dabei so verhalten, dass ich glaube, es ging in Wirklichkeit um ihn. War seine Mutter eine Hure? Und sein Vater ein Heiliger? Warum sollte er mich das glauben machen? Sind seine Frau und seine Tochter vergewaltigt worden? Er hat angefangen zu spielen. Seitdem hört er nicht mehr auf. Aber auch davon bin ich nicht völlig überzeugt, wissen Sie. Bei ihm weiß man nie. Jeder außer mir kann ihn dazu bringen, zu einem beliebigen Zeitpunkt ohne ersichtlichen Grund seine Meinung zu ändern. Das ist ihm schon häufig passiert. O ja, ich könnte Ihnen da Fälle erzählen ... Letzte Woche noch hat er mich in die Dorfapotheke geschickt, damit ich ihm starke Schlafmittel hole. ›Und das Rezept?‹, frage ich ihn. – ›Der Apotheker kennt mich‹, antwortet er. ›Sag ihm, er soll mich anrufen.‹ Also ziehe ich meine Stiefel an und stapfe durch den Schnee, bald bin ich ganz außer Atem, ich stolpere, ich falle, ich stehe wieder auf, ich verfluche ihn, weil er sich nie um mich Gedanken macht, und da stehe ich schon vor der Apotheke. Wie immer schlägt mein armes Herz doppelt so schnell: Werde ich die Frau des Apothekers wiedersehen? Pech gehabt, ihr Mann bedient. Ich sage ihm, warum ich gekommen bin, und da antwortet er: ›Aha, dein Chef will nicht mehr leben ...‹ Aber er wollte die Schlafmittel gar nicht für sich, er brauchte sie gar nicht, er wollte sie für mich! Stellen Sie sich das vor! Ich, der ich selbst dann schlafe, wenn ich nicht schlafe, ich sollte sie schlucken! Da ich unfähig bin, ihm irgendetwas zu verweigern, wollte ich schon gehorchen, ich hatte schon ein Glas Wasser in der Hand ... Im allerletzten Moment teilte er mir dann mit, seine Vorgesetzten hätten das Dekret aufgehoben ... Da sehen Sie, so ist er, der Richter! Also? Wenn ich Sie wäre, wäre ich ganz schön vorsichtig! Erstens, wenn er Ihnen Medikamente gibt, lehnen Sie sie ab! Zweitens, ziehen Sie die Möglichkeit in Betracht, dass sein Spiel mit Ihnen gar kein Spiel ist...«

Machte er sich Sorgen um Claudia, durch die er sich plötzlich zur Liebe fähig sah? Sie liebte ihn nicht, das ahnte er schon. Aber wenn jemand einen Menschen liebte, war es in seiner Vorstellung, als liebte der die ganze Welt. Und zu lieben, das bedeutet auch, Liebe zu wecken, geliebt zu werden.

»Für jemanden«, sagte er leiser, »ist diese Nacht die erste. Fragen Sie mich nicht, wer das ist. Aber für einen anderen, will man dem Richter glauben, ist es vielleicht die letzte. Auch hier fragen Sie besser nicht, wer es ist. Ich weiß es selbst nicht. Ich weiß nur, dass ich Ihr Freund sein möchte...«

Verstohlen warf er der so schönen und so nahen Frau einen bedeutsamen Blick zu und ging seufzend hinaus.

Aus welchem Grund auch immer, die Geretteten nahmen die Worte des Buckligen ernst. Der Richter zwang sie alle, auf diese eine ebenso einfache wie komplexe Frage zu antworten: »Warum hängen Sie am Leben?«

»Tun wir etwas, irgendetwas«, schlug Claudia fieberhaft vor. »Dieses Nichtstun macht mich wahnsinnig. Der Richter will richten, also tun wir doch einfach, als wären wir vor Gericht. Was haben wir dabei zu verlieren? Vielleicht wird seine Wachsamkeit dadurch erlahmen.«

»Aber wir machen doch schon nichts anderes«, protestierte der Playboy.
»Wir müssen es noch weiter treiben.«
Und Claudia erklärte: Wenn sie die Spielregeln befolgen wollten, müssten sie sich verhalten, als handele es sich eben nicht um ein Spiel. Sie müssten alle daran glauben und es bis zum Ende durchhalten. Anders ausgedrückt: Jeder müsse seinen baldigen Tod ins Auge fassen. Da alle dasselbe Schicksal teilten, solle jeder die tieferen Gründe nennen, die seine Verschonung rechtfertigen würden.
Warum nicht, sagte sich Razziel. Ist es uns nicht aufgegeben, jede Stunde, jeden Moment unseres Lebens zu rechtfertigen?
»Da es Ihre Idee ist, fangen Sie an«, schlug Bruce vor, immer noch feindselig gestimmt.
»Ich liebe einen Mann.«
Der Playboy lachte schallend. »Bravo, herzlichen Glückwunsch!«
Claudia hatte Tränen in den Augen, spürte ihre Verletzlichkeit, was bei ihr nicht häufig vorkam.
»Er heißt David.«
»Sie lieben David, sehr schön. Und Sie glauben wirklich, dass das Ihnen das Recht gibt zu leben?«
»Es ist noch sehr neu«, sagte Claudia verlegen, unglücklich. »Wir hatten noch nicht die Zeit, alle Möglichkeiten unserer Liebe auszuschöpfen. Wir haben nur die ersten Augenblicke erlebt.«
Sie schwieg, bedauernd, dass sie ihr Herz ausgeschüttet hatte. Um sich etwas Haltung zu verleihen, hätte sie gern

ihren Lippenstift aus der Tasche geholt, verzichtete aber darauf. David hasste es, wenn sie sich schminkte.

Auch George Kirsten hätte von seiner Liebe zu Pamela reden können. Aber er sagte: »Ich habe eine Mission zu erfüllen. Sie ist von größter Bedeutung, glauben Sie mir.«

»Eine Mission? Was für eine?«, fragte Bruce.

»Ich darf sie Ihnen nicht verraten.«

Der Playboy machte ein unwilliges Gesicht. »Wenn das so ist, dann zählt diese Mission nicht.«

George wies das Argument zurück. Er zeigte mit dem Finger auf Joab. »Fragen Sie den Offizier. Er ist auf dem Laufenden.«

»In der Tat, ich weiß, worum es geht«, antwortete Joab.

»Also hätte er mehr als wir alle das Recht, verschont zu werden?«

»Das habe ich nicht gesagt. Ich bin kein Richter. Und Sie auch nicht. Sie hängen am Leben, wenn ich mich nicht täusche. Sagen Sie uns, Herr Schwarz, warum sollten Sie besser sein als wir.«

»Ich muss eine Ungerechtigkeit wiedergutmachen«, gestand der Playboy, dem unbehaglich wurde. »Diese Ungerechtigkeit kann niemand anders in Ordnung bringen.«

Alle Blicke richteten sich auf Razziel.

»Und Ihr Grund, in dieser Nacht Ihr Leben retten zu wollen?«

Auch Razziel hätte sagen können. »Ich habe geliebt, ja, ich habe eine Frau geliebt. Sie hieß Kali. Sie ist tot. Ist das ein guter Grund, leben zu wollen?«

»Ich muss jemanden treffen«, sagte er und hüstelte.

»Jemanden, das ist recht vage«, hielt ihm der Playboy vor. »Ist es ein Verwandter? Ein Kunde, der Ihnen Geld schuldet? Ein Feind, den Sie vernichten wollen?«
Razziel wusste nicht, was er antworten sollte. Wie sollte er Paritus beschreiben? Wie ihn erfassen? Wie sollte er die Bedeutung ihrer Begegnungen objektiv ermessen? Bei ihrem letzten Treffen hatte der alte Mystiker ihm seinen Segen erteilt: »Bewahre dir deine Inbrunst auch im Leid.« Er hatte »Inbrunst« gesagt und nicht »Glauben«. Dann hatte er hinzugefügt: »Irgendwann werde ich dir von dem Verrückten, dem Künstler und Propheten, erzählen. Erinnerst du dich? Im Gefängnis habe ich dir ein paar Worte über ihn gesagt, aber nicht genug. Der richtige Augenblick war noch nicht gekommen.« Razziel begriff nicht: Von wem sprach er? Aber er war es gewohnt, seinen alten Freund nicht zu verstehen. Was würde er ihm raten, Bruce jetzt zur Antwort zu geben? Dass alles Leben von göttlichem Wesen ist? Dass das des Propheten ebenso viel wert ist wie das des Verrückten? Dass die Existenz dem Geheimnis unterliegt, das sie einzigartig und unersetzlich macht?
»Sie würden es nicht verstehen«, sagte er nur.
»Ihr Pech«, gab der Mann mit dem roten Schal scharf zurück.
Joab war der Letzte, der sein Recht auf Leben verteidigen musste. Sollte er ihnen sagen, er sei bereit, es zu opfern? Ihm kam eine Geschichte in den Sinn, die seine Mutter ihm erzählt hatte. Er war fünf. Bei einem Autounfall war er verletzt worden und wurde ins Krankenhaus gebracht.

Während der Operation betete sein Vater und schlug Gott einen Handel vor: »Wenn du ein Leben brauchst, nimm das meine.« Und er, Joab, zu wessen Gunsten würde er einen solchen Handel anbieten? Für Carmela, gewiss. Für seine Mutter natürlich. Aber die Menschen in diesem Zimmer, was war er ihnen schuldig? Was wusste er über ihr wirkliches Leben und über ihre Gründe, es bewahren zu wollen? Und wenn er sagte: »Gut. Ich will gern für euch sterben«, würden sie wissen wollen, warum. Aber er wollte ihr Mitleid nicht.

»Ich bin wie jeder von Ihnen«, sagte er schließlich. »Ich habe dieselben Rechte wie Sie. Aber ich habe Ihnen einen Vorschlag zu machen: Warum ziehen wir nicht das Los?« Dieser Vorschlag, so logisch er war, schien ihnen Angst zu machen. Ihn anzunehmen hieße einzuräumen, dass sie einen Schritt getan hatten, der sie dem Unausweichlichen näher brachte.

Deshalb verschlossen sie sich vor den anderen und ließen den Gespenstern freien Lauf, die die Vergangenheit gefangen hielt.

Für Bruce Schwarz war das Leben nur ein Spiel. Man konnte dabei gewinnen oder verlieren, es war eine Frage des Glücks. Und doch musste man in der Lage sein, jeden Morgen wieder neu mit dem Spiel zu beginnen. Der Playboy hatte sein ganzes Leben so zugebracht.

In der Schule machte er sich einen Spaß daraus, seinen Kameraden an einem Tag mit Freundschaft, am nächsten mit Verachtung zu begegnen. Seinen Eltern erklärte er vol-

ler Zorn: »Ihr wollt, dass ich ein guter Schüler bin. Das ist euer Problem, nicht meins. Ich lerne und lerne unentwegt – und dann? Ich werde nie alles lernen; zuerst wird mich das Leben davon abhalten und dann der Tod. Warum soll ich mich also abrackern?« Als Jugendlicher stellte er unablässig die väterliche Autorität in Frage. Später die Regeln des gesellschaftlichen Lebens. Das Spiel, das ihn am meisten begeisterte? Die Liebe. Nicht die seine, sondern die der anderen. Die Liebe war so unerträglich für ihn, dass er tausend Listen erfand, sie wieder zu zerstören, während er sie sich zu Eigen machte.
Er sah nicht wie ein Verführer aus, gerade deshalb, weil er sich Mühe gab, wie einer zu wirken. Er hatte die Statur eines Boxers, flache Nase, dichtes Haar, und die rohe Gewalt, die er verkörperte, hätte die Frauen eigentlich abstoßen müssen, anstatt anziehend auf sie zu wirken. Merkwürdig, nur bereits verlobte, verliebte oder verheiratete Frauen erlagen seiner Anziehungskraft. Wie machte er das bloß? Zunächst wusste er sie dank seiner Intuition ausfindig zu machen und an ihrer Art zu gehen, zu träumen oder zuzuhören zu erkennen. Mit den einen redete er wie ein selbstloser Freund, mit den anderen wie ein Psychologe oder auch wie ein Schriftsteller auf der Suche nach Stoffen, kurz: wie ein Vertrauter, dem man alles ohne Bedenken mitteilen kann. Er ermutigte sie, von ihrem Studium zu erzählen, von ihrem Lieblingssport, ihren finanziellen Verhältnissen, ihren Plänen. Er lud sie ins Theater ein, machte ihnen zum Geburtstag Geschenke und gab sich Mühe, sie zu unterhalten, indem er sie davon überzeugte,

dass er das alles nur tat, um ihr Leben zu bereichern, statt es sich anzueignen. Und doch hatte er selbst nie eine feste Beziehung.

Wie viele Verlobungen waren seinetwegen zu Bruch gegangen, wie viele Paare hatten sich getrennt? Wie viele Tränen hatten junge Menschen durch seine Schuld vergossen?

Beim ersten Mal war es die Tochter seines Schneiders gewesen. Sie gingen in dasselbe Gymnasium. Laura, von stiller, nachdenklicher Schönheit und in allen Fächern begabt, hatte sich in Johnnie verliebt, den schlechtesten Schüler der Klasse. Sie brauchte ihn nur anzublicken, und schon kam er sich weniger lächerlich vor. Bruce war eifersüchtig auf ihre vertraute Zweisamkeit und setzte sich in den Kopf, sie zu zerstören. Er schickte dem Mädchen Briefe und Blumen, Liebesbotschaften und strenge Appelle, um sie davon abzuhalten, die größte Dummheit ihres Lebens zu begehen. Und sein erster Verführungsversuch war von Erfolg gekrönt: Laura hatte nur noch Augen für Bruce. Sie trennte sich von Johnnie, der krank wurde und das Gymnasium verließ. Es dauerte nur ein paar Wochen, da ließ ihre neue Liebe sie im Stich, sie war gedemütigt und in der Schule zu nichts mehr fähig.

Den Eltern, die ihm die unfeine Art zum Vorwurf machten, antwortete Bruce mit einem Schulterzucken: »Die dumme Kuh hat nichts begriffen. Es war doch nur ein Spiel.«

Seine Eltern hatten angefangen zu begreifen, aber es war zu spät.

Andere Spiele der gleichen Art folgten. Eine alte Jungfer, die endlich einen Verehrer gefunden hatte. Eine Witwe, die kurz vor einer neuen Heirat stand. Die einzige Tochter eines alten Mathematiklehrers: Sie war die Freude seiner müden Augen. Eine spanische Tänzerin, unter deren Einfluss er manchmal auf Spanisch fluchte, ließ sich scheiden, um ihm zu folgen; nachdem er sie verlassen hatte, kehrte sie in ihr Land zurück. Überall, wo die Liebe reine und heitere Blüten trieb, tauchte Bruce Schwarz auf. Und überall war er nach Kräften bestrebt, zu verhindern, dass sie Früchte trug.

Die Tochter des Lehrers hatte sich das Leben genommen. Nach der Trauerwoche nahm ihr Vater seinen Stock, gebeugt und langsamen Schrittes machte er sich auf und klopfte an die Tür des Mannes, dem er die Schuld für sein Unglück zuschrieb:

»Sehen Sie mich an«, sagte er. »Sie haben meine einzige Tochter getötet und mit ihr andere Menschen. Sie wollte heiraten, Kinder haben, die ich mich bereits zu lieben anschickte, um meinem Überleben einen Sinn zu geben. Wissen Sie, dass meine ganze Familie während der stürmischen Ereignisse in Europa umgekommen ist? Sie haben meine Tochter getötet, indem Sie ihr ihre Liebe gestohlen haben, und Sie haben damit meine Hoffnung vernichtet. Sie haben Sie nicht einmal geliebt ... Sagen Sie mir, was wir getan haben, um das zu verdienen.«

Keine Spur von Zorn in seiner Stimme, kein Hass in seinem Blick. Nur eine furchtbare, von Resignation durchdrungene Traurigkeit in seinem Gesicht.

Bruce wollte seine übliche Litanei vortragen, es sei doch nur ein Spiel, ein Spiel, dessen grausame Folgen sich ihm entzögen, aber angesichts dieses trauernden Vaters, der niedergeschmettert war vor Kummer und Einsamkeit, versagte ihm die Sprache. Die Worte in seiner Kehle wurden zu Asche. Wenn er nur etwas hätte sagen oder tun können, um den Schmerz, den er vor sich sah, zu beheben. Wenn der Boden, der ihm unter den Füßen weggezogen wurde, ihn nur hätte verschlingen können ... Hatte er in diesem Moment begriffen, dass er auf der Stelle kehrtmachen musste, wollte er nicht in den Abgrund stürzen?
Der alte Professor ging kopfschüttelnd fort, als wolle er sagen: Ich begreife es nicht, ich begreife es nicht.
Jetzt war Bruce auf dem Weg nach Israel, um Stacy, sein letztes Opfer, zu retten. Und seine letzte Liebe.
Er hatte sie bei einem Essen mit ehemaligen Schülern kennen gelernt. Was ihm an ihr gefiel, war ihr Sinn für Glück. Sie verbrachten ein paar Nächte zusammen in der Wüste von Arizona, dann an der Côte d'Azur. Sie war ungebunden. Sie machten sich gegenseitig Versprechen. Dann verließ sie ihn, um ein paar Wochen in einem religiösen Kibbuz in Galiläa zu verbringen.
Sie hatte ein Recht darauf, die Wahrheit zu erfahren. Die ganze Wahrheit. Er würde sich ihr anvertrauen, wie er es zuvor niemandem gegenüber getan hatte. Er würde ihr den roten Schal zeigen, den sie ihm geschenkt hatte. Er würde um ihre Hand anhalten, und Stacy würde ja sagen.

David, dachte Claudia. David, mein Liebster. David, durch den ich die Liebe liebe, die wahre Liebe ohne Reue und Kompromisse.

Davids Stimme. Davids Lippen. Das Zittern seines Körpers in dem Augenblick, in dem das Verlangen das Verlangen ruft, in dem das Herz den Schrei aus der Tiefe ersehnt.

Ohne David hätte ich ein ganzes Leben, tausend Leben gelebt, ohne diese unerschöpfliche Freude zu genießen, diesen plötzlichen Sturz in die Tiefe und diesen rauschhaften Aufstieg. Mein ganzes Leben wäre ich nur eine unbeteiligte und gelangweilte Zuschauerin geblieben, hätte ein Leben geführt wie ein einsamer Tod. Danke, David, mein Liebster. Danke, dass du mir gezeigt, danke dass du mir erlaubt hast, dir zu zeigen, dass die Nacht, die Nacht des Paares, ihre Grenzen überschreitet und ewig wird. David, mein Einziger, dachte Claudia. Unsere Liebe hat erst eine Nacht gedauert. Aber was für eine Nacht!

Claudia hatte gerade den Bühnenraum verlassen. Sie war unzufrieden mit den Proben, die sie gesehen hatte. Ein langweiliges Stück ohne Feuer. Die Sprache ohne jede Originalität. Das Spiel der Schauspieler ohne Talent. Wie soll ich diesen Mist den Kritikern und dem Publikum verkaufen? Sie ging an ihrem Büro vorbei, um ihren Mantel zu holen. Plötzlich klingelte ihr privates Telefon. Wer könnte das sein?, fragte sie sich. Sie ging im Geist alle Personen durch, die ihre Geheimnummer kannten: Ihr Ex-Mann, der nicht einschlafen konnte? Ein früherer Liebhaber, den sie nicht mehr liebte? Ein Chefredakteur, der sie gern mochte? Sie nahm den Hörer ab. »Ja?«

»Claudia?«, fragte eine Männerstimme.
»Wer ist da?«
»David.«
David? Schnell. Sie ging ihre Bekanntschaften durch. Sie kannte niemanden, der so heißt.
»Ein gemeinsamer Freund hat mir gesagt, ich solle mich bei Ihnen melden.«
»Wer?«
»Das sage ich Ihnen danach ...«
»... wonach?«
»Nach dem Dessert, vor dem Kaffee.«
»Und wenn ich nein sage?«
»Kriegen Sie kein Dessert.«
Sie sah auf die Uhr. Es war noch früh; und sie hatte an diesem Abend nichts vor. Warum eigentlich nicht? Ein oder zwei Stunden mit einem Unbekannten ist besser als eine einsame Nacht. Konnte sie ahnen, dass ihr Leben wieder einmal an einem Wendepunkt angelangt war?
»Holen Sie mich hier ab«, sagte sie in bestimmtem Ton.
»Ich hoffe, Sie sind nicht weit. Ich hasse es zu warten.«
Sie musste nicht lange warten; David hatte von einem Hotel aus angerufen, das in der Nähe des Theaters lag. Kaum hatte sie ihr Make-up erneuert, da erschien er schon auf der Schwelle ihres Büros.
Claudias erster Eindruck? Für einen Frauenhelden hat er nicht gerade das richtige Aussehen. Nicht männlich genug, nicht elegant genug. Im Grunde ein unauffälliger Typ. Wie dumm ich doch bin, dachte Claudia, da bin ich aber reingefallen, und zwar richtig! Und dann, wie im

Märchen, nahm er ihren Arm und sagte: »Ein wirklich weibliches Gesicht verträgt keine Schminke.« Claudia wurde rot. Sie wollte antworten, aber er ließ ihr keine Zeit. »Und das Leben auch nicht.« Der Druck auf Claudias Arm wurde stärker. »Gehen wir ein bisschen.« Und mit einem Mal war nichts mehr wie vorher. In dieser Geste und in dieser Stimme war etwas, das sie in ihrer tiefsten Einsamkeit anrührte. Sie fühlte, dass sie »anders« existierte, für jemanden, der, ohne es zu wissen, schon ein Teil ihrer inneren Landschaft war. Erscheinungen sind trügerisch. In diesem Moment entdeckte sie in dem Mann, der sie begleitete, eine verborgene Schönheit, eine ungeahnte Anmut, eine Einzigartigkeit und einen Charme, für die niemand als sie empfänglich sein konnte: Gott hatte dies allein für sie geschaffen.

Langsam und schweigend gingen sie durch die kleinen Straßen um die New York University und von Greenwich Village.

»Sehen wir uns um«, sagte David, »diese Welt gehört uns.«

»Es gibt Leute, die kämpfen, um sie zu verändern.«

»Na und? Auch sie gehören dazu.«

Studenten und Touristen betrachteten einander unterschiedslos mit Interesse oder Gleichgültigkeit. Straßenverkäufer boten Krawatten, Teppiche, Uhren, Ledertaschen feil. Manchmal ließen Drogenhändler Passanten, die so taten, als seien sie nur zufällig dort, mit beängstigender Schnelligkeit Päckchen mit Rauschgift in die Hände gleiten. David und Claudia gingen in ein kleines, sehr lautes italienisches Restaurant. Claudia lag auf der Zunge, dass

sie Lärm hasse, besann sich jedoch: Der Lärm hatte nachgelassen. Ihr Körper sprach lauter zu ihr als die riesige Stadt. Sie hörte nur noch das Schlagen ihres Herzens und sogar das Zittern ihrer Wimpern: Nie hätte sie gedacht, dass ihr Körper so viele Stimmen besaß.
»Hast du Hunger?«, fragte David.
Claudia, die eigentlich sehr auf Umgangsformen achtete, war nicht überrascht, dass er sie duzte.
»Nein«, sagte sie, »und ... du?«
»Ich schon.«
»Dann habe ich auch Hunger.«
Da er Vegetarier war, bestellte er Pasta und grünen Salat für sie beide. Und Weißwein. Und einen Obstsalat.
»Siehst du, es ist noch nicht gesagt, dass du kein Dessert bekommst.«
Sie lächelte ihn schweigend an.
»Weißt du, du kannst mich alles fragen, was dir in den Sinn kommt.«
»Fangen wir mit der einfachsten Frage an: Wer von meinen Freunden hat dir gesagt, dass du mich anrufen sollst?«
»Ich weiß es nicht mehr.«
»Das glaube ich dir nicht.«
»Er bat mich, es zu vergessen.«
»Es macht dir nichts aus zu erfahren, dass ich dir nicht glaube?«
»Stimmt.«
»Im Allgemeinen oder nur, was diese Frage betrifft?«
»Im Allgemeinen. Aber ...«
»... aber?«

»Mir ist wichtig, dass du an mich glaubst. Das ist nicht dasselbe.«

Sie lächelte ihn an und dachte: Wenn er mich weiter so ansieht, gebe ich mich ihm mit einem Lächeln hin.

»In der Tat, das ist nicht dasselbe.«

Er nahm ihre Hand und hielt sie auf dem Tisch in der seinen: zwei Verliebte, die sich versprechen, sich nie zu verlassen.

»Nächste Frage?«

»Wer bist du?«

»Sei nicht so indiskret, kleines Mädchen.«

»Ich will es wissen. Wenn du es mir sagst, gebe ich dir einen Kuss.«

»Gut. Aber erst muss ich die Fesseln der Zeit lösen.«

Hätte jemand anders diesen Satz ausgesprochen, wäre Claudia von seiner Gewichtigkeit schockiert gewesen. Aber sie war es nicht.

»Na gut«, sagte sie. »Worauf wartest du? Löse sie!«

»Das werde ich tun.«

»Für dich oder für mich?«

»Für jeden, der versucht, die Zwänge der Zeit, des Ichs und des Imaginären abzuschütteln.«

»Hast du Vorstellungsvermögen?«

»Ja.«

»Dann stell dir vor, du hast den Kuss von mir bekommen.«

Sie glaubte, er würde darüber lachen.

»Ich habe ihn schon bekommen«, sagte er ernst.

»Wohin?«

»Auf meine Lippen und in mein Herz zugleich.«

Doch eine innere Stimme warnte sie: Vorsicht, er redet wie auf einer Bühne; hör ihm zu, hör dir zu: Man könnte meinen, ein Theaterdialog. Aber sie brachte diese Stimme zum Schweigen: Schluss damit! Ist das klar? Mein ganzes Leben passe ich immer nur auf; ich hab' genug davon ... Waren deshalb alle ihre Beziehungen schon nach kurzer Zeit zu Ende gegangen? Ihre Ehe daran gescheitert? Stets hatte sie selbst ihren Schwung gebremst, nie hatte sie sich ganz hingegeben, als halte eine unkontrollierbare Kraft sie zurück. Aber diesmal ist Schluss damit. Verstanden?

Der Kellner brachte den Kaffee.

»Ich arbeite für ein Theater«, sagte Claudia. »Und was machst du?«

»Ich schweige.«

»Das ist doch kein Beruf.«

»Du hast mich nicht nach meinem Beruf gefragt, sondern nach dem, was ich tue.«

Er hatte sie überrumpelt.

Claudia hatte Lust, ihn zu küssen. »Aber wenn du nicht schweigst, was machst du dann?«

»Eine ganze Menge«, antwortete er ausweichend.

»Wie viel ist eine Menge? Zehn, sechsundzwanzig?«

»Ich schreibe.«

»Bist du Schriftsteller?«

»Das habe ich nicht gesagt. Ich habe gesagt, dass ich schreibe.«

»Was schreibst du?«

»Habe ich dir das nicht schon gesagt? Eine ganze Menge.«

»Romane.«
»Ja, auch Romane.«
»Und Gedichte?«
»Gedichte auch.«
»Darf ich sie lesen?«
»Natürlich.«
»Wo sind sie?«
»In mir.«
Sie brach in Lachen aus. »Du bist komisch.«
»Was ich schreibe, ist manchmal komisch.«
»Und sonst?«
»Traurig.«
»Du und traurig?«
»Ja, nein. Was ich schreibe, ist manchmal traurig.«
»Selbst wenn du glücklich bist?«
»Selbst wenn ich glücklich bin.«
»Ich würde gern lesen, was du schreibst. Jetzt gleich.«
Er antwortete nicht.
Sie verließen das Restaurant, gingen in sein Hotel, und nachdem die Tür sich hinter ihnen geschlossen hatte, nahmen sie sich sanft, ganz sanft und ohne die geringste Hast in die Arme.
Und für beide wurde der Körper zu einem Zufluchtsort.
Am nächsten Tag nahm David das Flugzeug zurück nach Tel Aviv.

Gegen vier Uhr morgens ging plötzlich das Licht aus.
Die Geretteten waren überrascht und glaubten an einen Stromausfall, der schnell repariert wäre. Aber er dauerte an, und die Dunkelheit wurde allmählich bedrückend. Bruce zog seine Streichholzschachtel heraus, Claudia ihr Feuerzeug, ein Armeefeuerzeug, das David ihr geschenkt hatte. Sie zündeten beides zur gleichen Zeit an. Das Zimmer schien zu schrumpfen. Nahe beim Fenster, blickte Joab hinaus. Von milchigem Licht durchschienen, fiel der Schnee in gleichbleibendem Rhythmus, bereit, den Schmutz der Straßen, der Bäume und Menschen aufzunehmen.
»Dieses Schwein«, sagte Bruce. »Er will uns fertig machen.«
Er klopfte auf den Tisch. Nichts. George klopfte an die Tür.
»Lauter!«, schrie Claudia.
Immer noch nichts. Die Anspannung unter den Geiseln war mit Händen zu greifen, ihre Nerven drohten zu versagen. Ihre Sinne waren alarmiert, jetzt waren sie überzeugt, dass wahrhaftig Gefahr lauerte. Der Richter repräsentierte eine dunkle, böse Macht: Er hatte sie in den Klauen. Wie Spielzeuge. Würde er einen Mord zulassen – oder sogar verüben –, um der Stimme seiner Meister zu gehorchen?

Im Dunkeln kam es zu Streitereien zwischen ihnen, belanglos, ganz unangebracht, aber von ansteckender Feindseligkeit. Und absurd. »Da sind wir ja mitten in Sartres ›Geschlossener Gesellschaft‹«, sagte Claudia sich. »Wir kennen uns kaum, aber bald werden wir in Angst und Hass vereint sein.« Sie hatte Recht. Jeder von ihnen empfand die Gegenwart der anderen als unerträgliche Last. »Lassen Sie mich doch Luft holen!« – »Können Sie nicht aufhören, mir auf die Füße zu treten?« Der eine verübelte sich selbst, dass er diesen unseligen Flug genommen hatte, ein anderer, dass er sich auf die Unterbringung in diesem verteufelten Haus eingelassen hatte. Ein Dritter beschuldigte alle Mitreisenden, selbst für die Situation verantwortlich zu sein ... Und jeder verübelte den anderen, weder die Kühnheit noch die Großzügigkeit zu besitzen, sich zu opfern ... Alle hatten einen besonderen Grund, eine bevorzugte Behandlung zu fordern, ein mildes Urteil. Alle außer Joab; er verlangte nichts, klammerte sich an gar nichts.

Die lange Abwesenheit des Richters erhöhte die Spannung nur: Was würde er sich noch ausdenken? Was für einen Sinn hatte sein wirres Gerede? Welchem satanischen Kult hing er an?

Bruce verlor als Erster, was ihm noch an Beherrschung geblieben war. Er schwang seinen roten Schal wie eine Waffe über seinem Kopf, brüllte obszöne Dinge und fluchte. »Ich bringe sie um, sage ich Ihnen, ich töte diese Monster, ich reiße ihnen die Augen, die Ohren und alles Übrige aus, ich zeige denen, was es kostet, Unschuldige anzugreifen ... Dieser Richter hat den Strang verdient, und der Bucklige die Geißel, die schlimmste ...« Niemand wagte es, ihn zum Schweigen zu bringen: In dieser Lage war es besser, wenn er seiner Wut freien Lauf ließ und richtig tobte ... Irgendwann würde er müde werden. Aber er war über die Müdigkeit hinweg. »Dieses Schwein von Richter, dieser Hurensohn, ich werde es ihm heimzahlen ... und dieser Bucklige, diese göttliche Witzfigur, auch er wird seine verdiente Strafe kriegen ...« Ebenfalls in Panik, stimmte Razziel ein Lied an, das er vom Rabbi von Kamenez gelernt hatte: »Du bist mein Herr, und ich bin dir dankbar dafür.« Bei dem Rabbi hatten es die Chassidim laut gesungen, Razziel sang es nur leise vor sich hin.

Aber wohin war der Bucklige verschwunden?

In manchen Augenblicken machten alle »Pscht!«, in dem Glauben, sie hätten im Flur oder auf der oberen Etage Stimmen gehört. Täuschten sie sich? Zu ihrem Schweigen gesellte sich die Stille, die sie umgab.

Und plötzlich kam das Licht zurück, und zugleich tauchte der Bucklige wieder auf. Er hatte eine Botschaft des Richters zu überbringen: »Heute Nacht werden Sie alle Richter sein; wer immer am Ende der Verurteilte sein wird, sein Tod wird auf die Überlebenden zurückfallen. Ich habe den, der das Urteil vollstrecken soll, bereits ernannt.« Er machte eine Pause, um Luft zu holen, und erklärte dann: »Das ist alles, was ich Ihnen im Auftrag des Richters mitteilen soll. Ich würde Ihnen gern mehr sagen, aber das ist alles, was ich weiß.« Dann ging er wieder.

Durch das Fenster konnte man den immer dichter und stärker wirbelnden Schnee sehen, der unerbittlich fiel, als ob nichts passiert sei. Als seien nicht fünf Menschen in Gefahr. Im Dorf aßen, schliefen, liebten sich die Leute, während hier fünf Menschen in größter Bedrängnis waren und die Ohren spitzten, um die ersten Schritte des Todes zu hören.

»Schweinehund und Hundesohn!«, brüllte Bruce wie ein bestohlener Dieb. »Ich bringe ihn um, mit eigenen Händen bring ich ihn um! Ich zerfetze seinen Kadaver und werfe ihn den Hunden und Wölfen vor, oder besser noch den Schakalen.«

»Er will uns gegeneinander aufhetzen«, sagte Razziel. »Das darf ihm nicht gelingen. Spielen wir sein Spiel nicht mit.«

Aber wohl oder übel mussten sie mitspielen. Außer Joab vielleicht.

Eine Stunde vor Tagesanbruch führte ein unvorhergesehenes Ereignis zu einer kurzen Diskussion unter den Gefangenen. Der Bucklige erschien und teilte ihnen mit, der Richter wünsche Razziel draußen zu treffen. »Draußen in der Kälte?« – »Nein, in seinem Büro.« Claudia rief: »Zu welchem Zweck? Und warum er und nicht ein anderer?« Joab schlug vor, dass er sich im Namen der Solidarität weigern solle; gemeinsam hätten sie eine bessere Chance, aus der Sache herauszukommen. George wollte die Meinung des Buckligen hören, der antwortete: »Der Richter weiß sich immer Gehorsam zu verschaffen.« Razziel fragte sich, wozu ihm Paritus wohl geraten hätte. Vermutlich, nicht vor dem Augenblick zu fliehen, der uns der Wahrheit näher bringt. Obliegt es dem Menschen nicht, selbst in dem Moment, in dem er ins Nichts zu stürzen droht, alles über sein Schicksal in Erfahrung bringen zu wollen?

»Sie müssen mitkommen«, sagte der Bucklige.

Razziel folgte ihm in den Flur und von da in das kleine, nur schwach beleuchtete, aber angenehm geheizte Büro. Porträts und alte Karten zierten die Wände. In einer Ecke lagen Bücher. Der Richter durchsuchte kniend einen der Stapel.

»Setzen Sie sich irgendwohin«, sagte er, ohne Razziel anzusehen. Razziel setzte sich auf einen der beiden Stühle. Auf einem niedrigen Tisch standen eine Teekanne, Gebäck und Trockenobst.

»Bedienen Sie sich.«

»Ich habe keinen Hunger«, antwortete Razziel.

Der Richter blätterte abwesend in einem Band, suchte nach einer Belegstelle oder einem vergessenen Dekret, stand auf und setzte sich Razziel gegenüber.

»Sie sind also in den Studien der Mystik bewandert.«

Razziel schwieg.

»Auch ich interessiere mich dafür.«

Hoffte er, dass Razziel reagieren würde? Wenn ja, war es vergeblich.

»Was suchen Sie darin? Das Geheimnis des Anfangs oder des Endes?«

Die Stimme des Richters hatte sich verändert. Es lag keine Drohung, sondern wirkliche Neugier darin.

»Ist es der Sinn für das Absolute, der Sie dabei anzieht? Bei mir ist es die Einweihung in den Tod.«

»Der Tod ist per definitionem absolut«, sagte Razziel schließlich.

»Nein: Er hängt zu eng mit dem Leben zusammen, das alles ist, nur nicht absolut. Für mich liegt das Absolute im Bösen. Das reine, mächtige Böse, das mächtiger ist als das Gute, ebenso unendlich wie Gott: Das Heil wird aus dem Bösen kommen.«

Razziel erschauerte. Plötzlich begriff er den Sinn des Geschehens, das ihm widerfuhr. Um Paritus zu begegnen, musste er es mit seinem Feind aufnehmen. Und umgekehrt: Um den Feind zu entdecken, war seine Begegnung mit Paritus angeordnet worden. Jetzt kommt es darauf an, stark zu sein, sagte er sich. Stark und scharfsinnig. Fähig, die obskursten Dinge mit gleichmäßiger, emotionsloser Stimme auszusprechen. Manche Worte und manches Schweigen sind mehr wert als alle unsere Gefühle zusammen. Das Gefühl hilft dem Menschen nur, sein Gewissen zu besänftigen, sich von Schuld zu befreien, sich selbst davon zu überzeugen, dass er gar nicht so verdorben ist, gar nicht so schuldig, da er an derselben Unvollkommenheit leidet wie alle anderen.

»Glauben Sie an die Erlösung?«, fragte er mit rauer Stimme.

»Welche?«

»Es gibt nur eine«, sagte Razziel. »Die Erlösung ist dieselbe in der Gegenwart wie in der Ewigkeit.«

»Glauben Sie daran?«

»Ja, ich glaube daran. Jedes Mal wenn ein Mensch aufhört, Leid zu fühlen oder anderen Leid zuzufügen, dann erfährt er die Wirkung der Erlösung. Ein Kind vor dem Tod und einen Gefangenen vor der Folter zu retten heißt, am höchsten Geschehen teilzuhaben, an der Erlösung.«

Der Richter schüttelte den Kopf. »Wenn das Ihre große mystische Suche ist, dann finde ich sie erbärmlich, und Sie tun mir leid. Sie ist für schwache und dümmliche Gemüter mit wenig Ehrgeiz bestimmt. Sie lehnt die Gewalt des Hasses oder zumindest die des Zorns ab, es fehlt ihr an Kraft, also an Menschlichkeit. Irre ich mich?«

»Ja!«, rief Razziel aus. »Gewalt und Hass abzulehnen verlangt mehr Kraft und Mut, als sich ihnen zu unterwerfen! Töten ist einfach. Jeder Verrückte oder Degenerierte ist fähig dazu. Doch dem Leben einen Sinn zu geben ist eine wesentlich schwierigere Herausforderung...«

»Sie messen dem Leben zu viel Wert bei. Das absolute Gute bedeutet nichts, weil es Sie zu Gott und seinem Urteil zurückverweist. Und damit sind wir wieder bei unserer ersten Frage. Für mich ist das Leben ein Fluch. Und im Fluch steckt das Böse. Indem er Leben schenkt, offenbart Gott seine Schwäche, außer wenn er das Böse verkörpert. Nur dann geht er siegreich daraus hervor. Schockiere ich Sie, Herr Spezialist für geheime Dinge? Haben Sie in Ihren Quellen noch immer nicht das kostbare Indiz gefunden, das beweist, dass die Welt durch das Böse gerettet werden könnte? Unzählige große Geister haben versucht, dorthin zu gelangen, indem sie das Gute predigten; alle sind sie gescheitert. Deshalb hat mich mein Meister auf den entgegengesetzten Weg geführt: Wir versuchen, die Welt durch das Böse zu retten. Wenn Sie wissen möchten, wer mein Meister war, werde ich es Ihnen sagen: Es war ein Vergewaltiger, ein Mörder.« Der Richter verstummte.

Razziel schloss die Augen und sah wieder Paritus vor sich. Alte Texte, auf brennendes Pergament geschrieben, tauchten in seinem Geist auf. Die Abenteuer derjenigen, die als falscher Messias auftraten, und ihre verheerenden Konsequenzen: Sabbatai Zewi in der Türkei und Jacob Frank in Polen. Auch sie glaubten, den Lauf der Geschichte verändern zu können, indem sie ihre Gesetze verletzten. Und das tragische Schicksal frommer Träumer, die trunken waren vom Absoluten und versuchten, Gottes Beistand zu erzwingen, indem sie ihre Liebe zu ihm und seinen Kreaturen vertieften: Rabbi Abraham Abulafia und Rabbi Josef della Reina. Das wahre Geheimnis ist nicht an die messianische Zeit gebunden, sondern an die Erwartung der Menschen.

Eines Tages hatte Paritus ihn gefragt, ob er tanzen könne. Nein, er könne es nicht. »Nein?«, fragte Paritus erstaunt. »Dann musst du es lernen. Zu tanzen bedeutet, sich zu erheben. Um sogleich wieder zu fallen? Und danach? Wenn der Mensch auf den Boden zurückgekehrt ist, dann ist er nicht mehr derselbe.«

Auch diesmal hatte Paritus Recht. Die Kraft des Menschen lag in seiner Fähigkeit, seinem Wunsch, sich zu erheben, um zum Guten zu gelangen, Schritt für Schritt in die Höhe zu steigen. Und das war alles, was er tun konnte. Den Himmel zu erreichen und dort zu bleiben überstieg seine Möglichkeiten: Selbst Mose musste auf die Erde zurückkehren. Verhielt es sich mit dem Bösen ebenso?

Seltsamerweise schien in der Welt jenseits des Sturms, der wütend um die Mauern tobte, als wolle er sie mit sich reißen, Frieden, vollkommenes Gleichgewicht zu herrschen. Das Wetter wurde zu einem Element, das man betrachtete und befragte, um es zu besänftigen.

»Das Böse«, sagte der Richter, »ich kenne es, wie es mich kennt. Ich kenne nichts anderes.«

Razziel machte sich auf eine zu Tränen rührende Geschichte gefasst: grausame Eltern, verratene Freundschaften, enttäuschte Liebe ... Vielleicht war der Richter im Gefängnis aufgewachsen ... auf der Straße ... Aber nein. Razziel hörte den stockenden Bericht von einer sonnigen Kindheit, einer vielversprechenden Jugend: warmherzige Eltern, geistreiche Lehrer ... Bis zu dem Tag, an dem der Jugendliche einen seltsamen Guru mit abwegigen Gewohnheiten und einer faszinierenden Fähigkeit zu herabwürdigender Kritik kennen lernte. Er konnte die Gedanken anderer lesen und sogar beherrschen. Durch die Begegnung mit ihm wurde das Leben zum Labyrinth, zu einem Labor, in dem das Böse alle Verwandlungen möglich machte. Ist nicht das Böse wie das Leiden das eigentliche Wesen des Fortschritts?, fragte er. Ist es nicht für das Funktionieren der Justiz ebenso notwendig wie für die Hirngespinste der Theologen? Vollkommenheit gibt es nur im Bösen, wiederholte er oft. Das Gute zu tun ist bequem; es ist die erste Regel, die Kindern beigebracht wird. Böses zu tun ist es nicht. Nur eine mutige und vor Energie sprühende Seele ist in der Lage, sich gegen tausend Jahre Gesetze, Sozialverträge und religiöse Dogmen aufzulehnen.

Der Richter entfernte sich nach und nach von seinen Eltern und ihren Freunden und begann der Lehre seines Gurus zu folgen. Eines Tages sah er, wie ein junger Behinderter auf dem Bürgersteig ausrutschte, und er half ihm, wieder aufzustehen. Der Junge rutschte erneut aus. Als wäre er glücklich, einen Fehler wiedergutmachen zu können, wandte der Richter sich dieses Mal ab und brach in Gelächter aus. Ein anderes Mal begegnete er auf der Straße einem alten Mann und stieß ihn an, damit er hinfiel. Ein paar Jahre später, als er sah, wie eine Frau sich vor eine U-Bahn werfen wollte, hielt er sie zurück. Zum Dank ohrfeigte sie ihn. Dieses Erlebnis bedeutete eine Wendung in seinem Leben: Ihm wurde klar, dass es ihn glücklich machte, andere leiden zu sehen. Er machte es sich zur Gewohnheit, viele Stunden in Krankenhäusern oder Gefängnissen zu verbringen. Die Engel des Bösen waren seine Gefährten geworden.

Plötzlich stand der Richter auf, senkte den Kopf, tat ein paar Schritte im Zimmer und begann mit rauer, bitterer Stimme zu sprechen: »Das Böse zu tun und ihm zu dienen heißt, seinen zeitlosen Wert anerkennen. Haben Sie je das aufgedunsene Gesicht eines toten Kindes gesehen? Und den erschrockenen Ausdruck eines zum Gespött gewordenen Mädchens? Nein? Und auch nicht den zerfetzten, blutüberströmten Körper einer erniedrigten Mutter? Dann werden Sie nie erfahren, welche Anziehungskraft das Böse auf einen Menschen ausüben kann, bis er ein nach Gerechtigkeit dürstender Rächer wird. Dieser Mensch hat nur ein Verlangen, nur eine Ambition:

ein Gott des Todes zu werden, indem er dessen Macht übernimmt. Die Wahrheit liegt nicht mehr im Leben, sondern im Tod. Im Tod erfüllt sich die Gerechtigkeit. Den Schuldigen zu töten, den Kriminellen zu eliminieren genügt ihm nicht mehr. Er will mehr und etwas anderes. Er will die Unschuld der anderen vernichten, weil die Reinheit der Seinen beschmutzt, entstellt, vernichtet wurde. Er weiß, ja, dieser Mensch weiß, dass das Gute weniger Macht besitzt als das Böse, auch weniger Möglichkeiten. Er weiß nicht, warum Gott so entschieden hat, aber sein Wille soll geschehen. Deshalb verbündet er sich mit dem Bösen, um sein Verkünder und Botschafter unter den Menschen zu werden, die es offenbar brauchen, um zu atmen und zu genießen.«

Er senkte die Stimme. »Sie verstehen mich, nicht wahr. Der Mystiker in Ihnen, er versteht mich?«

»Ich verstehe, dass das Böse ebenso seine Priester hat wie das Gute. Aber nicht, dass der Mensch den Wunsch haben kann, das Böse zu verkörpern.«

»Dann begreifen Sie überhaupt nichts!«, rief der Richter plötzlich freudig aus.

»Was Sie sagen, ist unmoralisch und unmenschlich«, antwortete Razziel.

»Was ist unmenschlich? Freude über das Leid anderer zu empfinden?«

»Ja.«

»Aber da liegt ja Ihr Fehler. Dem Menschen erscheint alles menschlich, da er sich nicht vom Menschsein befreien kann.«

Razziel protestierte nicht mehr. In diesem Punkt hatte der Richter Recht. Der Mensch kann verstehen und aufhören zu verstehen, er kann lieben und verachten, das Wesen erfassen in dem Augenblick, der ihn gefangen hält oder der ihn befreit, er kann den Abgrund erkennen, indem er den Himmel erforscht – und ein Mensch bleiben, das heißt schwach genug, um unablässig seine Meinung zu ändern.

»Ich täusche mich oft«, sagte Razziel. »Aber nicht in der Tatsache, dass das Böse die Zurückweisung des Guten und seine Verneinung ist, also die Verweigerung des Lebens und auch all dessen, was den Menschen erhöht und es ihm ermöglicht, über sich selbst hinauszuwachsen.«

»Und der Tod, was machen Sie mit dem? Kann man im Tod nicht über sich hinauswachsen?«

»Nein, weder im eigenen Tod noch in dem eines anderen. Der Tod bedeutet nur eins: das Ende. Das Ende der Welt, die ich in mir trage. Darüber hinaus existiert nichts mehr von dieser Welt.«

»Aber es gibt etwas anderes«, sagte der Richter.

»Etwas anderes«, wiederholte Razziel. »Aber dieses Andere entzieht sich mir, und es hängt nicht mehr von mir ab. Auch nicht von Ihnen.«

Der Richter dachte einen Moment nach.

»Wussten Sie, dass Cervantes eine sehr hohe Meinung von Don Quichotte hatte? Er sagte von ihm: Was ihn in seinem Glück bestärkte, war, als Weiser zu sterben und als Verrückter gelebt zu haben. Aber es trifft zu, dass diesem Liebenden daran lag, jenseits von Gut und Böse zu leben. Und Sie?«

Auf ein Handzeichen hin öffnete sich die Tür, und Razziel kehrte zu seinen Gefährten zurück.

Joab hörte Razziels Bericht zerstreut an. Das Böse, das Gute, der existenzielle Konflikt, der daraus erwuchs, es war nicht mehr seine Sache. Joab dachte an seinen Vater. Was würde er an meiner Stelle tun, fragte er sich. Er, der Mann, für den das Handeln eine Art laizistische Religion war? Während seiner Jugend in Ostpolen hatte er einer geheimen kommunistischen Partei angehört. Kräftig, asketisches Gesicht, flammender Blick: der Inbegriff des romantischen Revolutionärs, der an die Mystik der Opferung glaubt, um die Welt zu verändern. In ihm wohnte beständig ein Schrei, den er nur mühsam unterdrückte, ein Zorn, der nur auf einen Anlass wartete, um auszubrechen und sein Idealistenherz in Aufruhr zu versetzen.

Eines Tages, als er von einer Militäroperation gegen Saboteure aus Galiläa zurückkam, schien er vor Trauer ganz erschüttert.

»Sie haben zwei Jungen getötet«, sagte er zu Joab. »Wir sind zu spät gekommen, drei Minuten zu spät. Oh, diese Schweine! Wir haben sie erwischt. Aber die Jungen, Jugendliche aus einem benachbarten Kibbuz, ich habe ihre verstümmelten Leichen gesehen.«

Er sprach mit stockender Stimme, begleitet von nervösen Handbewegungen, voller Ungeduld, etwas Nützliches, Konkretes zu tun.

»Normalerweise«, fuhr Joabs Vater fort, »hält man entsprechende Sätze bereit wie: ›Die beiden jugendlichen Helden sind nicht umsonst gestorben.‹ In diesem besonderen Fall stimmt das vielleicht sogar, weil unser Zorn sie überleben wird. Aber ... nur Fanatiker, religiöse wie politische, vermögen im Tod anderer einen Sinn zu erkennen – und darin unterscheiden sie sich von den Mystikern oder den Genießern, die immer nur mit dem eigenen Tod beschäftigt sind.«

Joab stand am Fenster, das auf einen kleinen Garten hinausging, und hörte ihm aufmerksam zu, wusste aber nicht, wie er reagieren sollte. Sein Vater, ein Kommandooffizier, sprach selten über seine militärischen Operationen.

»Komm, setz dich«, begann der wieder und schüttete ein Glas eiskaltes Wasser hinunter. Sie waren allein zu Hause.

»Ich hasse Gewalt«, fuhr der Vater fort. »Ich verabscheue sie, seit ich mit der Kommunistischen Partei gebrochen habe, seit ich Polen verlassen habe. Aber habe ich denn die Wahl? Wenn es um mich, um meine Person ginge, könnte ich mir vielleicht einreden, dass es letztlich besser wäre, die Arme zu kreuzen, die Stirn zu beugen und abzuwarten, was geschieht. Aber ich kämpfe ja für unsere Leute, unsere Familien, unsere Freunde und für die, die wir nicht kennen, weil sie vielleicht weder die Zeit haben noch sich den Luxus leisten können, untätig auf den Sieg, den Frieden oder die Rettung der Welt zu warten.«

Er goss sich ein zweites, dann ein drittes Glas Wasser ein. Schweiß lief ihm über die Stirn, die Wangen herunter bis zum Hals.

»Du musst wissen, mein Sohn, früher in Polen war ich für die Revolution und hielt Gewalt für gerechtfertigt. Ich sagte mir, sie sei ein notwendiges Übel, unerlässlich, ohne sie könne es keinen Sieg geben. Für einen engagierten und motivierten Menschen gehe es ums Prinzip und nicht um Sentimentalitäten. Ich wiederholte die Lektionen, die die Partei mir einschärfte: Da wir das Böse durch das Böse vernichten müssen, tun wir es besser mit Hingabe und Entschlossenheit. Und da das Böse vor uns grenzenlos ist, müssen wir es über die Grenzen hinaus verfolgen, überall dort, wo Menschen leben. Es ist an uns, diese Aufgabe anzugehen, da, wo wir sind.«

An diesem Tag verspürte Joabs Vater das Bedürfnis, sein Herz auszuschütten. Warum an jenem Tag mehr als sonst? Weil er gerade zwei junge Juden gesehen hatte, die von palästinensischen Saboteuren massakriert worden waren? Oder einfach, weil Joab, der zu früh aus der Schule gekommen war, vor ihm stand?

»Habe ich dir je erzählt, wie ich Parteimitglied wurde? Es war wegen meiner Großmutter. Sie war eine einfache, stille Frau. Ich hielt sie für unverwundbar, für stärker als die Eichen im Wald. Von morgens bis abends arbeitete sie bei reichen Leuten, um Geld für ihren Unterhalt zu verdienen (sie ließ sich nie von ihren Kindern unterstützen) und für ihre Freundinnen, die ärmer waren als sie. Eines Abends, als sie nach Hause kam, brach sie auf ihrem Bett zusammen, und in ihren Augen war große Leere. Die Ärzte stellten Tuberkulose fest. Damals wusste ich nicht, was dieser medizinische Ausdruck bedeutete. Sie starb ohne einen Seufzer. Ein paar Wochen später fragte mich ein Kamerad aus der Hauptstadt, ob ich wisse, woran meine Großmutter gestorben sei. ›Ja‹, sagte ich ihm, ›an Tuberkulose.‹ – ›Weißt du, was das bedeutet?‹ – ›Nein, nicht genau.‹ – ›Es bedeutet, dass sie an Hunger und Demütigung gestorben ist.‹«

Als Joab Soldat und Offizier geworden war, hatte er sich geschworen, den Hunger hinzunehmen, wenn er keine andere Wahl hatte, aber niemals die Demütigung.

Als sein Vater die Schwelle des Alters erreicht hatte, folgte er den Spuren seiner Eltern. Er entdeckte den Wert, den Sinn und die Schönheit ihres Glaubens wieder. In Safed begab er sich sogar des Öfteren zum Hof eines chassidischen Rabbi, der ihn segnete und dabei seine Liebe zu unserem Volk pries: »Diese Liebe, von der du überfließt«, sagte der Rabbi, während seine Hände auf den Schultern des früheren Kommunisten lagen, »wird dich befähigen, Wunder zu vollbringen. Du wirst unseren Leuten helfen, die Verzweiflung zu besiegen, indem sie die Freude und die Großzügigkeit feiern, die, ebenfalls ins Exil verbannt, auf ihre Befreiung hoffen. Wenn dies schließlich geschieht, dann sage dir, dass nicht du es bist, der die Wunder vollbringt, sondern der Gott Abrahams, Isaaks und Jakobs. Du bist nur ihr Bote.«

Und wenn es mich trifft?, fragte sich George Kirsten. Früher oder später sterbe ich sowieso. Und was werde ich verlieren? Pamela? Sie hilft mir zu leben, aber auch sie wird eines Tages sterben ... Nein, das Entscheidende ist, dass das Dokument an sein Ziel gelangt. Alles Übrige ist weniger wichtig.

Mit Marie-Anne, seiner Frau, hatte der Archivar nie das Glück erfahren, auf das er ein Recht zu haben glaubte. Sie beschwerte sich unablässig mit vorwurfsvollen und nachtragenden Blicken und Gesten. »Es war ein Fehler, dich zu heiraten; wir haben zu früh geheiratet«, sagte sie. »Deinetwegen habe ich keine Jugend gehabt.« Oder sie machte ihm Vorwürfe wegen seiner Stellung, die in ihren Augen nicht genug einbrachte. Das war nur einer von vielen Anlässen, sich zu beklagen. Marie-Anne war nie um einen Vorwand verlegen. Dabei ist die Wahrheit weit einfacher: Sie waren nicht füreinander geschaffen. Für manche ist das Glück Gift; sie sind von Natur aus misstrauisch; sie geben Träumen den Vorzug vor erfüllten Hoffnungen, geben der Strenge der Götter den Vorzug vor ihrer Gnade. Marie-Anne gehörte zu diesen Menschen. In ihrer Ehe hatten sich zu viele Missverständnisse angehäuft. Zu viel Schweigen und zu viele schlaflose Nächte voller Gewissensbisse. Mann und Frau konnten nichts mehr tun oder sagen, ohne einander zu reizen. Sie suchten nicht einmal mehr in ihrer Erinnerung nach der Harmonie, die früher ihre Liebe beherrscht hatte. Ihre Körper verstanden einander nicht mehr, weder bei den Präliminarien noch auf dem Höhepunkt der Leidenschaft. Die Gegenwart des einen lastete auf dem anderen und ließ ihn verkümmern.
Ihre Kinder flohen aus dem Klima latenter Feindseligkeit oder offener Resignation, das im Haus herrschte, und lebten ihr eigenes Leben mit ihren Familien, in der Ferne. In einem Meditationsbuch, so erinnerte sich der Archivar

mit Bitterkeit, schreibt Paritus: »Dies ist ein Beispiel für das Lachen Gottes: Er bringt euch dazu, mit einer Frau zu leben, die nicht für euch bestimmt ist.«

Im Büro zog George, ein unauffälliger Beamter, keinerlei Aufmerksamkeit auf sich. Seine Arbeit war monoton, sein Gehalt mittelmäßig, sein Sozialleben ohne Überraschungen, die ehelichen Freuden langweilig.

Er fragte sich oft: Was kann man tun, was kann man bloß tun, um da herauszukommen? Dann begann es in seinem Kopf zu schwirren, dass er fast blind wurde. Wenn Pamela nicht da gewesen wäre, bei ihm im Büro und manchmal am Abend, er hätte sich vielleicht umgebracht. Eines Tages kam ihm schlagartig in den Sinn, wie einfach diese Lösung war: einfach Schluss machen. Ein für alle Mal Schluss machen mit diesem grauen, trübsinnigen, deprimierenden Leben. Waren mit dem Tod nicht alle Probleme beseitigt? Er setzt allen Abenteuern ein Ende.

Ja, Schluss machen, auf Zehenspitzen von der Bühne abtreten. Pamela würde unglücklich sein, aber Marie-Anne würde, nachdem sie eine Träne der Verzweiflung geweint hätte, einen Befreiungsschrei ausstoßen: Sie würde sich nicht mehr überwacht fühlen, verurteilt. Oder als Schuldnerin. Sie würde sich nicht mehr beklagen, unter Zwang zu leben, im Schatten des wahren Lebens. Würde sie glücklicher sein? Besänftigt? Das wäre schon nicht schlecht. Ja, sein Sterben würde allen gelegen kommen, und zuallererst ihm selbst. Lebt wohl alle miteinander! Er hatte genug gelebt. Genug gelitten. Man würde in der Vergangenheitsform von ihm reden: ein paar freundliche Worte,

vielleicht. Beileidsbezeugungen. Ein flüchtiges Bemühen, seine Schwächen zu verstehen.
Er war allein im Büro. Draußen kam Leben in die Stadt Washington, eifrig, fieberhaft, getrieben von grandiosen und gemeinen politischen Intrigen, von lächerlichen oder gefährlichen Komplotten, angestrengt, um nur eine Stunde Einfluss, einen kleinen Anteil der Macht zu gewinnen. Was zum Teufel suchte er hier in dieser Stadt, in der jeder jeden fürchtete, in der das Leben aus Eifersucht, Ehrgeiz und Heuchelei bestand? Er wäre gern mit einem anderen Menschen geflohen, hätte gern etwas anderes gemacht, vielleicht in der Forschung. In seiner Jugend hatten ihn die Naturwissenschaften interessiert, besonders die Astrophysik. Oh, den Raum erforschen zu können, die Grenzen der Galaxien zu erahnen...
Vor ihm lagen Tageszeitungen und Zeitschriften, die eingeordnet werden mussten. Manchmal räumte er sie ungelesen fort.
Draußen war das Wetter schön. Die Kirschbäume blühten. Touristen gingen spazieren, entspannt. Sie liebten die Parks der Hauptstadt im Frühling.
Marie-Anne war bestimmt einkaufen gegangen. Ob Regen oder Schnee, nichts konnte sie aufhalten. Wenn sie die einzige Überlebende eines atomaren Unglücks wäre, sie würde in den Supermarkt gehen. Und wenn ihr Mann für sie fünf Diener einstellen würde, sie ginge selbst zum Bäcker oder zum Obsthändler. »Das bringt mich meinen Zeitgenossen näher«, schleuderte sie ihm oft wie eine Anklage entgegen. Als sei George nicht ihr Zeitgenosse. Als

habe er, verloren in den Archiven, tief versunken in der Vergangenheit, den Kontakt zur Gegenwart verloren.

Wenn ich sterbe, wird sie dann endlich Genugtuung empfinden? Werde ich in dieser verkorksten Welt zumindest für das Glück einer Ehefrau verantwortlich sein? Sterben, was bedeutet das? Zu behaupten und sich zu sagen, dass das gelebte Leben nichts zu tun hat mit – womit? Mit dem Glück?

In einem von Paritus' Werken hatte er eines Tages einen Dialog zwischen dem alten Mystiker und einem Philosophen entdeckt, dessen Namen er vergessen hatte. Es war ein Gespräch über den Tod: »Sterben heißt, nicht mehr zu warten.« – »Aber Gott? Da er zeitlos ist, wartet Gott nicht. Bedeutet das, dass auch er tot ist?« – »Du lästerst Gott, du tust mir leid; du tust mir leid, weil du ohne Hoffnung bist. Nein, widersprich nicht. Ich habe nicht gesagt, dass du verzweifelt bist, das ist etwas anderes. Zu verzweifeln könnte nützlich und schöpferisch sein; ohne Hoffnung zu leben ist es nicht.« – »Du hast mir nicht auf meine Frage geantwortet. Wenn Gott außerhalb der Zeit lebt, wie kann er dann warten?« – »Gott existiert«, antwortet Paritus. »Gott existiert in der Zeit und auch außerhalb der Zeit. Das bedeutet: Gott lebt im Übergang von einem zum andern. Er verkörpert die Erwartung. Gott ist auch der, auf den man wartet.«

In einem Dokument, das aus der Zeit der russischen Revolution stammte, hatte Pamela George einen anderen Dialog über das Warten gezeigt, zwischen zwei Gefangenen der Ochrana, der politischen Polizei des Zaren.

»Gestern Abend haben sie dich wieder blutüberströmt zurückgebracht. Man hat dich gefoltert. Wie war es?« – »Hart, es war hart. Aber es ist nicht die Folter, die unerträglich ist; was schlimmer ist, ist die Vorstellung, die man sich vorher davon macht.« – »Aber wie hast du es dann ertragen? Wie kannst du so leben, in ständiger Erwartung der Folter?« – »Das kannst du nicht verstehen«, antwortete der Gefolterte. »Ein Mensch, der sich für die Zukunft seiner Mitmenschen einsetzt, der wartet nicht auf die Folter, sondern auf die Revolution.«

Seltsamerweise rührten ihn solche Geschichten jetzt an, während sie ihn früher, als er sie zum ersten Mal las, gleichgültig gelassen hatten. Ihm kam eine dritte Geschichte in den Sinn: Er hatte sie in einem Manuskript gefunden, das zu einer kostbaren, kürzlich von der französischen Nationalbibliothek erworbenen Sammlung gehörte.

Eine Winternacht: In einer lauten Herberge irgendwo in den Karpaten. Ein alter Rabbiner mit einem sanften Blick spricht mit einem hämisch lachenden rumänischen Offizier. Was haben sie sich bloß zu sagen? Sie unterhalten sich über einen Gefangenen. Er hat sich erwischen lassen, *Iancu* Stefan. Auf eher dumme Weise. Zwei Säufer beginnen einen Streit. Einer zieht ein Küchenmesser heraus, der andere verteidigt sich mit bloßen Fäusten. Der Mann mit dem Messer gewinnt die Oberhand. Er beugt sich über seinen knienden Gegner, bereit, ihm die Kehle durchzuschneiden. In der ungewohnten Kleidung eines Bauern fährt Lancu Stefan dazwischen, um den Mord zu verhindern. Die anderen Säufer brüllen ihn wütend an. Ein Polizist, der plötzlich aus dem Nichts auftaucht, fragt ihn, was ihm einfällt, die friedlichen Bewohner dieses Nests zu stören. Ein Wort ergibt das andere, Lancu Stefan kommt aufs Revier. In seinem Beutel finden sie falsche Papiere und Flugblätter, die ihn verraten. Er wird als Kommunist, Jude, Spion, Verräter beschimpft. Ein Offizier aus der Großstadt übernimmt das Verhör: Wer sind Stefans Komplizen, zu wem hat er Verbindung? Die Methode des Polizisten: Drohungen, Schläge. Aber Lancu Stefan kann einstecken. Sein Körper ist mit Wunden übersät, aber er hat nicht ein einziges Mal geschrien. Der Offizier ändert seine Taktik und bestellt den Dorfrabbiner ein, damit der von seiner geistlichen Autorität Gebrauch macht und dem Juden befiehlt zu gestehen. Der Rabbiner gibt eine feinsinnige Antwort: »Herr Offizier, entweder ist Ihr Gefangener Kommunist, dann erkennt er meine Autorität nicht an; oder er ist unschuldig, und in diesem Fall müssten Sie ihn freilassen.« Wütend antwortet der Offizier: »Er ist Kommunist, das sag ich dir. Lies mal die Schweinereien, die er mit sich rumschleppt.« Der alte Rabbiner gehorcht. Er liest die Flugblätter auf Jiddisch, liest sie erneut. Er scheint verwirrt, der alte Rabbiner. »Dieser Junge ist nicht böse, Herr Offizier«, sagt er schließlich. »In diesen Blättern ist von Brüderlichkeit, von Gerechtigkeit die Rede. Es finden sich die hohen Ideale unserer Bücher und sogar der Ihren darin ...« Dann verwendet der Rabbiner, der die Gepflogenheiten der rumänischen Verwaltung, besonders in den Provinzen, kennt, ein überzeugenderes Argument: Er lässt ein paar Banknoten in die Hand des Offiziers gleiten. Da dieser noch nicht ausreichend überzeugt ist, fügt der Rabbiner noch ein paar hinzu. »Also gut, nimm ihn mit und sag ihm, er soll nicht wieder anfangen«, sagt der Offizier angewidert. Der Rabbiner nimmt Iancu Stefan mit nach Hause, pflegt ihn und gibt ihm zu essen. An einem Sabbatabend, erklärt der junge jüdische Revolutionär (Geburtsname Schmuel Jakobowitsch) ihm: »Ich bin nicht gläubig. Ich achte weder den Sabbat noch die Feste. Ich halte mich nicht an die Gebote. Ich stehe der Religion feindlich gegenüber, und trotzdem haben Sie mir geholfen.« Der Rabbiner antwortet ihm sanft: »Du bist Jude. Darf ich es unterlassen, meinem Bruder zu helfen?« – »Aber ich glaube nicht an Gott«, ruft Iancu Stefan aus. – »Du glaubst nicht, du glaubst nicht … Trotz allem bist du bereit, zu leiden und vielleicht für deinen Glauben zu sterben – deinen Glauben an die Geschichte, wie es in einem deiner Pamphlete steht, an die Revolution, an die politischen Aktionen gegen unsere Obrigkeit … Ich glaube an Gott und du an die Negation Gottes. Aber wenn du zu wählen hättest zwischen dem Offizier und seiner Macht und mir, der ich keine Macht habe, für wen würdest du dich entscheiden?« Verblüfft über die Klugheit und den Großmut des alten Rabbiners, sieht ihn Iancu Stefan lange an, bevor er antwortet: »Haben wir womöglich etwas gemeinsam? Würden wir womöglich die gleiche Wahl treffen zwischen der willensschwachen Unterwerfung unter die Macht der Unterdrücker und dem schweren Bemühen um die Hoffnung?« Der Rabbiner lächelt traurig. »Für mich ist das einfach. Die Tora ist mir eine ständige Hilfe. Sie zeigt mir den

Weg, und es ist meine Aufgabe, ihn nie zu verlassen. Aber du, mein Bruder, wer zeigt dir deinen Weg?« Der junge Revolutionär spürt, dass er von seinen Gefühlen überwältigt wird. Dieser Alte ist ihm plötzlich ganz nahe, das überrascht und verärgert ihn. Er, Stefan, sollte sich nicht einem frommen Juden verbunden fühlen, der im Obskurantismus lebt, der sich weigert, die Ketten zu zerschlagen, die ihn behindern und dem Menschen jeden Fortschritt verbieten. Er müsste ihm widersprechen, ihn lächerlich machen, ihm die Größe der marxistischen Ideologie und der Theorien Lenins nahe bringen, ihm beweisen, welchen Wert sie für alle unglücklichen und gedemütigten Völker haben, das jüdische Volk inbegriffen. Aber ihm versagt die Sprache, und so bricht der alte Rabbiner das Schweigen: »Du, mein Bruder, wartest, dass der Mensch besser wird. Ich warte darauf, dass der Herr sich an uns erinnert. Dann lass uns doch zusammen warten, einverstanden?« Da nickt der befreite Gefangene, zu Tränen gerührt, mit dem Kopf, als höre er auf das jüdische Kind in seinem Inneren, und antwortet mit einem Amen.

Ich erwarte nichts, sagte sich George Kirsten. Er hatte sich nie gegen irgendwen oder irgendetwas aufgelehnt. Er hatte sich von Marie-Anne beherrschen lassen. Er war schon resigniert auf die Welt gekommen. Selbst seine Beziehung zu Pamela war eher eine Abdankung als eine Revolte. Die Entdeckung des Dokuments und die Reise nach Israel? Bisher hatte er geglaubt, es sei das große Ereignis seines Lebens. Aber jetzt hatte es kaum noch Bedeutung.

Ob der alte Nazi bereute oder nicht, war dessen Sache. Er war nicht der Einzige, der die Justiz lächerlich gemacht hatte. Und auch nicht der Schlimmste. In jedem Fall würden die israelischen Fahnder das Notwendige tun.
Der ernüchterte Archivar hatte sogar den Sinn für Entdeckungen verloren. Sein Leben spielte sich ohne ihn, außerhalb seiner selbst ab.
Er hatte sich an jenem Tag nicht das Leben genommen. Und wenn er es jetzt täte, ganz einfach, indem er sich freiwillig meldete? Nicht um seine Reisegefährten zu retten. Er hatte keinerlei Empfindungen für sie. Warum täte er es dann? Für wen?
Für seine Kinder, die in so weiter, weiter Ferne lebten?

George hatte den Eindruck, dass eiserne Fäuste ihm die Kehle zudrückten. Bruce sah sich in seiner Verwirrung vor einem Tribunal, das aus toten Frauen bestand. Claudia schlotterte, Razziel teilte Kali seinen Letzten Willen mit. Nur Joab am Fenster blieb bei klarem Verstand, gespannt wie ein Bogen.
In was für einen Albtraum waren sie alle geraten? Wenn dies ein Psychodrama war, würde es bald in Horror umschlagen.
Plötzlich ein wilder, verzweifelter Schrei, der sie hochfahren ließ. Er kam von draußen.

Das Spiel ist aus. Zerstreut, die Zweifel. Vorbei die Erinnerungen, die wie Übeltäter durch das Gehirn streunen. Gewendet das unbeschriebene Blatt, das das Schicksal mit seiner unleserlichen Schrift bedeckt hat. Bald wird der Opferpriester erscheinen, bald wird er sein Opfer zum Altar führen. Und die Menschenfamilie wird einen Mörder mehr und einen Menschen weniger zählen.
Die Nacht ging zu Ende, als der Bucklige die Tür öffnete. Er stieß so etwas wie ein hämisches Gelächter aus, als wolle er das Leid, das ihm ins Gesicht geschrieben stand, verbergen oder vertiefen. Man hätte sagen können, dass ihm zum Lachen und zum Weinen zumute war.
Alle spürten, dass eine Entscheidung nahe war. Die Gefahr wurde konkreter. Jetzt waren sie sicher: Sie würden einer Hinrichtung, einem Mord beiwohnen. Der Richter hatte von einem Spiel gesprochen, aber der Bucklige war nicht zurückgekommen, um zu spielen.
In seiner Aufregung sah Razziel Claudia an, ohne sie zu erkennen: Sie sah aus wie Kali. Bruce deutete eine Bewegung an, als wolle er sich von der jungen Frau fern halten: Er hatte Angst vor ihr. Joab, der sich auf den Richter stürzen wollte, sobald die Tür aufging, ließ die Arme sinken, als er den Buckligen sah: danebengegangen. George Kirsten verknotete seine Finger und schüttelte ungläubig den Kopf.

Der Druck stieg um mehrere Stärken. Ein wahnsinniger Gedanke ging Razziel durch den Sinn: Und wenn Paritus da wäre, in seiner Nähe, aber verkleidet? Claudia dachte an David. Sie dachte mit solcher Kraft an ihn, dass ihr Herz zu zerspringen drohte. Sie merkte nicht, dass der Bucklige sie betrachtete. Und dass ihn neues Leid überflutete. Er wandte schnell den Blick ab und begann wie in Trance zu sprechen, auf der Türschwelle, vor den fünf erstarrten Geiseln:

»Beim ersten Mal hat mich ihre Sehnsucht in Staunen versetzt. Und wenn ich in mir die Kraft entdeckt habe, mich zu wehren, Widerstand zu leisten, dann wegen der Frau, deren Gesicht und Haare die Farbe des Feuers haben. Weil ich ihre Sehnsucht sah, seit sie hergekommen ist. Wen suchte sie? Nicht mich, mich gibt es nicht, nicht einmal in meinen eigenen Augen. Es war, als sehe sie jemanden hinter mir an.
Ich habe noch nie eine solche Sehnsucht gesehen; sie veränderte ihr Gesicht und ihren Körper; sie war keine Frau mehr wie die Frauen in meiner Fantasie. Sie war nicht traurig; nicht einmal melancholisch: Sie war etwas anderes. Sie lebte tief in ihr Inneres zurückgezogen, weitab von der Welt und ihren Nichtigkeiten. Und ich, ich habe sie gesehen, ja, ich habe sie gesehen. Mit meinen Augen habe ich sie gesehen, das schwöre ich Ihnen.
Sie war gerade angekommen. Ich wusste noch nicht, wer sie war, ich wusste nicht einmal ihren

Namen, aber ich wusste alles über sie, alles über ihr Leben, auch über das, das sie noch nicht gelebt hat. Ich wusste, dass sie sich im Widerschein ihrer Sehnsucht offenbarte und verbarg. Ich wusste, dass ich sie liebte. Das habe ich begriffen, als ihre Unterlippe zitterte. Waren es Worte, die sie vor sich hin murmelte? Ein stummer Appell? War es eine Sonde, die sie in ihr Herz hinabließ, um dort klarer zu sehen? Ich liebte sie. Das war alles, das genügte. Ich wollte von nichts anderem mehr wissen. Da gab es nichts mehr zu wissen. Warum neigte sie ihren Kopf auf ihre linke Schulter? Was hatte sie bloß, diese Schulter, was die andere, die rechte, nicht hatte? Eine wahnsinnige Idee bemächtigte sich meiner Fantasie und richtete meine Gedanken auf sie. Es war, als verdoppelte ich mich. Ich sah, wie ich aufstand, meinen Platz verließ und ein paar Schritte auf sie zu machte: Ich musste ihr etwas sagen, etwas Dringendes, Wahres, etwas, was keinen Aufschub duldete. Ich musste ihr sagen, dass man nicht das Leben eines Unbekannten verändern darf, nur indem man träumt, einfach so, mit dem Kopf auf der linken Schulter. Ich musste ihr sagen, dass ... Nein, ich werde ihr nichts sagen. Ich sehe mich schon vor ihr. Ich werde ihren Arm nehmen, übrigens nehme ich ihn bereits, ich halte ihn ganz fest, und ich zwinge sie, aufzustehen und mir zu folgen. Was seltsam ist: Niemand achtet auf uns. Wir

gehen mit langsamen Schritten, ohne die Lippen
zu öffnen, wir gehen auf die Tür zu, auf das Leben,
das uns auf der anderen Seite erwartet, das uns
in uns erwartet, und ... Das Leben, diese Gemein-
heit von Leben, ein furchtbarer Schmerz durchfuhr mich: Ich saß immer noch an meinem Platz,
ich beobachtete Sie alle, Sie redeten und redeten,
und auch sie redete, weniger als die anderen. Der
Traum war verblasst. Aber ich suche ihn, und
ich werde ihn finden. Er ist in mir, er ist der
Widerschein dieses unfassbaren und vereinnah-
menden Ichs, das Sie Bewusstsein nennen. Und
das Bewusstsein liegt in der Verweigerung.«

Der Bucklige sprach nicht weiter. Er hatte unaufhörlich geredet. Mit gesenktem Kopf wich er den Blicken der Geretteten aus. Würde er seinen Monolog fortsetzen?
Es war nach sechs Uhr. Joab, der tat, als wären ihm die
Worte des Buckligen gleichgültig, zog sein Taschenmesser
heraus und begann das Eis abzukratzen, das sich auf dem
Fenster gebildet hatte. Er sah nichts. Der Schnee, zwei
Fuß hoch, machte die Landschaft unsichtbar. Fragte er sich
noch, mit welcher Mission der Richter den Buckligen beauf-
tragt hatte? Wer war zum Tod verurteilt worden? Und wie
würde der Bucklige die Tat ausführen? Was immer er tun
würde, Joab war entschlossen, ihn daran zu hindern. Wenn
er ihn oder einen anderen auffordern würde, ihm nach draußen zu folgen, würde er dagegen vorgehen. Was immer geschah, Joab würde sich zu wehren wissen.

Bruce ging auf Claudia zu, aber sie beachtete ihn nicht.
Wie Joab hatte sie die Augen starr auf den Buckligen gerichtet.
Da begann dieser erneut zu sprechen:

»Er war ein Verrückter. Der Richter hatte den Verstand verloren. Sie müssen mir glauben. Ich kenne ihn besser als irgendwer sonst. Habe ich Ihnen das nicht gesagt? Ich verdanke ihm mein Leben, aber auch meine Schmach. Er hätte mich sterben lassen sollen. Aber er brauchte einen gehorsamen und demütigen Sklaven. Ich war sein Objekt. Durch mich fühlte er sich Gott überlegen. Er verbarg die Sonne vor mir und verbot mir zu träumen: Er fürchtete, ich würde ausbrechen.
Jahr für Jahr hat er mich Qualen ausgesetzt, die er für einzigartig auf der Welt hielt. Manchmal ließ er mich so viel Wein trinken, dass ich wie ein Schwein auf dem Boden kroch. Oder er ließ mich halb nackt in der Kälte, um mich zittern zu sehen wie einen ausgetrockneten Baum im Winter. Oder er zeigte mir Bilder von nackten Frauen, um mir klarzumachen, was mir für immer vorenthalten war. Vor allem aber sprach er mir über den Tod – nicht über den Tod, der auf mich wartet, sondern den, der schon in mir ist. Du bist tot, sagte er immer wieder, aber du weißt es nicht. Dann verhielt ich mich einen Tag oder eine Woche lang wie ein Toter unter Toten. Der Richter spielte das Spiel der Auferste-

hung und der Grabesentsteigung: Er war Christus und ich einer der an seiner Seite gekreuzigten Verbrecher. Nur, dass der Richter nicht die Lehren Jesu umsetzte, im Gegenteil, er wollte ein verdorbener, ein hasserfüllter Christus sein.

Eines Tages war ich ein römischer Soldat, der die Verurteilten an ihre Kreuze trieb, bevor er von einer wütenden Menge zerrissen wurde. Ein andermal sagte er mir: ›Ich bin dein Vater, tue so, als ob du mich töten wolltest.‹ Gleich darauf beschuldigte er mich, ein Vatermörder zu sein, und prügelte mich bis aufs Blut.

Warum beging er alle diese Grausamkeiten? Er war verrückt, sage ich Ihnen. Verrückt aus düsterem Hass, verrückt aus unausgelebter Gewalttätigkeit. Gestern, während des Sturms, bereitete er Ihre Ankunft vor. Er hatte geahnt, dass ein Flugzeug hier in der Nähe landen würde. Er wusste, dass einige Passagiere sich hier in diesem Zimmer einfinden würden. Er war bereit, und ich auch.

Er sprach von einem Befehl, den er im Traum erhalten hatte. Einen göttlichen Befehl. Sie haben es gehört: Der Himmel forderte ein Menschenopfer, um die Menschheit vor der letzten Strafe zu retten. ›Du verstehst, mein kleiner Buckliger‹, sagte er. ›dieser ganze Sturm ist nur ausgebrochen, damit dieses Opfer dargebracht wird. Ich kümmere mich um den Prozess und das Urteil, du um die Vollstreckung der Strafe.‹

Diese letzte Verrücktheit schien mir die scheußlichste von allen zu sein, nein: die wahrste. Er erklärte mir mit ruhiger, überlegter, intelligenter Stimme seinen Plan. Geradezu heiter. Er spreche im Namen blutrünstiger Götter, aber er sei keiner von ihnen, sagte er. Er gehorche nur. Ihr Wille müsse geschehen. Da sie den Tod eines Menschen forderten, sei ihr Vertreter dazu verpflichtet, ihnen diesen Tod zu bescheren. Aber vorhin hat er es noch einmal wiederholt: Der Sündenbock dürfe nicht mit Sünden belastet sein. Im Gegenteil, in dieser besonderen Nacht müsse er rein und unschuldig sein: Er dürfe den Tod nicht mehr verdienen als jeder andere. Deswegen lag meinem Herrn so sehr daran, dass Sie selbst das Opfer bestimmen. Sie sollten die Richter werden. Die Richter der Unschuld, des Unschuldigsten unter Ihnen.

Er sagte mir: ›Bist du dir der Ehre bewusst, die dir zuteil wird? Du wirst der Überbringer sein, der den Göttern das Opfer darbringt, das sie brauchen, um über die Welt der Menschen zu herrschen, du wirst ihr Auserwählter, ihr Wohltäter sein.‹

Er redete wie ein vernünftiger Mann; er sprach bedächtig, aber ich verstand ihn nicht. Was wollte er, was verlangte er von mir? Dass ich jemanden töte, ich, der ich den Tod hasse, weil ich ihn aus zu großer Nähe gesehen habe? Ich stellte ihm schnell ein paar Fragen, abgehackt, als hätte ich Fieber:

Wie sollte ich jemanden töten? Mit einem Revolver, einem Gewehr? Wollte er, dass ich ihn in die Flammen eines brennenden Hauses werfe? Dass ich ihn mit einem Auto überfahre? Dass ich ihn nackt hinaustreibe, damit er zu Eis erstarrt?
Aber zugleich wusste ich, wer es sein würde: derjenige, auf den mein erster Blick fallen würde, der Mensch unter Ihnen, der Sehnsucht in mir erweckt.
Danach hielt mir der Richter ein riesiges Messer hin. Wo hatte er das nur gefunden? Wahrscheinlich beim Dorfmetzger. In meinem Leben habe ich noch kein so großes und so scharfes Messer gesehen. Er hielt es in beiden Händen, als folge er einem uralten Ritual. ›Hiermit wirst du den Willen der Götter erfüllen‹, sagte er. ›Du gehst in das Zimmer, du fragst, welcher unserer Gäste auserwählt worden ist. Wenn sie sich weigern zu antworten, dann wählst du selbst das Opfer aus: Der Erste, auf den dein Blick fällt, dem näherst du dich und tust, was du zu tun hast. Erinnere dich, dass du überlebt hast, dass ich dich für diesen Augenblick, für diese Tat gerettet habe.‹
Noch nie habe ich ihn mit solch eiskalter Nüchternheit reden hören: Er wusste genau, worum es ging, aber ich wusste es nicht. In mir herrschte großes Durcheinander und Chaos. Wichtige und unwichtige, nette und harte Worte wirbelten mir durchs Gehirn und zerrissen es in tausend Stücke.

Wer war der Richter? Wer sprach durch seinen
Mund? Wer war ich? Wer waren wir? Wer trug die
Verantwortung für das, was geschah? Und für den
Mörder, der ich werden sollte?
Unwillkürlich begann mein Kopf sich zu bewegen,
sich von rechts nach links zu drehen, von links
nach rechts, immer schneller. Er sagte nein, mein
Kopf. Und mein Herz ebenso. Und mein ganzer
Körper zitterte und sagte nein. Nein zu diesem
Wahnsinn, nein zu dieser Idee, nein zu diesem
Befehl, der vom Tod ausging, in der Maske des
Richters.
Aber der Richter verweigerte mein Nein. ›Hab
keine Angst‹, sagte er. ›Das ist nur ein Spiel, aber
ein besonderes Spiel, ein göttliches Spiel, ein von
den Göttern befohlenes Spiel. Siehst du nicht,
dass du dabei bist, dich ihrem Willen zu widersetzen? Wer hat dich dazu befugt, wer hat dir
erlaubt, den Göttern der Menschen nicht zu gehorchen? Fürchtest du nicht ihren Zorn? Sie sind in
der Lage, die Naturgesetze umzustoßen, und ihre
Strafe kann furchtbar sein.‹
Mein Kopf und meine Brust, mein Herz und
meine Schultern sagten weiter nein. Bislang hatte
ich immer versucht, meinem Meister zu gefallen,
hatte mich immer seinem Willen unterworfen,
um ihm immer wieder aufs Neue meine Dankbarkeit zu bezeugen. Aber dieses Mal nicht. Natürlich
bin ich kein Engel; ich habe Dummheiten began-

gen; ich bin zum Mittäter seiner Exzesse, zum Mitwisser seiner Verrücktheiten geworden. Aber jetzt hatte ich die Grenze erreicht. Und ich würde sie nicht überschreiten.
Und plötzlich verspürte ich ein heftiges Bedürfnis, etwas zu tun, das zu tun ich nie den Mut gehabt hatte. Um die Götter zu besänftigen oder herauszufordern, um meine Unterwerfung oder Gotteslästerung herauszuschreien, habe ich daran gedacht, mich hier auf der Stelle sofort zu opfern, um unsterblich zu werden; mein Blut sollte fließen, und der Himmel des anbrechenden Morgens sollte sich rot färben. Ich blieb regungslos. Ich fühlte mich verlassen, nutzlos, ohnmächtig.
Der Richter aber hörte nicht auf, mich zu drängen. Jetzt hatte ihn der Wahnsinn völlig übermannt. Wie die Luft, das Wasser oder der Atem Gottes wurde sein Wahn zu etwas Unendlichem, das sich seiner bemächtigte. ›Dabei ist es einfach‹, sagte er. ›Es ist so einfach, einem Menschen sein Leben zu nehmen, oder einer Frau, der schönsten der Frauen. Siehst du, du nimmst das Messer, du legst es ihr an die Kehle und du drückst, sanft, sehr sanft, und dann stärker, ein bisschen stärker und …‹
War ich es, der, ohne es zu merken, das Messer stach? War er es, der unbewusst eine Bewegung zu viel machte?
Als er brüllte wie ein abgestochenes Tier, kehrte ich in die Wirklichkeit zurück. Ja, was der Richter

vorhergesagt hatte, war eingetreten. Er hatte Recht, als er Ihnen ankündigte, ein Urteil werde vollstreckt. Was hatte er gesagt? Dass unter diesem Dach nach Tagesanbruch jemand sterben werde.
Und so ist es, jemand ist tot. War das ein Spiel? Für Sie ja, vielleicht. Für ihn nicht.
Und für mich auch nicht.
Der Richter hat sich selbst gerichtet, und ich glaube, ich war sein Henker.«

Razziel erzählt diese Geschichte, nachdem er die Zeugenaussagen seiner Begleiter bestätigt hat, die alle gerettet wurden. Nach dem Tod des Richters legte sich der Sturm. Am Morgen fuhren von der Fluggesellschaft gemietete Autos durch die Straßen des Dorfs, um die verstreuten Reisenden abzuholen. Keiner fehlte. Der Flug wurde ohne Zwischenfälle fortgesetzt. Die fünf Geretteten aus dem Haus des Richters tauschten ihre Adressen aus, versprachen, miteinander in Verbindung zu bleiben. Claudia sah David wieder, George traf Boaz, der ihm half, das Dokument den zuständigen Behörden zu übergeben. Joab lebte achtzehn Monate ein zerbrechliches Glück mit Carmela. Bruce verlor seinen Schal. Und der Bucklige? Er wohnte weiterhin im Haus des Richters, »der Selbstmord begangen hatte«.
Sobald das Flugzeug auf dem Flughafen von Lod angekommen war, nahm Razziel ein Taxi. Er hatte es eilig, nach Jerusalem zu kommen. Noch bevor er seine Sachen ins Hotel brachte, ging er klopfenden Herzens in die Altstadt.

Natürlich war der alte Paritus nicht zur Verabredung gekommen. Razziel suchte ihn unter den Bettlern, die ihre Tage und Nächte an der Mauer verbringen. Er befragte sie, gab ihnen Dollars für Hinweise. Er befragte die Schüler der Talmudschulen, die Schüler spiritueller Meister. Niemand begriff, wen er meinte.
Im Hotel wartete ein Brief von Paritus auf ihn. Er bat, ihn zu entschuldigen, aber er habe nicht mehr warten können. Er hatte die Stadt am Tag vor Razziels Ankunft verlassen.

»Du suchst deine Vergangenheit, und du wirst weiter nach ihr suchen«, schrieb ihm der alte Mystiker. »Und niemand, auch Gott nicht, kann sie dir wiedergeben. Manchmal versteckt sie sich in der Gegenwart und selbst in der Zukunft. Du musst wissen, dass auch sie dich sucht, sonst hätte unsere Begegnung nicht stattgefunden. Sieh dich um: Jedes Gesicht bringt dir ein Element näher, das dich in gewisser Weise mit deiner Vergangenheit verbindet.
Du musst auch wissen, dass der Mensch in seiner Ganzheit, als vollendetes Wesen, nicht der Wissende ist, sondern der, der nach Wissen brennt. Nicht der, der stehen bleibt, sondern der, der vorwärts geht. Der ganze Mensch ist nicht der, der für den Schmerz unempfindlich bleibt, der aus der Abwesenheit entsteht, sondern vielmehr derjenige, der sich in dem Schrei, der aus ihm hervorbricht oder ihn zu ersticken droht, in der kleinsten Zerrissenheit, im nächsten Verlust wiedererkennt.
Die Zerrissenheit dieses Menschen, Razziel, ist schlimm, denn wenn er die Grenzen der Zeit überschreitet, ist auch

er ein Ganzer. Der Prophet ist ein Wesen, das ganz sein will, und doch ist er zwischen Gott und den Menschen zerrissen. Der Künstler ist ein ganzes Wesen, und doch kann er, wenn er die Zeit zugleich als seinen Verbündeten und seinen Feind erkennt, außerhalb ihrer Grenzen weder leben noch schöpferisch sein. Der Verrückte ist ein ganzes Wesen, und doch ist es gerade die Zerrissenheit seines Seins, die ihn verrückt macht.

Die Suche nach der Vergangenheit, nach dem Sinn der Vergangenheit, führt den Menschen dazu, weit entfernte Welten zu entdecken, die perfekt organisiert sind, gut strukturiert und oft nicht zu entziffern, Welten, in denen Heilige schwangere Frauen vergewaltigen, in denen Kinder ihre Eltern verhöhnen, in denen der Sinn auf okkulte Weise verändert wird, von einem Wort zum anderen, von einem Gehirn zum anderen, alles in Übereinstimmung mit einem kosmischen, von Gott ausgedachten Plan. Aber kann die Vergangenheit des einen den Platz der Vergangenheit eines anderen einnehmen? Diese Frage wird den Verrückten wie den Künstler immer beschäftigen.

So wie der Verrückte ersetzt der Künstler eine Logik durch eine andere, wie er erfindet er Personen, errichtet er ein neues Wertesystem. Der Unterschied zwischen ihnen? Der Künstler fragt, der Verrückte nicht. Der Verrückte hält sich selbst für einen anderen. Aber beide leiden an ihrem kranken Ich, beiden ist es in ihrer Haut zu eng, beide versuchen, ihrer Vergangenheit zu entkommen, um sie im Furcht erregenden Schweigen des Propheten neu zu erfinden.

Und was hast du damit zu tun, Razziel?«

Razziel liest den Brief mehrere Male; er sucht verschlüsselte Zeichen darin, eine Botschaft in der Botschaft.
Er denkt: Paritus lebt, das soll mir genügen. Ist er die Reinkarnation des mittelalterlichen Gelehrten, von dem George Kirsten sprach? Gott, gib mir ein wenig von seiner Weisheit. Später wird er sagen: Gott, lass ihm seine Weisheit. Er soll seine Suche fortsetzen, ich setze die meine fort. Wird diese Suche mir helfen, meine Zukunft zu leben, da ich unfähig bin, meine Vergangenheit zu leben?
Wird sie mich zu den dunklen Ereignissen meines amputierten Lebens führen? Werde ich eines Tages wissen, was ich heute nicht weiß?
Der Anfang wird für immer in seinem eigenen Geheimnis verwurzelt bleiben.

editionLübbe

Die Kunst des Erzählens

ANDREA CAMILLERI
DIE FORM DES WASSERS / *Roman*
Commissario Montalbano denkt nach

Aus dem Italienischen von Schahrzad Assemi
247 Seiten, gebunden in Leinen mit Schutzumschlag
ISBN 3-7857-1509-9

Salvo Montalbano ist erstens Sizilianer und zweitens Commissario des Küstenstädtchens Vigàta, wo er denn auch gleich seinen ersten Fall zu lösen hat. Dieser beginnt mit dem mysteriösen Hinscheiden eines prominenten Politikers in einer Art Freiluft-Bordell und endet noch lange nicht mit dem Auftauchen einer ebenso pikanten wie verdächtigen schwedischen Blondine. Denn Commissario Montalbano, bewaffnet mit Charme und südlicher Nonchalance, lässt sich Zeit ...

Die Geschichten Camilleris sind wunderbare Pastiches aus Mafiageschichten, Familientragödien und grotesken Dorfabenteuern.
NEUE ZÜRCHER ZEITUNG

ANDREA CAMILLERI
DAS PARADIES DER KLEINEN SÜNDER
Commissario Montalbano kommt ins Stolpern

Aus dem Italienischen von Christiane v. Bechtolsheim
411 Seiten, gebunden in Leinen mit Schutzumschlag
ISBN 3-7857-1520-X

Wenn in Sizilien ein Verbrechen geschieht, das mit Sicherheit in keinem Handbuch für Polizisten zu finden ist, dann ist Commissario Salvo Montalbano nicht weit. Ob er eine hinterhältig ermordete Maus obduzieren lässt, um einen Schmugglerring auffliegen zu lassen, oder beim Schuhkauf eine komplizierte Schutzgeldaffäre regelt, er findet für jedes Problem eine Lösung. Vielleicht nicht immer die, die das Gesetz vorschreibt, doch schließlich sind wir hier in Vigàta, wo kleine Sünder manchmal ihre große Stunde haben.

Andrea Camilleri – einer der derzeit interessantesten Autoren der literarischen Welt.
DIE WELT

ANDREA CAMILLERI
DIE STIMME DER VIOLINE / *Roman*
Commissario Montalbano hat einen Traum

Aus dem Italienischen von Christiane v. Bechtolsheim
251 Seiten, gebunden in Leinen mit Schutzumschlag
ISBN 3-7857-1518-8

Gleich drei schöne Frauen rauben Commissario Montalbano zurzeit den Schlaf. Da fällt es ihm nicht leicht, einen klaren Kopf zu behalten. Denn immerhin gilt es, ein brutales Verbrechen aufzuklären, sich nicht von offensichtlich eindeutigen Beweisen täuschen und von allzu selbstsicheren Vorgesetzten einschüchtern zu lassen. Doch dass ihn ausgerechnet eine Violine auf die richtige Spur bringt, hätte der Commissario selbst nicht gedacht – schließlich ist er hoffnungslos unmusikalisch.

Italiens neuestes Erzählwunder, spät, aber dafür um so heftiger entdeckt – ein großer Fabulierer und begnadeter Erzähler vor dem Herrn.
FOCUS

FRANCISCO JOSÉ VIEGAS
DAS GRÜNE MEER DER FINSTERNIS / *Roman*
Jaime Ramos und Filipe Castanheira ermitteln

Aus dem Portugiesischen von Sabine Müller-Nordhoff
411 Seiten, gebunden in Leinen mit Schutzumschlag
ISBN 3-7857-1524-2

»Hier sterben sonst nur die Fischer«, denkt Inspektor Filipe Castanheira, als er an einem einsamen Strand der Azoreninsel São Miguel vor der Leiche der schönen Rita Calado Gomes steht. Die junge Frau wird für ertrunken erklärt. Damit scheint der Fall abgeschlossen, wäre da nicht die Fotografie eines Mannes, die auf einem Kamerafilm der Toten entdeckt wird. Denn dieser Mann wurde ungefähr zeitgleich mit Ritas Tod im entfernten Galicien erschossen.

Francisco José Viegas gehört zu den besten Romanschriftstellern, die in den letzten Jahren am Horizont der portugiesischen Literatur aufgetaucht sind.
DIÁRIO DE NOTÍCIAS

BERNARD GALAND
DER GESANG DER ENGEL / *Roman*

Aus dem Französischen von Hans Scherer
251 Seiten, gebunden in Leinen mit Schutzumschlag
ISBN 3-7857-1521-8

Sie glaubt an Gott. Er glaubt an »Das Sein und das Nichts«. Und der Leser wünscht sich nichts sehnlicher, als dass diese unmögliche Liebe möglich wird...
Ein Blick aus den grünen Augen von Marie, und schon ist es um Alexandre geschehen. Der abgeklärte Philosophieprofessor und die eigenwillige Malerin, zwei Menschen, wie sie unterschiedlicher nicht sein könnten, verfallen einander hoffnungslos – wie einst Héloïse und Abaelard.

Ein intelligenter, subtiler und überaus sinnlicher, um nicht zu sagen erotischer Roman von Frankreichs preisgekröntem Autor, dem Philosophieprofessor Bernard Galand.

RAFAEL AROZARENA
MARARÍA / *Roman*

Aus dem Spanischen übersetzt und mit einem
Nachwort versehen von Gerta Neuroth
237 Seiten, gebunden in Leinen mit Schutzumschlag
ISBN 3-7857-1503-x

Mararía war einst das verführerischste Mädchen der Vulkaninsel
Lanzarote – bevor Eifersucht und Gewalt, Liebe und Wahnsinn über
sie hereinbrachen.

*Ein Roman von Weltformat, in dem sich magischer Realismus
mit einer faszinierenden Fabuliergabe verbindet.*
BADISCHE NEUESTE NACHRICHTEN

Ein herrlicher Erzähler ... Sehr zu empfehlen.
SCHWEIZER BIBLIOTHEKSDIENST, Bern

Ein Meisterwerk der zeitgenössischen spanischen Literatur
WOCHENKURIER HEIDELBERG

CARME RIERA
INS FERNSTE BLAU / *Roman*

Aus dem Katalanischen von
Petra Zickmann und Manel Pérez-Espejo
475 Seiten, gebunden in Leinen mit Schutzumschlag
ISBN 3-7857-1519-6

Ein meisterhaft inszenierter Roman um ein dramatisches histori-
sches Ereignis auf Mallorca, in dem durch die große und nuancierte
Erzählkunst der Autorin das Wirken von Juden, Aristokraten, Kauf-
leuten und Inquisitoren Ende des 17. Jahrhunderts auf der Insel zu
neuem Leben erwacht.

Vielen Dank für dieses Buch.
IN ASPEKTE, ZDF

*Eine überaus gelungene Verbindung von Lyrik und Historie, von
Phantasie und Realität, von Zorn und Heiterkeit.*
ROSA REGAS IN »EL PAIS«

edition**Lübbe**

Gesamtverzeichnis

Eli Amir	SHAULS LIEBE
Rafael Arozarena	MARARÍA
Tonino Benacquista	DAS SEIFENOPERN-QUARTETT
Andrea Camilleri	DIE FORM DES WASSERS
Andrea Camilleri	DER HUND AUS TERRACOTTA
Andrea Camilleri	DER DIEB DER SÜSSEN DINGE
Andrea Camilleri	DIE STIMME DER VIOLINE
Andrea Camilleri	DAS PARADIES DER KLEINEN SÜNDER
Marie-Pierre de Cossé-Brissac	DIE TEMPEL VON MADURAI
Christine Daure-Serfaty	DIE LIEBENDEN VON GOUNDAFA
Helen Dunmore	IM ERSTEN LICHT DES TAGES
Helen Dunmore	DER DUFT DES SCHNEES
Bernard Galand	DER GESANG DER ENGEL
Giovanna Giordano	ZAUBERFLUG
Jim Harrison	LICHT ÜBER DEM LAND
Marga Minco	NACHGELASSENE TAGE
Katherine Pancol	MONTROUGE, NACHT
Giorgio Pressburger	DIE BEIDEN ZWILLINGE
Irina Ratuschinskaja	DIE FRAUEN VON ODESSA
Carme Riera	INS FERNSTE BLAU
Johano Strasser	EIN LACHEN IM DUNKELN
Barry Unsworth	EIN HAUS IN UMBRIEN
Francisco José Viegas	DAS GRÜNE MEER DER FINSTERNIS
Elie Wiesel	DIE RICHTER